I0583997

LE SECRET DE L'ALPHA

RENEE ROSE
LEE SAVINO

Traduction par
MARINE HAVEN
Edited by
ELLE DEBEAUVAIS

Midnight
ROMANCE

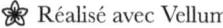 Réalisé avec Vellum

LIVRE GRATUIT DE RENEE ROSE

Abonnez-vous à la newsletter de Renee

Abonnez-vous à la newsletter de Renee pour recevoir livre gratuit, des scènes bonus gratuites et pour être averti·e de ses nouvelles parutions !

https://BookHip.com/QQAPBW

CHAPITRE UN

Grizz

Foutus vampires tordus.

Le Toxic, la boîte BDSM des vampires, est à moitié un club, à moitié un donjon médiéval : tous les meubles sont en bois lourd et recouverts de velours rouge, et il est possible de s'égarer dans certains recoins obscurs. D'un côté de la salle, un petit bar sert uniquement de l'alcool haut de gamme et des vins rares. Des verres tintent, un son civilisé qui sera bientôt noyé par d'autres bruits, plus sinistres, provenant du donjon.

Au-dessus de nos têtes, de la musique commence à vibrer à travers le plafond. Dans peu de temps, des couples commenceront à descendre de la boîte de nuit du rez-de-chaussée.

Je me fraie un chemin entre les différents espaces, en prenant soin de ne pas toucher un instrument de torture ou un des meubles construits sur mesure, qui se dressent comme des monstres cauchemardesques dans la pénombre. La vue des bancs à fessée et des croix de Saint-

André suffit à faire frissonner un soumis. À le faire panteler de désir. Bordel, ça n'a pas le moindre sens pour moi, mais je vois la situation se produire toutes les nuits.

J'attends dans l'ombre tandis que les premiers couples descendent discrètement l'escalier. Certains se dirigent tout de suite vers leur instrument préféré ou leur alcôve privée ; d'autres se figent au pied des marches, regardant fixement le donjon avec un mélange de peur et de désir.

Les vampires aiment garder cette pièce dans la pénombre, possiblement pour cacher leur nature. Ça fonctionne peut-être sur les faibles sens humains, mais en ce qui me concerne, je les sens dans tous les coins. En voilà un qui attache une jolie blonde au mur. Un autre est assis dans un espace salon, un homme mince sur ses genoux. Le vampire lui murmure quelque chose à l'oreille, et il ouvre des yeux ronds en fixant des accessoires présentés sous une lampe. Des instruments de torture, selon moi, même si les soumis ont l'air de les adorer. Merde, le désir irradie de celui-ci pendant que son maître vampire le tire vers le banc à fessée. Cet humain a hâte de se faire fouetter le cul.

Je ne pige pas. C'est un mystère pour moi, un rituel sexuel sans aucune logique.

Quand le vampire claque des doigts, une adorable rousse les rejoint. Elle décroche un martinet noir sur le mur avant de revenir vers le vampire, qui attache son partenaire avec des gestes théâtraux. La rousse est un petit bout de femme, vêtue d'une robe blanche qui ne cache presque rien, son string blanc clairement visible sous le tissu fin. Un ras-de-cou en cuir blanc ceint sa gorge. La tête baissée, elle présente l'instrument à son maître et garde une pose soumise jusqu'à ce qu'il le lui prenne des mains. Il la renvoie d'un geste et elle recule pour attendre son prochain ordre. Quelques personnes se rassemblent pour voir le vampire fouetter son soumis, mais je n'ai d'yeux que pour la rousse. Une brise souffle dans le club, de l'air frais qui provient des bouches de climatisation. La peau de la petite rouquine se couvre de chair de poule et ses tétons durcissent. Merde, elle a froid. Je ne sais pas pourquoi ça me dérange, mais c'est le cas.

Je ne capte pas l'intérêt de tous ces apparats et cérémonials. Ce sont les pires préliminaires imaginables, compliqués et inutiles. Pas étonnant que les vampires les adorent. La moitié de ces connards ont grandi à l'époque victorienne.

La rousse, en revanche… Je comprends l'attrait. De délicates taches de rousseur parsèment son visage et ses pieds nus. Elle reste au bord de la scène, silencieuse et effacée pendant que son maître s'amuse avec un autre. Si elle était mienne, je ne l'ignorerais pas. Putain, je ne m'amuserais certainement pas avec quelqu'un d'autre. Je la garderais près de moi, je l'attacherais jusqu'à ce qu'elle sache qu'elle m'appartient. Je la formerais pour qu'elle m'accueille quand je rentre chez moi, me fasse asseoir avec empressement sur le canapé, se mette à genoux entre mes jambes et me souhaite la bienvenue comme il se doit.

Et maintenant, je bande. Je me détourne de la rouquine. La regarder excite mon ours, et j'ai besoin de garder la tête froide ce soir. J'ai accepté ce boulot parce que c'est un poste tranquille ; mais surtout, il me rapproche de ma proie.

Mes lourdes bottes émettent un rythme familier pendant que je fais le tour du club. Je peux me déplacer en silence, mais je préfère qu'ils me voient comme un gros balourd, l'ours employé par les vampires, le métamorphe au service du roi. La plupart des couples m'ignorent. Il faut un peu de temps pour s'habituer au club des vampires, mais il est plutôt calme comparé au Fight Club, la boîte métamorphe où je bossais avant. Ici, la majorité des clients sont polis et se contentent de faire leur truc dans leur coin.

Une blonde approche d'une démarche chaloupée. Elle est nue, à l'exception d'un minuscule string en dentelle rose et d'un collier noir rattaché à une laisse qui passe entre ses seins nus. Elle me sourit en passant à côté de moi et repousse sa laisse sur une épaule, de façon à la faire pendre entre ses fesses, globes rougis et parfaits.

Ouaip, taffer au club BDSM est un boulot assez tranquille. Certaines nuits sont plus sympas que d'autres.

Je tourne à un angle et vois la petite rousse, nue, ses bras levés au-dessus de sa tête. Le vampire se sert de sa soumise pour présenter une technique de nouage de cordes. Sa robe blanche rassemblée à ses pieds, elle se laisse faire avec une expression calme, presque absente. Sa poitrine se soulève et retombe en profondes respirations égales tandis que la corde la comprime. Ses cils papillonnent.

Le vampire achève la démonstration, détache la fille et lui indique de ranger la corde, puis la congédie d'une tape sur les fesses. Un grondement monte dans ma gorge. Putain, je suis resté planté là bien trop longtemps.

« Tu aimes ce que tu vois, métamorphe ? demande doucement un vampire à côté de moi. Tu devrais peut-être essayer. »

J'attends que la fille ait disparu dans une alcôve privée pour murmurer à mon partenaire de conversation non désiré : « D'acc', Benny. Pourquoi pas sur ton cadavre ? »

Le vampire retrousse les lèvres et montre ses canines. « Je m'appelle Benedict.

— Je sais. » Je penche la tête de côté, déjà lassé. Benedict est l'un des jeunes vampires, transformé depuis seulement un siècle. Pâle et maigre, on dirait qu'il va bientôt crever à cause d'une consommation de drogues dures. Il était peut-être toxico quand il était humain. « Je t'ai donné un surnom. Si j'avais le malheur de m'appeler Benedict, je serais ravi d'avoir une alternative, putain. »

Benny hausse les sourcils. J'évite son regard par prudence, mais à la façon dont son buste se soulève rapidement comme un soufflet, je devine qu'il est contrarié.

« Méfie-toi, l'ours. Tu es peut-être dans les petits papiers du roi, mais tu ne fais pas le poids contre un vampire.

— Ça, c'est ce que tu crois », dis-je en marmonnant. Je secoue la tête lorsqu'il gronde. « Barre-toi, la tique.

— Espèce de… », s'offusque-t-il.

Je retrousse ma lèvre supérieure, puis me retourne. Je reste immobile une bonne seconde avant de m'éloigner. Il s'agit de la pire insulte pour un vampire : lui tourner le dos comme s'il n'était pas dangereux. La plupart des métamorphes ne s'y risqueraient jamais.

Je ne suis pas comme eux, mais les vampires n'en ont pas la moindre idée. Ils me rabaissent et se moquent de moi sans se douter de rien. Ils ignorent ce que je suis, ce dont je suis capable. Et quand le temps sera venu de les traquer, ils ne comprendront pas ce qui se passe. Pas avant qu'il ne soit trop tard.

Je repars vers le bar.

« Le roi veut te voir », m'annonce le barman. D'un signe de tête, il désigne le trône au centre de la pièce. Ainsi, Frangelico a décidé de nous faire l'honneur de sa présence. Je pivote et m'approche lentement du patron.

Son siège est placé sur une estrade. Un véritable trône médiéval importé d'Italie, ou une connerie comme ça. Le bercail de Frangelico. Un vampire peut sortir du Moyen-Âge, mais le Moyen-Âge restera toujours dans son cœur.

Un jeune serveur élancé vêtu d'un pantalon de smoking noir, d'une large ceinture rouge et d'un ras-de-cou en velours noir me précède devant le trône. Il se plie en deux et propose son plateau de boissons.

Oh, bordel de merde. Je lève les yeux au ciel. C'est tellement pompeux. J'imagine qu'un immortel peut se permettre de perdre du temps avec toutes sortes de cérémonies.

Lorsque le serveur se retourne, il manque de tourner de l'œil en me voyant. Il blêmit et sa pomme d'Adam tressaute sous son collier. Les ras-de-cou en velours noir font partie de l'uniforme du club, mais je buterais tout vampire qui tenterait de m'en faire porter un. Je suis un videur sous contrat, pas un putain d'esclave. Il est peut-être temps de le rappeler au roi.

Je contourne silencieusement l'énorme siège en bois et croise le regard amusé de Frangelico. Impossible de le surprendre.

« Grizz. Merci de te joindre à nous. » Sur un geste de sa part, deux hommes portant des colliers apportent un autre siège décoré pour moi. Plus petit que le trône, bien sûr. M'y installer m'obligerait à avoir la tête une cinquantaine de centimètres en dessous de celle du roi vampire. Au lieu de m'asseoir, je pose ma botte sur le coussin. Frangelico soupire.

« Es-tu vraiment obligé de mettre tes pieds sur le mobilier ? Je suis sûr que nous pouvons te trouver un repose-pied, si tu aimes ça. » Il regarde l'un des serviteurs et claque des doigts. Je retiens l'homme par l'épaule avant qu'il ne s'installe à quatre pattes devant mon siège.

« Non, dis-je en grondant. Arrêtez. Vous savez que ces conneries, ce n'est pas mon truc.

— Bien sûr. » Un nouveau claquement de doigts, et les hommes disparaissent. Frangelico se penche en avant. « J'oubliais que tu n'apprécies pas nos petits jeux de pouvoir. Mais qu'est-ce que le sexe, sinon un rapport de forces ? »

Je secoue la tête. Je n'ai pas le temps pour ça. « Vous vouliez me voir ? »

Frangelico s'adosse à son trône et m'observe. J'ai beau être debout devant lui, il reste un peu plus grand que moi. Ce vampire est plus massif qu'on pourrait le penser. Et malgré toutes ses simagrées, il n'est pas idiot. Le pouvoir n'est pas un petit jeu pour lui. C'est l'*unique* jeu, et il joue pour gagner.

« En effet, mon ami. »

Ce terme me fait tressaillir. Merde, est-on amis ? Il m'a engagé pour assurer la sécu dans son club et garder à l'œil certaines de ses opérations. En échange, il me fournit ce dont j'ai besoin.

« Tu es vexé que je te qualifie d'*ami ?* » On ne peut rien cacher à un foutu vampire.

« Je ne suis pas ici pour faire la causette ou des grandes déclarations d'amitié. On a un contrat, vous et moi.

— En effet, confirme-t-il. Mais nous pouvons sûrement le renégocier. Tu dois bien avoir envie d'assouvir d'autres besoins. Des désirs. Et nous pouvons les combler ici, dans ce havre de plaisir. » Il écarte les bras pour englober le club, puis fait un signe. La blonde que j'ai vue un peu plus tôt passe à côté de moi pour s'approcher de son maître vampire. Sur son invitation, elle s'assied sur l'accoudoir du trône, se cambrant pour mettre ses seins et ses cuisses en valeur. Frangelico remonte sa main sur son mollet souple. « Entouré de tant de délices, tu as forcément déjà été tenté. »

J'ignore la blonde qui me sourit. Voir Frangelico la manipuler comme un morceau de viande me débecte. J'imagine que pour lui, tous les humains sont de la nourriture. «Vous savez ce que je veux. Vous l'avez su dès le départ.

— Ah, oui, dit-il en tapotant de ses longs doigts le genou de la soumise, comme si elle faisait partie du meuble. Et as-tu progressé pour obtenir satisfaction ?

— C'est un jeu sur le long terme.» Frangelico est ma meilleure chance d'obtenir ce que je veux. Si ça doit me prendre le restant de mes jours, merde, qu'il en soit ainsi.

«Tu joues donc à des jeux, finalement ?» Ses doigts se figent.

Je soupire. «Putain, de quoi est-ce que vous parlez ?»

Frangelico lâche la blonde et la congédie. «Je me demande ce qui se passera si ni toi ni moi n'obtenons ce que nous voulons.

— Nos chemins se sépareront», dis-je en haussant les épaules. Ce n'est pas comme si quoi que ce soit me retenait à Tucson.

«Et si je ne veux pas que tu partes ?

— Ce serait fâcheux.»

Je ne regarde pas le vampire dans les yeux — je ne suis pas débile — mais je foudroie son menton du regard. Je n'ai jamais défié ou menacé le roi, du moins pas encore, mais il comprend le message et se rassied au fond du trône en soupirant. Son peignoir en velours retombe sur l'une de ses épaules, révélant des muscles puissants. Il a beau se comporter comme un playboy nonchalant, il serait un adversaire de taille dans un combat. Même sans ses réflexes surpuissants et ses pouvoirs de vampire.

«Alors, tu comprends pourquoi je voulais te parler. Je souhaite explorer des alternatives à notre accord.»

Merde. «Il n'y a qu'une seule chose qui m'intéresse.» Et si Frangelico ne peut pas me la donner, je ne sais pas ce que je ferai.

« Tu désires sûrement quelque chose d'autre. Ou quelqu'un, peut-être. »

La rousse. Son visage apparaît dans mon esprit sans que je puisse l'en empêcher. Son doux visage orné de taches de rousseur qui m'accueille quand je rentre à la maison et qu'elle vient m'embrasser…

Je me force à faire disparaître le fantasme. « Non. Rien. Je vous l'ai dit dès le début. C'est tout ou rien. » Mon choix est fait depuis longtemps.

Une femme crie. Je me raidis, mais ne me retourne pas. Je n'aime pas que ces bruits de souffrance soient devenus routiniers. Mais je fais volte-face lorsqu'une couleur fauve attire mon regard.

Benny a suspendu la rousse —ma rousse— à une corde au plafond et abat un lourd martinet en cuir sur son dos, chaque coup y laissant des marques écarlates. Nue, sur la pointe des pieds, elle tente d'échapper aux coups. Les lanières de cuir s'enroulent autour de sa hanche et tombent sur ses seins. Elle hurle. J'entends de la peur dans son timbre, pas les notes basses du plaisir.

Avant que je m'en rende compte, j'ai traversé la pièce et je me suis placé devant le vampire. Le martinet est au sol entre nous, cassé en deux.

La surprise passe sur le visage de Benedict, puis il la dissimule derrière un sourire méprisant. Il commence à se tourner vers la rousse tremblante, mais j'abats une main sur son bras.

« Non. Je ne te laisserai pas lui faire du mal.

— J'ai la permission », siffle-t-il. Quand je gronde en retour, il devient flou et réapparaît à l'autre bout du club. Putain de lâche.

Je me tourne vers la fille, et découvre qu'un autre vampire a pris la place de Benny. Un grand type aux traits aristocratiques, celui qui lui donnait des ordres un peu plus tôt. Je ne vois son soumis nulle part.

« Qu'est-ce que ça signifie ? aboie-t-il en me prenant de haut, bien que je fasse presque sa taille. Benedict avait ma permission.

— Le spectacle est fini. Détachez-la. Elle a terminé.

— Elle est à moi, et c'est moi qui décide quand elle a terminé. » Le vampire fait un pas vers une table pleine d'accessoires, mais je m'interpose.

« Rappelez votre chien », dit-il à Frangelico.

Celui-ci arque un sourcil. On ne donne pas d'ordre au roi.

« Je ne suis pas un chien. Je suis un ours. » Mon ton devient menaçant. Mon grizzly est sur le point de sortir et de se battre dans le club. On verra si les meubles sont aussi solides qu'ils en ont l'air.

« Augustine », dit lentement Lucius avec une légère désapprobation. Je me crispe. Je ne l'avais jamais vu, mais je sais qu'Augustine est l'un des lieutenants de Frangelico. « Tu sais aussi bien que moi que je ne lui donne pas d'ordres. Et voilà pourquoi je l'ai engagé : il est là pour s'assurer que vous respectez les règles. » Sur ces mots, le roi vampire se détourne pour signifier que la conversation est terminée.

La lèvre supérieure d'Augustine se soulève, révélant une canine. « Je n'ai pas enfreint les règles.

— Tu as prêté ta soumise à un vampire qui lui faisait du mal. » À côté de nous, la rousse tourne lentement au bout de la corde nouée autour de ses poignets. Merde, est-ce mauvais pour sa circulation ? Sa peau est couverte de marques, aussi nombreuses que ses taches de rousseur. Je remarque même des traces de sang. Benny n'y est vraiment pas allé de main morte.

« Si elle voulait arrêter, elle aurait dit le mot de sécurité », proteste le vampire. Il a un geste d'impatience et un serveur lui propose un verre d'eau. Augustine le boit avec avidité, puis s'essuie les lèvres. Il n'en donne pas à sa soumise.

La rouquine est molle, ses yeux à demi fermés. Je regarde son visage avec attention et lui soulève délicatement une paupière pour examiner ses pupilles dilatées. « Elle n'est pas assez consciente pour dire son mot de sécurité. » Ce délire n'est peut-être pas mon truc, mais je sais comment les endorphines fonctionnent. Elles peuvent être libérées en excès jusqu'à ce que la personne soit trop hébétée pour parler.

« Elle aime ça. » Le vampire prend une cravache sur une table, mais je me place entre la rousse et lui. Entre le vampire et sa proie. C'est probablement la première fois que quelqu'un lui refuse quelque chose.

Augustine a l'air choqué. Ça lui va bien.

« J'ai dit non.

— Très bien. Il est l'heure de manger, de toute manière. » Il claque des doigts, et un autre employé du club s'approche pour détacher la corde autour des poignets de la jeune femme.

Elle s'avachit, une cascade de cheveux roux tombe sur son visage moucheté de taches de rousseur. Sa tête roule sur son épaule. Elle est complètement défoncée aux endorphines. Une autre sang-sucré : la victime soumise et consentante d'un vampire.

Ça ne me regarde pas. Je ne devrais pas m'en mêler. Mais la rousse entrouvre les lèvres, elle se tourne vers moi et son odeur me parvient…

Et je comprends soudain pourquoi elle a éveillé mon intérêt.

Je me penche vers elle. Elle est métamorphe. Pas un loup ni un ours, mais un animal qui s'en rapproche. Une renarde, peut-être. Ça irait bien avec sa chevelure flamboyante. Je jette un coup d'œil entre ses cuisses. Elle est entièrement rasée, à l'exception d'une fine bande de poils. Une vraie rousse. Aucun doute, c'est une renarde.

Comment ai-je pu ne pas remarquer son animal avant ? Peut-être parce qu'il est effacé, soumis. Sans compter toutes les écœurantes odeurs des vampires dans le club. Les proies ne font pas connaître leur présence à la façon des espèces dominantes. Et celle-ci est aussi douce qu'une proie peut l'être. Mon ours lutte pour se libérer. Il veut l'emmener loin d'ici, en sécurité dans un lieu sombre où il pourra la protéger.

Je suis tiraillé par mon instinct, mais je dois me souvenir pourquoi je suis ici. La gorge nouée, je fais un pas en arrière et feins le désintérêt, tel un videur qui s'inquiète plus de la réputation du club que de la protection d'une sang-sucré consentante. « Frangelico sait que tu te nourris sur une métamorphe ?

— Elle m'appartient.

— Les métamorphes n'appartiennent pas aux vampires.

— C'est le chien de garde du roi qui me dit ça ? »

Techniquement, le roi vampire et moi sommes en partenariat, mais je ne rectifie pas son erreur.

Augustine claque des doigts avec un sourire mauvais. Une seconde plus tard, des employés du club ont apporté un siège et sa soumise à Augustine. Je ne les quitte pas des yeux tandis qu'il la fait tourner entre ses bras pour placer son corps flasque sur ses genoux, presque tendrement. Je serre les poings quand Augustine écarte les cheveux roux de la femme et incline sa tête en arrière pour dégager sa gorge. Comme une vipère, il frappe, sans cérémonie ni douceur, et plonge ses crocs dans sa chair. Elle convulse, mais son expression hagarde s'efface et devient de l'extase.

Putain, ça suffit. Je tourne les talons et repars vers le trône.

« On peut leur faire aimer ça, tu sais », déclare Frangelico. Il tient une coupe emplie d'un liquide rouge. Un bel effet, mais ce n'est que du vin.

Je me retourne en entendant un cri. La rousse se débat entre les bras de son maître, le plaisir se mue en douleur. Augustine me jette un regard méchant. Il lui fait volontairement mal. Elle tambourine son torse de ses poings pendant que son sang tache la peau pâle du vampire et le col de sa chemise. Il en met partout.

Ses cris deviennent plus aigus et paniqués.

« Laisse-la tranquille, dis-je en un grondement.

— Augustine. » Frangelico l'appelle d'une voix douce. Le jeune vampire se retourne en grognant, mais il baisse les yeux. « Assez », ordonne le roi. Augustine incline la tête, puis fait signe à un employé d'emporter la renarde.

« Tu ne pourras pas tous les sauver du sadisme de mon fils », murmure Frangelico. Je suis la rousse des yeux jusqu'à ce qu'elle disparaisse derrière le rideau d'une alcôve privée. Elle ne risque plus rien. Au cours de l'heure suivante, elle sera blottie dans une couverture, on lui donnera du jus d'orange, du chocolat et tout ce dont elle a besoin pour se remettre de ses émotions. J'envisage tout à coup de tirer le rideau, de faire sortir l'employé et de prendre soin d'elle moi-même, mais je rejette cette pensée dès qu'elle se présente. La rouquine est mignonne, mais elle ne me concerne pas.

Mon ours proteste en rugissant.

Quand je me retourne, le roi vampire m'observe avec intérêt. Je secoue la tête. « Je ne compte pas les sauver. Comme vous l'avez dit, ils aiment ça. »

Il me contemple par-dessus ses doigts entrelacés. « Ce club existe pour répondre à toutes sortes de désirs. Certains aiment que leur plaisir soit mélangé à de la douleur. Nous avons un nom pour eux : les sang-sucré.

— Ouais, je sais. » Les vampires adorent les masochistes. La souffrance libère des endorphines, ce qui donne un goût sucré au sang, ou un truc comme ça. Je suis sur le point de dire à Frangelico où il peut se mettre son sadisme lorsqu'une nouvelle odeur entre dans mes narines. Des loups.

« Frangelico », le salue une louve vêtue de cuir. Elle est suivie d'un énorme loup avec un piercing au sourcil. Sheridan et Trey. J'accorde toute mon attention à ce dernier. On ne s'entend pas, tous les deux. J'étais videur au Fight Club, son club de combat, mais la situation a très vite tourné au vinaigre quand il a appris que je travaillais également ici.

Trey montre les dents dès qu'il me voit. La louve pose une main sur son bras et marmonne : « Tiens-toi bien.

— Ah, ma chère Sheridan, susurre le roi. Quel plaisir d'avoir ta visite, ainsi que celle de ton garde du corps.

— Mon compagnon », précise-t-elle. Sa main se pose automatiquement sur son épaule, là où il doit l'avoir marquée. Merde, elle est devenue sa compagne ? J'ouvre la bouche pour les féliciter, mais Trey me fusille du regard. Après ce que j'ai fait, il n'acceptera rien de ma part. Je me tais.

« Qu'est-ce qui vous amène dans notre petit club ? demande Frangelico. Êtes-vous ici pour affaires ou pour le plaisir ?

— Pour affaires », répond Sheridan, bien qu'elle jette un regard plein d'envie en direction du club. Je ne comprends pas ce qui attire les gens ici, mais ce ne sont pas mes affaires.

« Venez, dans ce cas. » Frangelico fait un geste pour

que d'autres sièges soient approchés. Des serveurs apparaissent et proposent à boire aux loups.

« Nous sommes ici parce que nous avons entendu des rumeurs. Des métamorphes disparaissent dans la région.

— Des loups.

— Non, pas des loups. D'autres métamorphes. Des espèces qui ne sont pas protégées par une meute.

— De quels métamorphes parle-t-on ? Pardonnez-moi, je ne suis pas aussi versé dans le royaume animal que je devrais l'être. » Frangelico ment, bien sûr. Il se fait un devoir de tout savoir.

Sheridan déglutit et échange un regard avec Trey, qui hoche la tête. « Quelques félins solitaires qui n'appartenaient à aucun clan. Un léopard, un tigre. Mais aussi des métamorphes plus rares. Des hiboux, des corbeaux, des aigles.

— Vraiment ? Certains métamorphes sont des oiseaux ? » Frangelico est un maître du bluff. Même moi, je ne peux sentir que son intérêt.

Sheridan acquiesce. « Ils restent discrets parce qu'ils sont moins nombreux que les loups et les gros félins. Et parce que ce sont des proies.

— Et quelqu'un les enlève ? N'était-ce pas déjà arrivé quand une entreprise capturait des métamorphes pour les soumettre à des expériences ?

— Cette entreprise n'existe plus. Nous avons détruit leurs locaux et éliminé les responsables. Mais il existe toujours un marché clandestin pour les métamorphes kidnappés, et nous pensons que ceux qui en font commerce ont trouvé de nouveaux clients. Des vampires. »

Frangelico tapote l'accoudoir de ses longs doigts. Il n'a pas bronché au moment où Sheridan a lâché cette bombe. Après avoir attendu un instant, comme pour s'assurer qu'elle a terminé, il demande : « Et pourquoi des vampires voudraient-ils acheter des métamorphes ?

— On l'ignore. C'est pour ça que nous sommes là. » Avant que Sheridan puisse continuer, son grand compagnon tatoué s'avance.

« Vous avez tout intérêt à vous pencher sur la question, à moins que vous ayez envie que la meute vienne frapper à votre porte, dit-il d'un ton menaçant.

— Ce que mon compagnon veut dire, reprend Sheridan avec un sourire crispé, c'est qu'unir nos forces pour enquêter sur ces disparitions serait un bon moyen d'honorer l'alliance entre vos vampires et la meute de Tucson. Dans l'intérêt de la paix.

— En effet. » Frangelico pose les yeux sur Trey avant de regarder Sheridan de nouveau. « Tu as un don pour la diplomatie, ma douce.

— Merci, répond-elle posément. Mais ne m'appelez pas *ma douce.* »

Le roi ignore son grondement. « Nous nous pencherons sur la question. » Il me décoche un regard en coin, et je lui réponds d'un hochement de tête. Quand le roi dit *nous,* il parle de *moi.* Traquer les vampires qui ont acheté des métamorphes kidnappés ne me dérange pas, et je sais exactement où commencer : avec Augustine et sa petite soumise rousse.

« C'est entendu, déclare Frangelico. Maintenant que vos affaires sont terminées, je vous invite à profiter de mon club. Resterez-vous pour vous divertir ce soir ? »

Sheridan hésite. Son regard parcourt la salle faiblement éclairée avec un intérêt qu'elle ne parvient pas à masquer.

« Oui, répond Trey en se plaçant entre le roi et elle. Tant que tout le monde se tient bien.

— Je suis sûr que mes vampires seront sages, répond Frangelico avec un reflet de canine.

— Et vos métamorphes de compagnie ? » Trey me regarde.

« Je n'ai aucun métamorphe de compagnie. Seulement des amis et des… partenaires de jeu.

— Et lui, qu'est-ce qu'il est ? insiste Trey, qui me dévisage toujours.

— Un associé, dis-je.

— Je suis certain que Grizz respectera également le règlement du club et tous ses membres. » Frangelico hausse un sourcil dans ma direction.

« Je n'ai aucun problème avec ces loups », dis-je en levant les mains. Ce n'est pas ma faute si les loups ont un problème avec moi.

« Bien. » Le roi frappe dans ses mains, faisant sursauter Sheridan. Trey touche ses épaules en un geste rassurant et se penche pour lui murmurer quelque chose. Elle rougit. Trey la fait pivoter, la pousse gentiment vers une table libre et la regarde s'éloigner. Je dois avouer que si j'avais une compagne aussi belle, moi aussi, je la suivrais tout le temps des yeux.

Trey se retourne vers Frangelico, puis vers moi. Son expression devient dure.

« Hé, Grizz, tu te bats toujours vendredi ? demande-t-il, amer.

— La dernière fois que j'ai vérifié, j'étais toujours sur le planning. » Je ne travaille plus au Fight Club depuis quelques semaines, mais les combats font du bien à mon ours.

« Tant mieux, dit Trey avec un sourire lugubre qui découvre ses dents. On a un invité spécial pour toi. Prépare-toi. »

Je le regarde s'éloigner. Bien que ce soit un gros loup dur à cuire, il n'est pas aussi dangereux que moi. Pas seul, en tout cas. Mais les loups ne sont jamais seuls, ce qui est à leur avantage. Ils bénéficient de la force d'une meute.

« Si c'est tout, je vais y aller.

— Je te libère de tes fonctions pour le reste de la nuit, me répond Frangelico en opinant du chef. Demande à Peter d'appeler quelqu'un pour te remplacer. Je veillerai à la sécurité du club en attendant.

— Compris. » Il est temps pour moi de me mettre en chasse.

Je m'approche de la corde avec laquelle Augustine a attaché sa soumise métamorphe. La robe blanche qu'elle portait est toujours en tas par terre. Je la ramasse et la renifle longuement. Le parfum est épicé, avec une touche florale. Une renarde, c'est certain. Je ne peux pas suivre l'odeur du vampire, mais je peux retrouver la métamorphe.

Quelques questions discrètes plus tard, j'ai appris que la rousse est partie avec Augustine. Son *maître*, comme les gens l'ont appelé. Je ne sais pas si elle lui appartient ou s'il s'agit d'un jeu entre eux, mais je compte bien le découvrir. Je peux trouver son adresse dans les dossiers que tient Frangelico. Je suis l'une des rares personnes à qui il y donne accès. Il sait que je ne le trahirais jamais : j'ai trop besoin de lui.

À la moitié de l'escalier qui remonte vers le rez-de-chaussée, je m'arrête et parcours le club des yeux. Trey et Sheridan occupent déjà une table sous l'un des projecteurs. Trey a ouvert un sac de sport noir et en sort des accessoires. Sheridan se tient à côté de lui, sa peau nue luisante autour d'un harnais compliqué en cuir. L'excitation la fait légèrement chanceler.

Trey se tourne vers elle après avoir sorti les objets. Dès qu'il claque des doigts, elle tombe à genoux et lève la tête vers son compagnon. Je n'ai pas besoin de voir son visage pour savoir que ses yeux brillent. L'expression du loup s'attendrit alors qu'il la contemple. Un couple de plus échangeant un moment volé avant de commencer une danse compliquée de soumission et de domination. Je l'ai déjà vue un million de fois, mais bizarrement, elle n'est pas aussi grotesque avec des métamorphes. Non que je comprenne pour autant.

Je finis de monter les marches et donne un coup de poing dans la porte pour m'échapper de cet endroit.

CHAPITRE DEUX

Grizz

Augustine habite un quartier chic d'Oro Valley, contre la chaîne de montagnes de Santa Catalina. Je gare ma moto, grimpe par-dessus le mur et balaie le jardin des yeux. Une énorme piscine, un patio chic. Je remarque une porte derrière le bar en pierre, le barbecue et les meubles de jardin. Elle sera facile à enfoncer.

Je prends soin d'éviter les caméras. Pas d'éclairage automatique sur la pelouse. Normal, les vampires voient dans le noir. Heureusement, les métamorphes aussi. Je m'accroupis dans les fourrés et attends.

Les vampires sont plus puissants la nuit, mais je les trouve un peu plus lents quand l'aube est proche. Pas Frangelico ; il est assez vieux pour rester éveillé jusqu'aux premiers rayons du soleil. Mais même ses enfants les plus âgés rentrent se mettre à l'abri pendant les heures qui précèdent le lever du jour.

Je reste donc accroupi jusqu'à ce qu'une lumière diffuse éclaire le ciel au-delà des montagnes. Après avoir bu une bonne gorgée de ma flasque, je m'approche tranquillement de la porte. Elle n'est pas verrouillée — il faudrait être taré pour cambrioler un vampire. La plupart d'entre eux réservent toutes leurs défenses et leurs pièges pour la pièce où ils dorment, et c'est la raison pour laquelle je prévois d'attaquer Augustine pendant qu'il est réveillé. Il ne s'y attendra pas. Après avoir passé ma vie à chasser des vampires, je connais leur point faible : leur orgueil démesuré. Ils sont les prédateurs les plus dangereux sur Terre et le savent. Ils ne se rendront compte de rien… jusqu'à ce que je leur tombe dessus, un pieu à la main.

Bien sûr, je n'ai pas reçu l'ordre de tuer Augustine. Seulement de l'interroger. Si ses réponses plaisent à Frangelico, il vivra peut-être. Le roi déteste éliminer ses enfants. D'après lui, en créer de nouveaux est difficile.

La maison est sympa, propre, avec une odeur de citron. Je fouille les pièces, mais elles ne semblent pas utilisées. Elles sont parfaitement décorées, mais sentent le vide. J'ouvre le réfrigérateur. Quelques carafes de sang et une bouteille de vin à demi pleine. Rien d'autre.

Le vampire n'est pas là. Il dort sans doute ailleurs. À moins que j'aie envie de le surprendre pendant qu'il s'amuse ou quand il est totalement réveillé, cette piste ne me mènera nulle part. Enfin, je ne m'attendais pas à ce que ce soit facile.

Je trouve un sac de nourriture pour chien à côté du réfrigérateur. Une marque chère, avec de véritables morceaux de viande, un truc comme ça. Je prends un instant pour me concentrer sur l'odeur dissimulée sous le froid parfum de pierre du vampire. C'est alors que je décèle le musc familier.

Un chien. Ou un animal qui y ressemble. Pas un loup.

Ma peau picote alors que je me dirige vers un cellier

carrelé. Dans un coin, une couverture mexicaine aux couleurs vives recouvre une grande structure. Une cage.

Le monstre commence à grogner dans ma poitrine. Ce n'est pas un grondement, plutôt un son bas et apaisant.

Je soulève le sarape et découvre ma petite renarde. Blottie et toujours sous forme humaine. Nue, à l'exception du ras-de-cou blanc. Elle frissonne.

Mon ours grogne plus fort.

J'ouvre la cage. Le grincement métallique la fait grimacer. Elle ferme les yeux et se recroqueville pour prendre aussi peu de place que possible. Il reste encore quelques marques sur sa peau pâle, bien que la plupart aient disparu. Putain, heureusement qu'elle est métamorphe et non humaine. Son maître a vraiment dû lui faire mal pour qu'elle n'ait pas encore fini de régénérer.

Et il l'a laissée dans une cage. Le grondement de mon ours me fait trembler. Je prends la couverture qui était posée sur la cage et la drape autour de ses épaules.

« Maître ? » demande-t-elle, dans le plus doux des murmures. Sa voix chevrotante me touche comme des doigts délicats. Merde, je bande.

« Je ne suis pas ton maître », dis-je d'une voix rauque. Je suis tellement furieux que mon ours est sur le point de se libérer et de réduire cette villa en miettes, pièce par pièce. Quel genre d'enfoiré abandonne sa soumise ainsi ? Et pas seulement toute seule, mais *gelée jusqu'aux os dans une cage ?* Avec uniquement de la *nourriture pour chien* à manger ?

« Viens ici », dis-je avec autorité. Elle obéit instantanément et s'approche en rampant.

Je me mets à l'encourager avant même de m'en rendre compte. « Plus près. Viens avec moi. Viens tout près, petite. Sors de la cage. »

Ses yeux toujours fermés, elle sort de la cage et me tombe dans les bras. « Et voilà. » Je l'étreins automatiquement. Dès que son petit corps se blottit contre mon torse, le grommellement de mon ours s'apaise et prend une tonalité grave. Il ronronne. Je ne savais pas qu'il pouvait le faire.

Elle frotte son visage contre mon T-shirt, s'y blottit. Toujours en pilote automatique, je pose la main sur son crâne pour la maintenir contre moi.

La petite soumise se détend en soupirant.

«Bonne fille», dis-je en un souffle. Les mots me viennent naturellement. J'ai assisté à assez de scènes dans le club pour savoir quoi dire, mais j'ai prononcé ces mots avec facilité, sans réfléchir. Sa respiration ralentit, sa bouche se relâche. Comme ses yeux sont toujours fermés, je ne peux pas déterminer à quel moment elle s'endort.

Tout ce que je sais, c'est que je me trouve dans une villa, dans laquelle je suis entré par effraction, la soumise d'un vampire dans mes bras, et que je ne peux pas la lâcher. Pour la première fois depuis longtemps, mon ours a trouvé quelqu'un à étreindre.

Jordy

Le grondement sous mes oreilles emplit mon monde. De l'air froid assaille mon visage, puis je suis installée sur un siège et on attache ma ceinture. Deux portières claquent, l'une après l'autre, et une grande présence emplit l'espace à côté de moi.

Je dis le premier mot qui me vient habituellement : « Maître ?

— Je ne suis pas ton maître », gronde la voix. J'ouvre brusquement les yeux et découvre un visage orné de cicatrices. Lorsqu'il me regarde de travers, je baisse le nez vers le sol.

« Pardon.

— Ne t'excuse pas », grogne-t-il. Je baisse la tête. « Non, merde, ne fais pas ça. »

Je le regarde timidement.

Il se frotte la poitrine. « Tout va bien. Tu ne risques rien avec moi », dit-il avant de démarrer le fourgon et de commencer à rouler.

Je lève les mains et cherche mon ras-de-cou. Il est toujours fermement attaché. Je soupire en m'enfonçant plus profondément dans le siège passager.

Pendant les premières minutes du trajet, je fais ce que je fais de mieux : rester docile et silencieuse. Je devrais paniquer à l'idée de quitter le quartier de mon maître en compagnie d'un métamorphe inconnu. Un énorme métamorphe en colère, qui ne cesse de gronder depuis qu'il a déverrouillé ma cage, m'a prise dans ses bras et m'a portée jusqu'à son véhicule.

La route défile à toute allure avant que j'aie le courage de prendre la parole. « Est-ce que ça va ?

— Quoi ? » Il a l'air étonné.

Je me recroqueville sur mon siège. « Vous grondez.

— Ouais, grimace-t-il en se frottant le torse. Mon ours n'a pas aimé voir comment tu étais traitée. »

Je suis sur le point d'exprimer mon accord, mais un pincement de culpabilité m'empêche de critiquer mon maître.

« Mon maître vous a envoyé me chercher ? »

Le grand type détourne les yeux, et je connais la réponse avant qu'il parle. « Non. »

Je reste plongée dans mes pensées pendant les kilomètres suivants. Je suis plutôt calme, étant donnée la situation. Mais bon, j'ai toujours encaissé les coups que la vie m'assène. Une métamorphe soumise ne peut pas faire grand-chose d'autre. Le vaste monde est dangereux et mon animal aime se cacher.

Elle est alerte en ce moment, observe ce qui nous entoure sans son habituel fond d'angoisse. Le fourgon est grand et bruyant, mais il ne sent pas la même odeur que le gros ours métamorphe près de moi.

« C'est un joli fourgon.

— Il n'est pas à moi », lâche-t-il. Après avoir changé de voie, il ajoute : « Je l'ai volé. J'étais à moto et je ne voulais pas te réveiller. »

Je regarde par la fenêtre pendant que les panneaux de sortie défilent. « Où est-ce que vous m'emmenez ?

— En sécurité. »

En sécurité. Le mot magique. Ma renarde se détend. Elle ne bat pas en retraite, mais je suis emplie d'une somnolence bienheureuse, que je ressens rarement et recherche constamment. D'habitude, ma renarde est tellement sur ses gardes et attentive au moindre prédateur qu'il faut de la douleur contrôlée pour la tranquilliser, pour qu'elle me laisse dormir. Même dans sa cage, elle observe en silence et patiente, emplie de déception alors qu'elle attend un maître qui ne vient pas. Un bon maître. Quelqu'un qui nous protégera et prendra soin de nous.

Le soleil apparaît au-dessus des montagnes, ce qui signifie que l'aube est là.

« J'ai dormi combien de temps ?

— Aucune idée. » Il a l'air en colère, mais ma renarde est à l'écoute du fort grondement qui remonte de sa gorge. Elle sait que sa rage n'est pas dirigée contre elle. « Tu étais seule quand je suis arrivé. Putain, pourquoi ton maître t'a laissée après une séance ? Et pas juste seule, mais dans une foutue cage ?

— Ma renarde ne sait pas toujours bien se comporter quand je dors. Elle a peur. » Je la surnomme *la trouillarde.*

« Ta place n'est pas dans une putain de cage. » Sa voix se mêle à celle de son ours en un grondement presque inintelligible.

Quand je baisse la tête, le grondement diminue.

« Je ne voulais pas t'effrayer », marmonne-t-il en me jetant un bref coup d'œil. Ses yeux sont un mélange de brun et d'or ; son ours fait connaître sa présence.

« Vous ne me faites pas peur. » Mon cœur est plus léger, libre, lorsque je prends conscience que c'est la vérité.

Il me tend une bouteille d'eau. « Tiens. Tu dois boire quelque chose. »

Je reconnais la bouteille : c'est la marque luxueuse qu'Augustine fait importer. Mon maître vampire ne gaspillerait jamais un produit aussi cher pour moi. Je ne sais pas si je peux le dire à l'ours.

Il fourre la bouteille dans mes mains avec un grognement et je ne proteste pas. Je suis assoiffée. L'eau est fraîche, presque sucrée. Je vide toute la bouteille.

« Il n'aurait pas dû te laisser seule », grommelle l'ours. Je me mordille la lèvre, l'observe du coin de l'œil pour qu'il ne s'en aperçoive pas. C'est un grand type avec un visage couvert de cicatrices, plus que je n'en ai jamais vu sur un métamorphe. Son odeur laisse deviner un animal puissant et sûr de lui. Un signe que son ours est proche de la surface et qu'il est extrêmement dominant.

Malgré la tension qui emplit son corps de géant, son parfum m'évoque… la sécurité. Ma renarde se penche pour humer son odeur, la savourer. Soit elle a perdu la tête, soit elle l'identifie comme une personne qui nous protégera. J'espère que c'est la deuxième option. Vraiment.

Je finis par oser demander : « C'est pour ça que vous m'avez emmenée ? Parce que j'étais dans la cage ? »

Il foudroie la route des yeux. Des yeux jaunes, dans

lesquels brille son ours. «Je t'emmène là où tu pourras te nettoyer, te reposer et guérir.»

Je déglutis. Donc, ce n'est pas une punition. Augustine sera mécontent. J'aurai de la chance s'il ne m'accuse pas ou s'il ne passe pas sa colère sur moi.

Mon ravisseur me regarde avec attention, comme s'il lisait dans mes pensées. «Tu connais Frangelico?

— Oui», dis-je en un murmure. Je me recroqueville lorsqu'il mentionne le roi vampire.

«Je travaille avec lui. Il veut que j'enquête sur ton maître.»

Cette idée ne me rassure pas le moins du monde, mais je sais qu'il vaut mieux ne pas poser de questions sur les affaires des vampires. «Vous ne voulez pas plutôt dire *pour lui*? Que vous travaillez *pour* le roi vampire?

— C'est ce que j'ai dit.

— Vous avez dit *avec*.» Ce qui sous-entend qu'ils sont sur un pied d'égalité.

«*Pour, avec*, merde, quelle différence ça fait?» Il hausse les épaules. Je devrais être terrifiée à l'idée de l'avoir agacé, pourtant j'ai envie de glousser. Je baisse la tête pour dissimuler mon sourire derrière mes cheveux fins.

S'il remarque mon hilarité, il ne fait pas de commentaire. Il se contente d'effleurer ma tête de sa grande main. Je me fige, le laissant me toucher.

«Rousse, dit-il.

— Comment?» En temps normal, je ne pose jamais de questions aux dominants, mais je ne peux pas m'en empêcher. Son ton est profond et rocailleux, avec un soupçon d'autre chose. De la révérence. Ou du désir.

Sans m'expliquer sa remarque, il continue: «Je t'ai observée hier soir.

— Oh.» Je me remémore les évènements de la nuit dernière. Ma renarde a l'obligeance de partager avec moi ce qu'elle a remarqué : une forme brun doré sombre se tenant juste à la lisière de la lumière, attendant dans l'ombre. Une présence forte et puissante. Sécurisante. «Je me souviens de vous. Enfin, ma renarde s'en souvient. Elle vous aime bien. »

Ses épaules se décrispent légèrement. « Tant mieux. Ça me fait plaisir. »

J'aimerais lui demander où on va, mais je bâille.

«Dors, petite. » J'adore ce surnom qu'il me donne. J'ai l'impression d'être un bébé. Protégée. Sa voix a un timbre autoritaire, auquel il me serait impossible de désobéir même si j'en avais envie.

« D'accord. » Je me blottis sur le siège. Avant de fermer les yeux, je vois sa grande main vérifier que le chauffage est activé, puis diriger les souffleurs dans ma direction et me border dans la couverture.

« Merci, dis-je à voix basse. C'est agréable. »

Son ours gronde de nouveau. *Endors-toi,* dit-il. *Je prendrai soin de toi. Détends-toi et laisse-toi aller.*

C'est donc ce que je fais.

~

Grizz

Idiot. Quel putain d'idiot.

Je ne suis pas dans la branche du recouvrement de dettes. Je suis un chasseur. J'ai appris le métier jeune : un chasseur ne laisse jamais de traces. Pas s'il traque un prédateur, et je suis sur la trace des prédateurs les plus dangereux qui soient.

Mais à l'instant où elle a rampé hors de la cage et est tombée dans mes bras, elle est devenue trop importante pour que je l'abandonne.

De plus, elle est mon lien le plus concret avec Augustine. Du moins, c'est ce dont je me persuade, même si je ne vois pas du tout comment traquer un vampire si je dois m'occuper de sa renarde de compagnie. Je n'ai pas réfléchi quand je l'ai sortie de la villa du vampire. Enfin, pas avec mon cerveau.

Lorsque la couverture glisse de son épaule, je ne parviens plus à me concentrer. Je me demande comment serait cette peau crémeuse sous mes lèvres. Je parie qu'elle est terriblement douce. Je l'effleure du dos de la main.

Merde, elle a froid ! Je remonte la couverture autour d'elle. Le chauffage du fourgon est à fond, mais cette pauvre femelle est menue et frêle. Ce foutu vampire qui l'a enfermée de la sorte… Elle est trop fragile pour endurer ce genre de mauvais traitement. Trop pâle, trop maigre.

Pendant que je tripote la couverture pour la couvrir, comme un gamin avec sa poupée, le fourgon quitte sa voie et se place sur la trajectoire d'un poids lourd. Le conducteur klaxonne et je ravale un rugissement. Je ne veux pas réveiller ma belle dormeuse. Je me contente de décocher un regard noir au camionneur. Mon ours est hors de lui.

Merde, la petite dort à poings fermés, pourtant l'ours se bat pour la protéger. Si je continue comme ça, elle va me prendre pour son prince charmant. Ce serait une erreur. Je ne suis le héros de personne.

Je reste sur mes gardes jusqu'à ce que j'entre dans mon allée, dissimulée des regards. Ma tanière est nichée à flanc de montagne. Rien de sophistiqué, l'un de ces bunkers, cependant la paroi qui donne sur la colline comporte quelques fenêtres. Je n'aime pas dormir en plein air. Trop dangereux. Je l'ai appris à la dure il y a quelque temps.

Quand j'entrouvre la portière du fourgon, ma petite renarde ne se réveille pas. Je n'ai aucun problème à parcourir la distance jusqu'à la maison avec un paquet si léger dans les bras. Je l'installe dans ma chambre, et mon ours se détend enfin en la voyant allongée dans la grotte sombre et chaude de mon lit. Elle se roule en boule comme si elle était sous sa forme animale, son petit poing contre ses lèvres. Elle ne dormait pas si profondément lorsque j'ai ouvert sa cage. Je me souviens alors que je lui ai donné un ordre. Un ordre de dominant, par inadvertance. J'ai tellement l'habitude d'être le plus gros et dangereux alpha parmi d'autres prédateurs que j'ai oublié de modérer mon autorité. Comme une bonne petite soumise, elle a pris mon ordre à cœur.

De quoi aura-t-elle besoin à son réveil ?

Je pars dans la cuisine. La dernière fois que j'ai fait des courses, j'ai acheté des bouteilles de jus d'orange. Je devais avoir envie de paraître normal en ajoutant quelques produits courants à mon chariot plein de viande. Je n'en bois pas vraiment.

Quelques minutes plus tard, un verre de jus est posé sur la table de chevet, attendant le réveil de mon invitée. Je dévisse deux ampoules sur les trois de la lampe près de mon lit afin d'improviser une lampe de chevet. Au cas où elle se réveillerait et paniquerait.

À peine capable de respirer, je reste au pied du lit pour la regarder dormir. Sa chevelure rousse est étalée sur l'oreiller, ses cils cuivrés reposent sur sa peau de porcelaine. La renarde est belle dans mon lit. À sa place.

Elle plisse son petit nez. Un orteil remue, ce qui fait bouger la couverture. Je la remonte immédiatement pour la couvrir.

Putain. Je suis dans une merde noire.

Je me casse, avant de passer une demi-heure supplémentaire à la regarder roupiller. Je savais que mon ours en pincerait pour une fille un jour, mais je n'aurais jamais pensé que ce serait si terrible.

De retour dans la cuisine, je sors plusieurs paquets de viande pour qu'ils soient décongelés pour le petit-déjeuner. Ou, vu le rythme auquel elle dort, pour le déjeuner. Peu importe ; ça me fait du bien de la voir se reposer.

Fermer l'œil ne me ferait pas de mal. J'irai la rejoindre dans une minute. D'abord, je dois régler quelques détails. Je sors mon portable à carte et compose un numéro que j'ai mémorisé.

« Meeerde, Grizz, il est même pas sept heures du mat', dit une voix à l'accent irlandais sur un ton venimeux.

— Sept heures, ce n'est pas si tôt, dis-je après avoir jeté un œil à l'horloge.

— Si t'es allé te coucher trois heures plus tôt, si. Il y avait un combat hier soir. Nix le Kid contre ce gros gorille bagarreur. Pas aussi bon que toi, mais bon, il a tenu douze rounds… »

Je toussote pour l'interrompre. Declan est capable de continuer à parler une éternité quand il est excité, et de toute façon, je ne comprends plus rien avec son accent à couper au couteau. « J'ai un boulot pour toi.

— Tu m'as pris pour ton homme à tout faire ?

— Bon, j'ai un service à te demander, alors.

— OK, ça marche », soupire l'Irlandais. Il m'en doit plus d'un.

« J'avais un boulot à faire ce matin, j'ai dû laisser ma moto et *emprunter* un fourgon. J'ai besoin que tu récupères ma bécane et que tu me la ramènes.

— Laisse-moi deviner, et je dois faire disparaître la caisse volée.

— J'installerai de nouvelles plaques minéralogiques. Tu n'auras qu'à les enlever avant de la laisser quelque part pour les flics.

— Je sais, je sais, c'est pas ma première fois. D'acc'. T'as besoin que ce soit fait quand ? »

Je jette un nouveau coup d'œil à l'horloge et calcule le temps de dormir, puis de préparer à manger. «À seize heures trente. Au Fight Club.

— T'es sûr ? demande Declan. Il paraît que les loups te prennent pour leur ennemi.»

Les loups. Tôt ou tard, je devrais régler ce problème. «Je ne le suis pas. Sauf s'ils deviennent les miens. Et ils ne veulent pas faire ça.» Trey, peut-être, mais son alpha Garrett est plus intelligent.

«Paraît que tu bosses pour un vampire. Et pas n'importe lequel, pour le roi.»

Je gronde en guise de réponse. Je n'aime pas qu'on soit au courant de mes affaires.

«C'est vrai ? T'es l'employé du roi ?

— On a un accord, le roi et moi.» Je ne sais pas pourquoi je lui réponds — je n'ai pas de comptes à lui rendre. Mais j'ai besoin que Declan soit mon allié. Il continue sa leçon sur les rapports entre vampires et métamorphes.

«Ça plaît pas aux loups. Le traité est encore récent, mais certains métamorphes pensent que t'as choisi ton camp. Et on peut pas se fier à des types qui se rangent du côté des vampires…

— Tu me retrouves au Fight Club, oui ou non ?»
Silence.

«Declan…

— Ouais, ouais. À tout à l'heure. Te bile pas.»

Je grogne et raccroche, puis vais verrouiller la porte et m'assurer que mon système de sécurité fonctionne. Les vampires ne chassent pas la journée, mais ils ont de l'argent, et l'argent permet d'acheter des hommes de main. Une fois que j'ai vérifié que tout est en place, je vais me mettre au lit. La journée s'annonce bien remplie, même sans penser à ma protégée. Cette pensée m'adoucit et je marche sur la pointe des pieds pour ne pas la réveiller. Je ne la toucherai pas, je me contenterai de m'allonger près d'elle.

Mais quand j'entre dans ma chambre, les couvertures sont sur le sol. Le verre de jus est vide, comme mon lit. Ma renarde n'est plus là.

CHAPITRE TROIS

Jordy

Je m'accroupis derrière le fourgon bleu en retenant mon souffle. À mon réveil, j'étais tellement désorientée que j'ai d'abord cru que j'étais sortie de ma cage et que je m'étais allongée sur l'un des lits de mon maître. Je me suis levée d'un bond et me suis extirpée de la couverture comme si elle me brûlait. Difficile de dire ce que ferait Augustine s'il me surprenait à profiter de commodités qu'il ne m'a pas octroyées. Pour un maître, il n'est pas si mal, mais il aime avoir un contrôle total. Aucun doute là-dessus.

Le gros mâle qui m'a enlevée, en revanche… je ne sais pas ce qu'il veut. Il était au club. Puis plus tard, dans la villa, ses pas se sont approchés lentement pendant que je frissonnais dans la cage. La chaleur de sa colère a déferlé sur moi, cependant ma renarde a eu une réaction opposée à celle qu'elle a d'ordinaire face à un dominant énervé. Soumise, mais pas craintive. Libre et à l'aise, comme si sa fureur était une chaleureuse tanière où je pouvais me rouler en boule et me cacher.

Et ensuite, je me suis réellement réveillée dans sa tanière. Maître Augustine m'a déjà louée, prêtée, partagée, envoyée passer la nuit avec quelqu'un qu'il souhaite récompenser… mais ces personnes sont toujours des vampires. Même la fois où…

N'y pense pas.

Maître Augustine ne m'avait encore jamais prêtée à un métamorphe. Pour autant que je sache, il les méprise, même s'il me garde comme soumise. Je ne devrais pas être ici. Plus je resterai, plus mon maître sera furieux. Je dois partir, peu importe combien je me sens bien auprès de l'ours.

Je ne redoute plus seulement le châtiment de mon maître. J'ai peur pour ma vie. Augustine est à craindre, surtout quand il estime avoir été trahi.

Et il y a aussi ce que le gros ours a dit au téléphone, un instant avant que je sorte discrètement de la maison : *On a un accord, le roi et moi.* Ça devrait être une raison suffisante pour mettre les voiles. Aucun métamorphe ne sort victorieux d'un affrontement contre un vampire, pourtant ce type a l'air de dire qu'il a conclu un marché avec l'un d'entre eux. Si je cherchais un signe que je devrais déguerpir, le voilà. Je ne peux pas me retrouver mêlée à une guerre de territoires des vampires. Ça ne plaira pas à mon maître. Je dois retourner auprès de lui et lui expliquer ce qui est arrivé. Je ne sais même pas exactement ce qui s'est passé, mais j'arriverai peut-être à inventer quelque chose pendant le trajet du retour.

Je jette un coup d'œil à la maison par-dessus le plateau du fourgon. On dirait une longue boîte, dont une moitié sombre comme un sous-sol est enfoncée dans la montagne, tandis que l'autre, composée par la cuisine et un grand salon, dépasse de la roche rouge. De grandes baies vitrées et une vue époustouflante. De la lumière en abondance. Je l'ai remarqué en partant. Je pense même que cette tanière ne me déplairait pas.

Ma renarde rechigne à s'en aller.

Je dois simplement parcourir la longue allée, puis le long chemin en terre, sauf que ce serait l'itinéraire le plus évident.

Je pourrai peut-être dévaler la montagne. Je m'approche du bord de la falaise et contemple la pierre rouge. Ma renarde s'y fondrait sans problème.

Je fais un pas en avant, mais une grosse main se referme sur ma nuque.

«Je t'ai eue», gronde l'ours. Il se déplace en silence, pour un si grand bonhomme.

Je sursaute et mes pieds remuent inutilement. Le grand type me tourne face à lui et me plaque contre son corps musclé. Je deviens molle et perds toute velléité. La soumission est si imprimée en moi que je sais à peine comment résister. Mais à vrai dire, je suis soulagée qu'il m'ait surprise. Je préfère cent fois être l'esclave de ce grizzly que celle du froid et sévère Augustine. Non que je pense qu'il fera de moi son esclave. Il y a beaucoup trop de bonté en lui pour ça. Il pense me protéger, m'aider. Seulement, il ne sait pas à quel point Augustine peut être impitoyable. Il n'imagine pas ce qu'il fera quand il me retrouvera.

« C'est bien, gronde-t-il contre mon oreille de sa délicieuse voix grave. Ne me fuis pas. »

Il me jette sur son épaule et je reste flasque, mes bras ballants, pendant qu'il s'éloigne du bord de la falaise. Son derrière est au niveau de mes yeux. Mince alors, c'est une sacrée paire de fesses. Je ne devrais probablement pas reluquer mon ravisseur, mais son cul et ses cuisses remplissent parfaitement son jean déchiré.

Il traverse le parking, dépasse son gros fourgon brillant et entre dans la maison. «Inutile d'essayer de t'échapper. Tu vas rester un moment avec moi.»

Bon, d'accord, je suis peut-être devenue son esclave. Ce qui ne devrait pas autant m'émoustiller.

J'attends qu'il me lâche et me punisse, mais il n'en fait rien. Il marche lourdement dans le couloir, puis s'arrête un instant. Ses bottes tombent au sol en un bruit sourd. Il a pris le temps de les retirer avec ses pieds. Il se rend dans la chambre où je me suis réveillée et m'allonge sur le lit.

Il sort de la pièce pendant que je reste là, à fixer le plafond bas. Je baisse la main lorsque je m'aperçois que je tripote mon ras-de-cou.

Il revient quelques minutes plus tard et ferme la porte, nous enfermant dans un cocon sombre et chaud. Je rejette automatiquement ma tête en arrière et lui présente ma gorge, signe de respect à son animal dominant. Exposer ma gorge à un prédateur est toujours une épreuve pour mes nerfs, mais je dois le faire. Je ne peux pas lutter contre mon instinct. Avec un peu de chance, ce geste l'apaisera. Dans un monde parfait, se soumettre est un gage de confiance absolue. Je présente mon cou, la preuve suprême de confiance. Ma vie est sienne, s'il la veut. Je devrais être effrayée, mais sans que je comprenne pourquoi, il rassure ma renarde. Dans un monde parfait, un dominant protège les faibles. Celui-ci me protégera peut-être ?

J'entends un sifflement alors qu'il inspire, puis ses doigts puissants se referment autour de mon menton. «Qu'est-ce que c'est?» demande-t-il pendant que son pouce rêche suit mon pouls affolé. Sa colère vibre à travers mon corps, pourtant ma renarde sait qu'elle n'est pas dirigée contre moi.

Je reste docile sous sa main et obéis lorsqu'il me fait

lever la tête pour que je rencontre ses yeux ardents. Il est proche de muter.

Je lève la main vers mon cou. Dès que mes doigts touchent la cicatrice qui remonte sous le cuir blanc, je me souviens. « Ce n'est rien. Une morsure.

— Ce n'est pas une morsure, gronde l'ours. Il t'a carrément rongée, putain. »

Je ne peux qu'acquiescer. D'habitude, mon maître vampire se nourrit proprement à l'artère, mais il voulait me punir cette nuit-là.

Il tripote la bande de cuir de ses doigts rugueux. Quand je comprends qu'il essaie de détacher le collier, je saisis son poignet, prise de panique. Je m'aplatis de nouveau en l'entendant gronder, ferme les yeux et baisse mes mains sur le lit. Il tire sur la bande de cuir, qui serre mon cou. La boucle ne cédant pas, il pousse un nouveau grondement. Je sens une griffe contre mon cou, près de ma veine qui palpite, puis le collier s'envole. Je serre la couverture entre mes doigts et respire plus vite.

Puis mon ravisseur fait une chose à laquelle je ne me serais jamais attendue. Il pose ses deux grosses mains autour de mon crâne pour me faire lever la tête et regarde la vieille blessure.

« Chut, du calme, petite. »

Je soupire lentement en m'obligeant à me détendre.

« C'est ça. Bonne fille. »

Quand j'ouvre les yeux, il examine mon cou, ma tête entre ses mains.

« Une cicatrice, murmure-t-il. Il en faut pour marquer une métamorphe de manière permanente. Il n'y a qu'un seul moyen pour être certain de le faire. »

Je hoche la tête. Je sais comment les métamorphes restent marqués. Les cicatrices dans mon cou sont comme une marque au fer rouge, prouvant ma faiblesse. Annonçant à tous les métamorphes sachant reconnaître les signes que je sers de nourriture à des vampires. Je suis marquée, comme une humaine.

Je ferme mes yeux, qui brûlent. J'en ai tellement assez d'être une victime.

« Hé, dit-il en caressant mon menton du pouce. Tout va bien. Les cicatrices ne sont pas si terribles. Je ne les avais même pas remarquées avant. »

Alors que je me mets à pleurer, il m'attire contre lui et dit d'un ton bourru : « Je ne voulais pas te faire mal. » Sa voix est rocailleuse, mais il m'étreint avec douceur. « Maintenant, ajoute-t-il en me faisant légèrement reculer pour que je puisse voir son visage, on va s'allonger et dormir. La nuit a été longue, et tu en as besoin. N'essaie plus de fuir. »

Je mords ma lèvre. Je ne peux pas faire cette promesse.

Un grondement semblable à une avalanche résonne dans son torse dur comme la pierre. « Si tu t'enfuis, ça ne me plaira pas. Il y aura des conséquences, tu comprends ? » Ses doigts épais serrent ma nuque, sans m'étrangler, mais assez fort pour que je devienne molle et lui montre que je me soumets.

« Oui, dis-je finalement. Je comprends. » Je comprends très bien les conséquences. J'ai grandi au sein d'un clan de renards métamorphes dingues, paranos et consanguins. Le genre d'individus qui vendent leur famille parce qu'ils ont trop de bouches à nourrir.

J'attends, mais il ne bouge pas, ne desserre pas sa prise. Je commence à penser qu'il va me tenir ainsi toute la journée, mais il masse mon cou jusqu'à ce que je lève la tête et le regarde. Ses yeux sont clairs, son ours toujours proche, pourtant il paraît calme, perdu dans ses pensées. Le début de barbe ébouriffée et la cicatrice irrégulière lui donnent un côté brut, mais pas laid.

C'est à cet instant que je prends conscience qu'il porte également des marques, comme moi.

« Ton prénom ? » demande-t-il.

Je le regarde en silence, me posant toujours des questions sur ses cicatrices. Comme il l'a dit, il en faut pour marquer un métamorphe. Comment a-t-il obtenu les siennes ?

« Ton nom, petite. Comment est-ce que je dois t'appeler ?

— Moi ? Oh. Jordy. »

Il pousse un grognement approbateur et me lâche. Le poids réconfortant de sa main me manque immédiatement. J'attrape ses doigts avant qu'il ne les éloigne. Il se fige, comme pétrifié par mon léger contact. Ce qui est possible : je sais que mes mains sont toujours froides. Mais je ne fais pas le poids face à un métamorphe, quel qu'il soit. Encore moins face à un ours de sa taille et son poids.

« Et vous, comment vous vous appelez ? » Je suis choquée par mon audace, mais je suis trop curieuse pour me retenir de poser la question, et j'ai trop envie d'apprendre à le connaître pour le lâcher.

« Grizz. C'est le diminutif de Grizzly.

— C'est votre vrai prénom ?

— Non. » Il s'écarte, comme pour souligner que je n'obtiendrai pas plus. Je fais disparaître toute déception de mon expression pendant qu'il se lève.

« Tiens, dit-il en me donnant une brique de jus d'orange. Tu as besoin de boire. »

Il me regarde vider le carton. « Tu as besoin d'aller aux toilettes ? demande-t-il quand je le lui rends.

— Non. »

Il éteint la lumière. Dans l'obscurité, mes sens sont aux aguets. Grizz est une présence massive à côté de moi, chaude et dorée. Ma renarde voit le monde à travers son odorat ; pour elle, le grizzly est comme un soleil qui brille doucement. Son odeur est réconfortante et familière, comme des biscuits sucrés ou du pain d'épices.

Le lit craque lorsqu'il s'assied, et je recule jusqu'au mur. Je demande en glapissant : «Qu'est-ce que vous faites ?» Pas parce qu'il m'effraie ; parce que je suis excitée et que mon enthousiasme me fait peur.

«Je vais dormir un peu. Toi aussi. Une longue journée nous attend, et une nuit encore plus longue.»

J'humecte mes lèvres en réfléchissant.

«Vous allez me garder ici ?

— Pour le moment. Et toi, ne te balade pas, dit-il avec une autorité de dominant. N'essaie plus de t'enfuir.

— Qu'est-ce que vous allez me faire ?

— Rien de mal. Dors. Est-ce que je dois t'en donner l'ordre ?» demande-t-il, sa voix baissant d'une octave.

S'il le fait, je ne pourrai pas me réveiller pour tenter de partir. Jusqu'à ce que son ordre s'estompe, je ne pourrai plus me lever du tout.

«Non, non. Je vais dormir.» Je m'enfouis dans la couverture et me pelotonne autour d'un oreiller. Après un moment, le lit grince quand il fait de même.

On s'installe côte à côte, dos contre dos. Même si on ne se touche pas, je peux le sentir près de moi.

Je ferme les yeux et suis tout à coup plongée dans l'obscurité de mes rêves. Quelqu'un m'y attend, une immense présence noire avec des crocs et des griffes, qui veut m'attraper et m'observe de son unique œil brillant.

«Jordy, m'appelle quelqu'un au loin. Jordy, réveille-toi.»

Je reprends mes esprits avec un petit cri en battant des bras. Quelqu'un me tient serrée contre lui, m'écrase presque. La pression se desserre lorsque je prends une inspiration sifflante.

« Tout va bien », dit Grizz d'une voix apaisante. Il a passé un bras sur mes épaules, l'autre autour de ma taille. Son corps m'entoure entièrement. Dès que je m'en aperçois, je deviens molle. Je ne peux me retenir de gémir en blottissant mon visage dans le T-shirt de Grizz. J'enfonce mes doigts dans le tissu et serre les poings contre son torse musclé.

« Je suis désolée. »

Ses gros bras se contractent un instant autour de moi avant de se détendre. « Ce n'est pas grave.

— J'ai fait un mauvais rêve », dis-je en une inflexion larmoyante. Même moi, je me trouve pitoyable.

« Chut, tu ne risques rien ici. Ce n'était qu'un rêve, dit-il en effleurant mon front de ses doigts calleux.

— Mais pas vraiment. C'est vraiment arrivé. C'était un souvenir. » Qui m'attendait. Comme si mon esprit m'avait servi le souvenir de cette nuit, le rappelant à ma conscience pour que je puisse le traiter parce que mon corps savait que j'étais en sécurité.

« Ce n'est pas grave, petite. Personne ne peut t'atteindre ici. » Il continue à caresser mon visage et mes cheveux jusqu'à ce que la délicieuse sensation me fasse fermer les yeux.

« Et…

— Les vampires ? termine-t-il à ma place tout en me déplaçant entre ses bras pour loger ma tête sous son menton. Ils ne peuvent pas entrer. C'est ma tanière. Ils auraient besoin d'une invitation.

— Ils peuvent envoyer d'autres espèces », dis-je avant de frissonner.

Je le sens sourire, sa mâchoire remuant contre ma tête. « Ils peuvent essayer. Si quelqu'un trouve cet endroit et entre, je le mangerai. »

Un gloussement s'échappe de mes lèvres avant que

j'aie le temps de le retenir, ne sachant pas s'il voulait me faire rire, mais il s'esclaffe à son tour. Alors que le son m'entoure, je me détends de nouveau et esquisse un sourire qui provient du plus profond de mon être. Sa bonne humeur me donne le courage de poser la question qui tourne dans ma tête depuis mon arrivée.

« Pourquoi vous m'avez emmenée ici ? »

Au lieu de répondre, il me serre encore une fois contre lui, cette fois pour me frotter le dos.

« C'était pas fermé, marmonne-t-il au bout d'un moment.

— Comment ?

— La cage n'était pas fermée. Tu m'as dit que ton maître t'y a mise, mais la cage n'était pas verrouillée.

— Oh. » C'est tout ce que je trouve à dire.

« Tu aurais pu t'en aller à n'importe quel moment, mais tu ne l'as pas fait. Pourquoi ?

— Pour satisfaire mon maître.

— C'est un maître pourri.

— Il m'a sauvée. Il s'occupe de moi et me protège. » Je ravale ce que j'ai envie d'ajouter. Augustine n'est pas parfait, mais il a tenu toutes ses promesses. C'est tout ce que je peux demander. Je lui dois ma loyauté, et ma vie.

« Il t'a prêtée, il t'a battue et il s'est nourri sur toi. Avant de te jeter dans une cage.

— La cage, c'est mon chez-moi. »

Il soupire, comme s'il comprenait, mais préférerait que ce ne soit pas le cas. « Ça ira pour toi, sans ?

— Je serai sage, dis-je en un murmure.

— Ce n'est pas ce que je te demande. Est-ce que ta renarde a besoin de la cage pour se sentir en sécurité ?

— Non. » J'humecte mes lèvres. J'ai envie de lui dire que je me sens déjà en sécurité avec lui. « La cage… c'était surtout pour le confort de mon maître. Il ne sait pas contrôler ma renarde. Une fois, elle l'a mordu.

— Ton maître, Augustine. Un vampire, dit-il sèchement.

— C'est ça.

— Putain, il devrait pouvoir le supporter. Dans tous les cas, il l'a bien cherché, marmonne-t-il.

— Pardon ?

— Je veux dire, il te mord bien, *lui.* » Il passe sa main sur la cicatrice dans mon cou. « Peut-être que ta renarde n'aime pas ça. Elle a peut-être eu envie de lui rendre la monnaie de sa pièce. »

Je pouffe, bien que ce ne soit pas drôle. Mon maître était tellement furieux quand ma renarde l'a attaqué qu'il ne m'a pas laissée sortir de la cage pendant une semaine.

Lorsque j'explique ceci, le visage du type baraqué s'assombrit. De façon effrayante. Ma renarde s'approche de la surface, fascinée. Je suis plus intelligente : je reste silencieuse.

« Tu as peut-être besoin d'un nouveau maître. »

Oui, ai-je envie de répondre, mais je m'abstiens. Je me sens déjà bien assez coupable de trahir Augustine.

« Tu as besoin de dormir. » Il nous rallonge sur le lit, mon dos contre son torse. Il prend le temps de repousser mes cheveux devant mon visage et mon cou, jusqu'à ce que ma peau repose contre le tissu doux de la taie d'oreiller. Je retiens ma respiration tout le long, attendant qu'il s'écarte.

« Est-ce que… » Je m'interromps. Je ne suis pas censée poser de questions. Je suis si détendue en présence de Grizz que j'oublie les règles.

Mais il gronde : « Est-ce que quoi ?

— Est-ce que vous allez me garder dans vos bras ? »

Ma voix est à peine audible, mais il n'a aucun mal à m'entendre.

« Bien sûr, petite. Sans problème. Maintenant, dors. » Ce n'est pas un ordre, pourtant je m'endors comme une pierre.

CHAPITRE QUATRE

Grizz

Je me lève peu après treize heures et referme doucement la porte de la chambre. La lumière vive me fait grogner. J'aurais pu rester au lit à tenir Jordy dans mes bras pendant des heures, mais j'ai beaucoup à faire, en commençant par retrouver Declan et ses potes au Fight Club. Presque douze heures se sont écoulées et je n'ai pas progressé. Je ne sais toujours pas pourquoi les vampires compromettent le traité de paix en enlevant des métamorphes. Et j'ai maintenant une prisonnière, une complication que je n'avais pas prévue.

Augustine va péter un câble quand il s'apercevra qu'elle a disparu. Il ne tient peut-être pas beaucoup à elle, mais les vampires n'aiment pas qu'on s'amuse avec leurs jouets sans leur permission. C'est une question de contrôle.

Augustine peut aller se faire foutre. Mais bon, s'il n'est pas au courant, je ne compte pas le lui dire. Je l'ai prise avec moi en me disant que je la ramènerai dès que j'aurai obtenu les informations qui m'intéressent. Elle est ma seule piste, la seule métamorphe que je connaisse qui soit au service d'un vampire.

Que mon cœur manque un battement lorsque je la vois à l'entrée de la cuisine, ses yeux ensommeillés, uniquement vêtue d'une de mes chemises en flanelle, n'a aucun rapport avec mes raisons de la garder auprès de moi. Elle fait partie du boulot, rien de plus.

Je ne peux décrire à quel point j'aime la voir porter ma chemise et la paire de chaussettes que j'ai préparées pour elle. Ma bite est tellement dure qu'elle va se décrocher.

Je me tourne vers le comptoir pour dissimuler mon érection. Effrayer la renarde ne servirait à rien.

« Assieds-toi », dis-je en la voyant hésiter, éblouie par la lumière brillante. Certain qu'elle m'obéira, je dépose la viande que j'ai fait cuire dans une assiette. « Tu as bien dormi ?

— Oui, monsieur », répond-elle d'une voix douce. J'ai entendu des soumises appeler ainsi leur dominant un nombre incalculable de fois, mais ce mot n'avait jamais fait réagir mon sexe comme lorsque Jordy le prononce. Par le ciel, que se passe-t-il ?

Je me retourne, décidé à lui demander de m'appeler Grizz, mais elle semble si petite, si touchante et fragile, assise à la table de ma cuisine, ses jambes se balançant dans le vide, que je n'ai pas le cœur de la corriger. Quelle importance, si elle m'appelle monsieur ? Ça l'aide peut-être à se sentir plus à l'aise. Je peux sacrifier mon confort pour la rendre heureuse.

J'espère qu'elle le dira encore, mais ça ne signifie rien. Sans que je comprenne pourquoi, elle plaît à mon ours. Ça ne veut pas forcément dire quelque chose.

Je me remets à cuisiner et demande par-dessus mon épaule : « Tu as fait d'autres cauchemars ? »

Elle ne répond pas tout de suite et touche son cou, là où elle portait le collier, son regard lointain.

« Jordy, tu as entendu ? Je t'ai demandé si tu as encore rêvé, dis-je en haussant la voix pour me faire entendre malgré le bacon qui grésille.

— J'ai entendu. »

Je hausse un sourcil. Est-ce un petit jeu, essayer de me résister ? C'est l'inverse de *monsieur*. Cherche-t-elle une punition ? « Et ?

— J'ai encore rêvé. » Elle garde les yeux baissés sur la table. Sa réticence me donne envie d'insister. Je dois l'interroger, de toute façon. S'il s'agissait de n'importe quel autre témoin, je l'aurais fait depuis longtemps, au lieu de la laisser dormir et de la câliner. Par le ciel, elle me déstabilise.

« C'étaient des cauchemars ? » Je ne laisserai pas si facilement tomber le sujet.

Elle fronce les sourcils. « Oui.

— Tu as rêvé d'Augustine ?

— Non. D'un autre vampire.

— Un vampire à qui Augustine t'a prêtée ? »

Elle hausse les épaules. Ce n'est pas réellement une réponse, mais je ne relève pas. Je sors le bacon de la poêle, puis commence à faire cuire les œufs et les saucisses. Malgré sa réticence pour me répondre, elle n'est pas apeurée. Elle tripote des objets sur la table, un stylo, une pile de vieux prospectus.

Je n'ai peut-être pas besoin d'employer la manière forte. « Comment est-ce que tu t'es retrouvée avec Augustine, au fait ? »

Elle marmonne quelque chose. Après avoir couvert la poêle, je m'approche et lui fais lever la tête, d'une main sous son menton. « Parle-moi.

— Ma famille m'a vendue. » Elle évite mon regard, ses joues rosissent.

Je fais taire ma colère et la lâche, mais sans reculer. « Pourquoi ?

— Trop de bouches à nourrir. Mon clan devenait trop grand, trop difficile à dissimuler. Les renards doivent vivre cachés. »

Je pousse un grognement compréhensif. Les proies survivent généralement en se dissimulant.

« J'ai aussi enfreint les règles, ajoute-t-elle après un moment.

— Comment ça ?

— J'ai aidé une étrangère. Elle n'appartient pas au clan, mais elle fait partie de ma famille. Elle était à la recherche de mon grand frère et je l'ai aidée en lui donnant des informations. Mais j'ai mis le clan en danger, alors ils se sont débarrassés de moi dès qu'ils en ont eu l'occasion.

— C'est dégueulasse », dis-je en grondant. Elle se décompose.

« Comment est-ce qu'ils t'ont vendue à Augustine ? »

Elle hausse de nouveau les épaules, l'air misérable. « Des hommes sont venus. Ils portaient des masques noirs. Ils ne sentaient rien, comme si leur odeur avait été effacée. Puis une vente aux enchères a eu lieu et je me suis retrouvée avec Augustine. »

Je devrais me concentrer sans relâche sur ces informations et lui poser d'autres questions afin d'en apprendre autant que possible sur ceux qui asservissent des métamorphes, mais je ne peux pas. Je ne peux penser qu'à Jordy. Ses épaules sont crispées au niveau de ses oreilles, son parfum triste et honteux. Pas étonnant qu'elle n'aime pas les questions sur son passé. Elle mini-mise probablement ses mauvais traitements pour les oublier. Si j'en avais subi autant, je ferais aussi des cauchemars.

Je touche son épaule. J'ai envie de la réconforter, mais que puis-je dire ? « Tout va bien. » C'est moi, ou elle s'appuie légèrement contre ma main avant que je m'écarte ?

Je reprends la préparation du petit-déjeuner. Le silence s'installe, mais il ne paraît pas déranger Jordy. Elle semble heureuse de rester là où je lui ai dit de s'asseoir et de farfouiller parmi les objets sur la table. Elle ramasse même un stylo et commence à gribouiller sur le coin d'un vieux bon de réduction.

« Pourquoi il te voulait, d'après toi ?

— Je suis une soumise, répond-elle sans hésiter en continuant son dessin.

— Et alors ?

— Une sang-sucré. C'est comme ça qu'ils nous appellent.

— Je croyais que les sang-sucré étaient tous humains.

— Non. Il y a des soumis humains, mais Augustine dit qu'ils demandent beaucoup de travail. »

Je m'appuie contre le comptoir en réfléchissant à ses mots. « Les soumis humains doivent être séduits et dorlotés. Et on ne peut pas les faire disparaître facilement. Alors qu'on peut faire ce qu'on veut à une métamorphe achetée aux enchères dont l'animal est faible.

— Voilà.

— Tu étais déjà pratiquement invisible, puisque tu te cachais avec ton clan. Pour le reste du monde, tu n'existes pas. »

Elle se ratatine un peu plus. Le stylo s'immobilise dans sa main.

« Jordy. » J'attends qu'elle lève les yeux vers moi. « Je ne te pose pas ces questions par plaisir. Ça fait partie de mon travail. »

Après un court instant, elle hoche la tête. Ce n'est pas grand-chose, mais mon ours se sent mieux.

~

Jordy

Grizz est penché sur la cuisinière, ses biceps bien dessinés se contractent pendant qu'il retourne la viande grésillante. Il couvre la poêle et va sortir du réfrigérateur un autre morceau de viande emballé dans du papier. Pour un type si massif, il se déplace avec souplesse. Son imposante carrure glisse du réfrigérateur à la cuisinière, et la grâce contrôlée de ses mouvements me coupe le souffle.

Il fascine ma renarde. Je dois admettre qu'elle n'a pas tort. Il est si musclé et robuste qu'il devrait être en train d'abattre des arbres sur une montagne. Ou sur un chantier de construction, à travailler de ses mains. Ou en zone de guerre, libérant la violence que je sens en lui. Le regarder cuisiner, c'est comme si Godzilla vous tricotait un pull. Un grand être puissant, s'acquittant d'activités bassement matérielles. Chaque petite tâche domestique qu'il accomplit est un miracle.

« Qu'a fait Augustine après t'avoir achetée ? » demande-t-il. Je me concentre sur mes mains et sur l'endroit où le stylo touche le papier. L'encre coule facilement pendant que je gribouille des lignes et des boucles. Une vigne fleurie grandit dans la marge du journal jauni.

« Rien de bien terrible. Il m'a dit qu'il était mon maître. Que j'étais censée obéir si je ne voulais pas qu'il me punisse. Mon obéissance était récompensée par du plaisir sexuel. »

Cette phrase fait un peu gronder Grizz, mais je ne sais

pas si c'est la punition ou la récompense qui lui pose problème. « Et il te prêtait.

— Ouais. Ça me plaisait moins. Mais la plupart de ces doms respectaient ses limites. » Je frissonne et serre le stylo plus fort dans ma main gauche, frottant de la droite la zone qui me démange sur mon cœur. Je sursaute lorsque je m'aperçois que Grizz me fixe, ses yeux plissés. Son regard suit ma main, que je laisse tomber sur mes genoux. J'attends qu'il dise quelque chose, mais il sort une assiette, la remplit et la pose avec détermination devant moi.

« Mange. Tu n'as que la peau sur les os. »

Ma bouche s'emplit de salive alors que je contemple la nourriture dans l'assiette. Je n'ai pas si bien mangé depuis des mois. Certainement pas autant. Je me suis entraînée à ne pas penser de choses négatives à propos d'Augustine. Sinon, je n'aurais jamais réussi à supporter de vivre dans son antre. Mais être avec Grizz met en lumière tous les mauvais côtés.

Il revient avec son assiette et pose une main sur ma nuque. « Jordy. Mange. C'est un ordre. »

Je prends ma fourchette et commence à engloutir le contenu de l'assiette, en mâchant aussi rapidement que possible. Mon estomac est pris d'une crampe face à la soudaine abondance de nourriture.

« Oh-là, oh-là, dit Grizz sans enlever sa main de mon cou. Ralentis. »

Je pose instantanément la fourchette et me concentre sur ma bouche pleine.

« Désolé. Je dois faire attention aux ordres que je te donne.

— Ce n'est pas grave, dis-je après avoir avalé. J'ai l'habitude d'en recevoir.

— Je veux que tu te sentes bien. Et que tu sois en

bonne santé. Augustine te nourrissait vraiment avec de la pâtée pour chiens ? »

J'acquiesce, puis sursaute quand il gronde. Il me serre la main. « Chhh, tout va bien. Je ne suis pas fâché contre toi.

— Je sais. » Je lève mes yeux vers les siens, réconfortée par les iris jaunes et flamboyants de son ours.

« Tu dois manger sainement. Tu n'es pas un chien.

— Je suis une renarde. Ce n'est pas si différent.

— Tu es une métamorphe. Une charmante jeune femme. Tu as besoin de véritables aliments. »

Mes joues se réchauffent. Il m'a qualifiée de *charmante*. « Augustine ne voulait pas que je mange trop. Il me préfère mince.

— Il te préférait surtout faible et dépendante, à mon avis. »

Je pince les lèvres. Il a raison, mais je me sens coupable à la simple idée d'exprimer mon accord. Je devrais rester loyale à mon maître.

Quand je l'explique à Grizz, son visage se crispe. « Pourquoi ? Il ne t'a pas bien traitée.

— Il m'a mieux traitée que mon clan », dis-je en posant ma fourchette.

Ma réponse le fait grogner. Il dévore son assiette tandis que je feins de me concentrer sur la mienne, lui lançant des regards à la dérobée chaque fois que je suis sûre qu'il ne me voit pas. Je finis par décider que sa balafre n'est pas laide. Elle lui donne un air dangereux, tout sauf faible. Son nez est tordu, comme s'il avait été cassé et s'était mal ressoudé, mais il ne fait qu'ajouter à son aura violente. Avec ses tatouages, ses joues mal rasées et ses boucles dorées qui retombent au niveau de ses épaules, il a l'air d'un biker rebelle. Le genre de type qui préfère vivre libre ou mourir.

J'étais sûre d'avoir réussi à l'observer sans qu'il me remarque, pourtant il saisit tout à coup mon genou. Un déluge de désir emplit instantanément mon sexe à ras bord. Je serre mes cuisses l'une contre l'autre pour l'empêcher de déborder. J'ai déjà été excitée ; Augustine se délectait de me voir désirer sa morsure et le supplier, autant qu'il aimait me faire mal. Cependant, je n'ai jamais rien ressenti de tel.

Grizz lève la tête et ses narines s'évasent. Il braque ses yeux lumineux sur moi, des phares dans l'obscurité. Ses doigts serrent mon genou.

« Tu as fini de manger ? »

J'opine de la tête, incapable de parler.

Il termine mon assiette sans ôter sa main, comme si c'était la chose la plus naturelle au monde. Comme s'il ne remarquait pas que je respire plus vite et que mon parfum emplit la pièce.

« Tu m'as appelé *monsieur* tout à l'heure, dit-il avec nonchalance. Pourquoi tu as arrêté ?

— Ça ne vous a pas plu », dis-je doucement avant de pouvoir me retenir. Il n'a pas besoin de savoir avec quelle attention je l'observe, comment j'ai vu ses lèvres se pincer et ses sourcils commencer à se froncer quand je l'ai dit la première fois. Comment je l'ai poussé pour découvrir jusqu'où je pouvais aller avant que son caractère dominant prenne le dessus. Tester les limites me vient naturellement.

Lorsqu'il grogne, je ressens un élan de panique. « Vous ne vouliez pas que je continue à vous appeler *monsieur*, si ? » Ai-je mal interprété ses réactions ? À l'idée que j'aie pu le décevoir, mon cœur se serre.

« Non, non, dit-il, apaisant, en me prenant la main. Détends-toi, petite. Tu peux être toi-même. Je veux que tu sois naturelle avec moi.

— D'accord. » Je baisse les yeux. Comment puis-je lui

expliquer que je suis une soumise, tout simplement ?

« Bonne fille », ajoute-t-il d'une voix rocailleuse. Je suis immédiatement heureuse. Il sait peut-être ce que je suis. Du moins, à un certain niveau. Même s'il ne veut pas l'admettre.

Après m'avoir serré une dernière fois la main, il se lève et débarrasse la table.

« Il est temps qu'on y aille, petite. Tu veux t'envelopper dans cette couverture ?

— Pardon ?

— Tu as besoin de vêtements. Tu peux porter ma chemise, mais enroule la couverture autour de toi pour sortir. »

~

Grizz

Jordy me regarde sans bouger.

« Allez, petite, on y va. »

C'est déjà assez dur qu'elle me regarde avec ses grands yeux de poupée. Son parfum m'entoure, foutrement agréable, et je repense à mon fantasme de la veille dans le club. Une petite bombe sexy qui se baladerait chez moi avec une chemise et sans culotte, qui se mettrait à genoux chaque fois que j'en aurais envie. Elle est là, mais je ne peux pas la toucher. Elle appartient à un vampire.

Elle regarde la chemise qui engloutit son corps menu. « Je peux l'emprunter ?

— Ouais, vu que tu n'as rien d'autre à te mettre. On va commencer par aller t'acheter des habits. »

Elle la fait glisser et dénude ses épaules avec un sourire impertinent.

« Petite... » Ma gorge est sèche. Je l'ai déjà vue nue, au

club et ce matin, quand elle essayait de s'enfuir, mais qu'elle soit à poil dans ma tanière est étrangement différent. Son corps pâle est couvert de taches de rousseur, son buste svelte et ses cuisses robustes. Elle semble à sa place ici. J'en ai l'eau à la bouche.

Avant que je puisse lui demander ce qu'elle fait, elle baisse la chemise sur sa poitrine, libère ses bras, puis la boutonne presque jusqu'en haut. Les boutons se retrouvent entre ses seins et la chemise tient seule. Elle noue ensuite les manches comme une ceinture. « Et voilà », dit-elle en souriant, satisfaite. Cette robe improvisée tombe à mi-cuisse et laisse ses épaules nues, mais la petite renarde est assez habillée pour se rendre au magasin de surplus.

« Ça ira. » Mes mots sortent en un grondement. Pas étonnant, je suis à deux doigts de la jeter sur mon épaule et de la ramener dans la chambre. Ça lui apprendra à me faire confiance.

Je mets ma veste pendant que Jordy enfile ma paire supplémentaire de Timberland. Les bottes sont énormes, mais elle les rembourre avec du papier journal.

Je vérifie que ma flasque et mes armes sont dans mes poches, tout en prenant soin de ne pas les montrer à Jordy. « On y va. »

Une fois dehors, elle attend et m'observe pendant que je change les plaques minéralogiques du fourgon.

« Ce véhicule est chouré, dis-je.

— Chouré ?

— Volé.

— Pourquoi est-ce que vous l'avez volé ? demande-t-elle en penchant la tête.

— Je pouvais pas t'emmener sur ma moto. »

Elle laisse échapper un soupir et mordille sa lèvre en regardant en direction de la vallée.

« Qu'est-ce qu'il y a ?

— Grizz, sérieusement, pourquoi est-ce que je suis là ? Ça ne plaira pas à Augustine.

— Parfois tu l'appelles *maître*, parfois Augustine. »

Elle rougit jusqu'aux oreilles et baisse le nez.

« Ce n'est pas une accusation. Ça me rend curieux, c'est tout. Ton attitude soumise devant un dominant, c'est un jeu de rôle.

— Non. »

Je hausse un sourcil et vais ranger ma boîte à outils dans le cabanon.

« Oui et non, bafouille-t-elle. Vous savez bien que la domination et la soumission sont importantes pour les métamorphes. Elles régissent nos vies.

— Ouais, mais je ne capte pas le rapport avec le sexe. »

Elle continue de se mordiller la lèvre en me regardant. Je suis sur le point de lui ordonner d'arrêter, avant qu'elle ne la gerce, quand elle laisse échapper : « Vous n'avez jamais voulu vous donner entièrement à quelqu'un ? Prouver combien vous l'aimez ? »

Elle s'approche et pose une main juste au-dessus de mon cœur. Ce contact me fait l'effet d'une décharge de Taser. Je tressaille, mais elle ne le remarque pas. Ses yeux sont écarquillés, brillants, et les mots s'échappent de sa bouche comme si elle les avait retenus toute sa vie. « Vous n'avez jamais voulu aimer quelqu'un au point que vous feriez n'importe quoi pour cette personne, même vous laisser entraîner au-delà des limites de la normalité, en territoire interdit ? Et vous l'y suivez, simplement pour lui montrer que vous lui faites confiance. Que vous feriez n'importe quoi pour elle. Vous lui donneriez votre vie, votre cœur et votre souffrance, avec plaisir. »

Tout l'air s'échappe de mes poumons. « Jordy…

— Vous ne voulez pas d'un amour comme ça ? » Ses deux mains sont à présent sur mon torse, ses petits doigts s'enfoncent dans ma veste en cuir. « Si vous le trouviez, vous ne feriez pas n'importe quoi pour ne pas le perdre ?

— Petite…, dis-je en lui prenant les poignets.

— Non ? »

Je la regarde avec insistance. Du bleu clair encercle ses iris, qui virent au brun autour des pupilles. Ses lèvres sont charnues et douces. Elle est sur la pointe des pieds, tout son corps concentré pour me convaincre, espérant que je comprendrai ce qu'elle dit.

Je suis désolé de la décevoir. « Non, petite. Je ne peux pas dire que je le ferais. »

Voir son visage s'assombrir me fait mal. Elle commence à s'écarter, mais je serre ses poignets plus fort.

« Tu aimes Augustine ? » De nouveau, mes mots ne sont qu'un grondement.

Elle détourne les yeux en se mordant la lèvre. Je prends son menton dans ma main pour orienter son visage vers le mien. En moi, mon ours donne des coups de griffe, il demande à être libéré en rugissant. « Réponds-moi.

— Non, d'accord ? Je ne l'aime pas. Mais j'aime ce qu'on partage. Ma renarde a… j'ai besoin d'être protégée. C'est tout ce que j'ai toujours voulu. » À cet aveu, ses épaules s'affaissent. C'est une demi-vérité. Elle voulait davantage, mais s'est contentée de protection. Pour moi, il n'y a que des prédateurs et des proies. Et, putain, je me suis assuré d'être un prédateur. Jordy est faible. Au pire, elle est une proie, un pion pour ceux plus puissants qu'elle. Au mieux, un dommage collatéral. Mais je ne peux pas le lui dire. À un certain niveau, elle le sait déjà. Malgré son espoir d'une vie meilleure. L'amour comme une fin en soi.

« J'imagine que ça vous paraît idiot », chuchote-t-elle sans rencontrer mon regard.

Je lâche son menton. J'ai causé assez de dégâts.

« Monte dans le fourgon, petite. On doit y aller. »

CHAPITRE CINQ

Grizz

Jordy est silencieuse pendant le trajet.

Je continue à penser à ce qu'elle a dit. Elle m'a tout déballé. Par le ciel, cette petite a besoin d'un protecteur. Elle a vidé son sac au premier mec qui ne l'a pas trop mal traitée. Comme si j'étais son âme sœur. Son seul et unique amour. J'ai assez vécu pour savoir que ces conneries n'existent pas. J'ai peut-être envie de la baiser, mon ours a peut-être envie de la garder, mais c'est simplement de la biologie. Pour elle, l'amour est une notion noble. Elle a toute une profession de foi. L'amour est une raison de vivre et de mourir, une valeur en laquelle croire.

Je ne crois qu'en la vengeance. La vengeance, voilà ma raison de vivre et de mourir. Si j'ai rencontré Jordy, c'est uniquement parce que je m'occupais de ce boulot pour Frangelico. Un boulot que j'ai accepté parce que le roi peut me donner ce que je veux.

Je dois trouver d'autres pistes. Des preuves supplémentaires que les vampires enlèvent des métamorphes pour en faire des sang-sucré. Mettre la main sur les vendeurs de métamorphes dont Jordy a parlé. S'il existe un marché noir de métamorphes sur le territoire de Frangelico, il faut le démanteler.

Ensuite, je pourrai reprendre ma véritable chasse.

Jordy est la seule donnée imprévisible. Il est hors de question que je la rende à Augustine, mais je ne peux pas la garder. La prendre avec moi faisait partie du boulot, c'est tout. Si je ne suis pas prudent, elle deviendra une distraction.

Dans ma branche, les distractions peuvent signer l'arrêt de mort d'un ours.

Jordy n'est qu'un indice lié au mystère. Elle n'est qu'un moyen en vue d'une fin. Peu importe à quel point mon ours souhaite qu'elle soit davantage, c'est trop dangereux pour elle, et trop injuste pour moi.

Donc, pour faire court : je ne peux pas m'engager. Je dois arrêter de fantasmer et d'imaginer que je la garderai toujours avec moi. Je me servirai d'elle pour accomplir ma mission. Si elle me laisse faire, je la goûterai, mais je lui montrerai sans équivoque que ça ne signifie rien.

Elle pense que l'amour est éternel. Elle se trompe. Tout a une fin. Et quand le moment sera venu, je serai prêt à lui dire adieu.

Il ne me reste plus qu'à m'endurcir pour supporter sa déception. La voir souffrir est une torture pour mon ours. Je ne peux pas y penser trop longtemps.

Elle émet un petit bruit lorsque je me gare devant le magasin.

« Arrêt numéro un. T'acheter des fringues. »

Je sors du véhicule et vérifie que la rue est sûre avant d'aller ouvrir sa portière. Elle descend plus lentement, sans doute parce qu'elle ne porte qu'une chemise et des bottes trop grandes. Rien d'autre. Mieux vaut oublier cette information, sinon je banderai trop pour marcher.

«Allez, petite.» Je l'entraîne vers les rayons de vêtements féminins. Elle me regarde en ouvrant de grands yeux. Ses petits tétons sont visibles à travers l'épaisse flanelle de sa robe improvisée.

Je serre les dents. Penser au baseball. Le baseball… c'est bien, ennuyeux comme tout. Jordy dans un maillot et rien d'autre, embrassant la balle, tenant la batte… non !

«Comment est-ce que vous voulez que je m'habille ?» me demande-t-elle sans se douter de rien. Son parfum s'élève, épais et sucré. Son corps réagit à ma présence. À un certain niveau, elle n'est pas si inconsciente.

«Ça m'est égal.

— Vous ne voulez pas certaines tenues en particulier ? Pour des évènements ?

— On ne va pas assister à des bals, petite. Tu as besoin d'habits, c'est tout. De vêtements pour sortir en ville, qui te couvriront et te tiendront chaud. Rien qui attire l'attention. Et aussi des chaussures.»

Un hochement de tête, et elle disparaît. Le chariot se remplit peu à peu de chemises et de shorts. Une paire de chaussures en toile, un pull léger.

«Prends aussi des robes, dis-je en lui attrapant le bras quand elle revient à nouveau.

— Quel genre ?» Elle lève ses yeux vers moi, si doux et confiants. Si elle savait ce que j'ai envie de lui faire…

«J'en sais foutre rien. Des robes. J'aime bien celles-là.» Je la fais pivoter vers un portant de robes florales froufroutantes.

Elle les effleure du bout des doigts. «Elles sont jolies.»

J'en attrape quelques-unes, y compris celles qu'elle a touchées avec envie.

Elle les trie en piquant un fard. «Je ne fais pas du XS.

— Pour moi, tu es minuscule. »

Elle rougit de plus belle. « Je vais devoir les essayer.

— Vas-y, je t'attends. Tu as tout ce qu'il te faut ?

— Je crois. » Elle se mordille la lèvre pendant que je passe en revue les débardeurs et les shorts qu'elle a choisis.

Je la retiens par la main avant qu'elle ne s'éloigne pour essayer les robes. « Il te faut aussi des culottes. Tu as oublié ?

— Non, répond-elle, rouge comme une tomate. Je n'ai pas l'habitude d'en porter.

— Ici, tu en portes, dis-je fermement. Tu peux rester cul nu à la maison.

— C'est un ordre ? » Je suis sur le point de la tirer dans une cabine d'essayage et de la pencher en avant, quand je réalise qu'elle me taquine.

Je m'éloigne à pas lourds en grommelant, poussant le chariot pour que personne ne puisse voir mon érection déchaînée. Elle se change rapidement, et j'ai à peine réussi à retrouver le contrôle lorsqu'elle sort de la cabine.

« C'est bien ? » demande-t-elle. Elle porte une petite robe avec un imprimé floral et des bretelles qui laissent ses bras nus. Elle moule son corps, mettant en valeur ses courbes discrètes. Elle a l'air douce, saine et innocente, et je ne suis qu'un vieil ours ronchon.

« Oui, c'est bien. Prends-en plusieurs. Et des pulls. » Il fait encore froid la nuit.

« Vous voulez que je la porte aujourd'hui ? »

Oui. Je veux que tu la portes pendant que je nous ramène dans ma tanière, ta tête sur mes genoux. Je te porterai jusqu'à mon lit, j'arracherai la robe et je te baiserai jusqu'à ce que tu jouisses.

Je parviens à répondre d'une voix enrouée : « Pas aujourd'hui, on a des trucs à faire. Mets une tenue pratique.

— D'accord, Grizz. » Elle s'éloigne en sautillant.

Je me cache derrière un portant de vestes pour déplacer mon membre dans mon jean. Aller acheter des robes avec Jordy, plus jamais. Je commence à me transformer en un foutu pervers. Il y a une solution simple : la ramener à la maison et l'attacher à mon lit.

Mais ce n'est pas pour ça que je l'ai prise avec moi. J'ai du boulot.

Je paie pour les vêtements et l'empêche de porter les sacs. On m'a appris à traiter les femmes comme des dames. Je leur ouvre les portes, je porte leurs sacs. Que je fasse ces choses pour Jordy la met visiblement mal à l'aise. Elle se mord la lèvre, mais obéit.

Je l'escorte hors du magasin, ma main dans son dos. Vêtue d'une salopette short et d'un T-shirt, elle ressemble à un garçon manqué sorti jouer dans la cour de récréation. Son visage est poupin, ses traits juvéniles. Elle ne devrait pas traîner avec moi.

On s'arrête ensuite devant un supermarché. Je gare le fourgon et lui montre la porte d'entrée. « Des machins de fille. Va les acheter.

— Pardon ?

— Petite, je bosse. Tu as peut-être des infos dont j'ai besoin. Jusqu'à ce que je sache ce qu'il me faut, tu restes avec moi.

— Mais mon maître…, balbutie-t-elle en blêmissant.

— Oublie-le. Tu es avec moi.

— Quand ce sera terminé, vous me renverrez auprès de lui.

— On verra bien à ce moment-là. » Pourtant, je n'ai aucune intention de renvoyer Jordy entre les griffes d'Augustine. Jamais. Il sera en rogne, mais il ne saura pas forcément comment elle s'est enfuie. Après un certain temps, il l'oubliera et je pourrai lui trouver un nouveau maître. Je passerai moi-même les dominants au crible, s'il le faut.

Trey connaît peut-être un loup sympa qui accepterait une soumise, même si c'est une renarde.

Mais alors que je m'imagine la confier à quelqu'un, mon ours gronde. Jordy se ratatine sur le siège.

« Descends, dis-je. Prends tout ce qu'il te faut. Une brosse… des trucs pour les filles. Je ne sais pas de quoi tu as besoin. »

Elle se remet à mordre sa lèvre.

« Arrête ça ! » En entendant mon grognement, elle se redresse et se tient bien droite. Merde, voilà que je lui donne des ordres.

Je descends brusquement du fourgon et la fais sortir, en claquant les portières un peu plus fort que nécessaire. « Viens. » J'entre dans le magasin, prends un panier et le lui donne.

Elle semble perdue.

« Va prendre ce qu'il te faut. Pour environ une semaine.

— Je ne sais pas ce qu'il me faut », dit-elle en se tournant vers les rayons.

Alors que je contemple ses yeux écarquillés, je prends conscience que je lui demande de penser à elle-même.

Mais si elle croit que je vais choisir son shampoing à sa place, elle va être déçue. « Pendant que tu es avec moi, je veux que tu aies bonne mine. Pas que tu te maquilles, mais que tu prennes soin de toi. Si j'apprends que tu n'as pas pris quelque chose parce que tu ne voulais pas que je dépense d'argent, j'irai t'en acheter une dizaine. » J'approche ma tête de la sienne pour m'assurer que le caissier ne m'entend pas. « Et ensuite, je te punirai. »

Ses pupilles se dilatent, comme si l'idée l'excitait, mais elle acquiesce et s'éloigne en hâte dans une allée. Je la suis, prends une poignée de baumes à lèvres et les laisse tomber dans son panier.

Je secoue la tête. Pour quelqu'un qui déteste les jeux de domination et de soumission, j'aime vraiment obtenir ce que je veux.

« Monsieur ? » demande-t-elle. Elle se tient à l'entrée du rayon de maquillage, vivement éclairé. Des silhouettes en carton représentant des célébrités peinturlurées m'accueillent de toutes parts. Un vrai cirque, putain.

« Pas de maquillage…

— Juste du fond de teint, murmure-t-elle. Pour couvrir la cicatrice. »

Merde. Je ne peux pas lui refuser ça.

« D'accord. Du fond de teint, si tu veux. Et… » Je jette un coup d'œil dégoûté aux visages bariolés. « Et tout ce que tu veux d'autre. Mais rien de trop délirant.

— Merci. » Elle s'approche en sautillant et embrasse ma joue.

« Pas de souci », dis-je en marmonnant avant de me retourner et de partir dans une autre allée. J'ai repéré des trucs que je veux lui acheter.

Quelques minutes plus tard, le caissier scanne tous les articles pendant que Jordy attend non loin et touche une barre chocolatée avec envie.

J'ajoute le chocolat à la pile, puis désigne de la tête le rayon de bonbons. « Va nous choisir des sucreries.

— Qu'est-ce que vous aimez ?

— La viande. »

Je la pousse d'une petite tape sur les fesses. Tandis qu'elle s'est éloignée, je sors les affaires que j'ai sélectionnées pour elle et demande au caissier de les ranger dans un sac avant son retour. Une petite surprise.

Une fois de retour dans le fourgon, je jette les sacs sur la banquette arrière et reprends la route.

« Tu as tout ce qu'il te faut, petite ? »

Elle hoche la tête.

Je peux voir qu'elle est contente. Ses joues sont roses, et elle n'arrête pas de coiffer ses cheveux en se servant des élastiques que je viens de lui acheter. Elle finit par arrêter son choix sur deux couettes auburn.

Je m'arrête dans un fastfood et commande vingt hamburgers. Les yeux de Jordy s'arrondissent lorsque je lui tends les sacs.

« Euh, Grizz ? Je n'ai pas vraiment faim. J'ai bien mangé au petit-déjeuner, dit-elle avec une expression coupable.

— C'est pas pour nous, bébé. » Je m'arrête à un feu rouge et pose ma main sur son genou, lui accordant toute mon attention. « Quand tu auras faim, je t'achèterai ce que tu voudras. C'est pour quelqu'un d'autre. »

Elle garde le silence, satisfaite de me laisser l'emmener où je dois me rendre. Je prends la direction du Fight Club et essaie de ne pas m'attarder sur la sensation merveilleuse d'avoir une femme volontairement assise sur la place passager.

Je la regarde quand on s'arrête à un feu rouge. Sa tête posée contre la vitre, son reflet révèle un visage parsemé de taches de rousseur et un regard lointain. Elle semble plongée dans ses pensées, mais un sourire flotte sur ses lèvres. C'est à cet instant qu'une prise de conscience me frappe : elle est contente d'être avec moi.

Je ne devrais pas l'encourager. Vraiment pas. Mais je ne peux pas m'en empêcher. Dès que ça la concerne, je ne peux pas me retenir.

Je passe le bras en arrière et sors un sac de la pile sur la banquette. « Tiens, j'ai failli oublier. Je t'ai acheté ça pendant que tu essayais les robes. » Je lui tends une boîte de crayons de couleur et un cahier de coloriages pour adultes. Elle ouvre de grands yeux, mais prend les objets avant que le feu passe au vert et que j'accélère.

«Je t'ai vue gribouiller sur mes papiers, dis-je sans quitter la route des yeux.

— Je suis désolée…

— Ne t'excuse pas. C'était très joli. Je me suis dit que tu devais aimer dessiner, si tu le fais même sur des vieux journaux.

— C'est vrai. » Elle tient le cahier et les crayons contre sa poitrine, comme s'il s'agissait d'un trophée pour la meilleure soumise du Toxic. Comme si c'étaient des trésors.

«Maintenant, plus besoin de dessiner sur des vieux papiers. Je t'achèterai aussi un carnet à dessin, si tu veux. »

Son visage s'illumine. Elle rebondit pratiquement sur son siège, si douce et belle que ma poitrine se comprime.

«Merci, merci », souffle-t-elle. Avant que je puisse l'arrêter, elle se penche pour déposer un petit baiser sur ma joue balafrée. Ma bite se réveille. Je m'apprête à lui faire savoir comment elle peut me témoigner sa gratitude quand elle s'écarte et me regarde avec adoration. Par le ciel, je serais capable de jouir juste grâce à cette expression. Ce n'est pas bon. Il faut que j'arrête.

«Ça ne veut rien dire, dis-je lorsqu'elle se rassied, toujours rayonnante.

— Je sais. » Elle ment. Mais, au fond, moi aussi.

Jordy

Grizz fixe la route avec colère et gronde quand une Jetta bleu sombre s'approche un peu trop de notre fourgon. Le conducteur nous jette un coup d'œil, blêmit et écrase immédiatement les freins. La voiture bleue reste en arrière tandis que l'ours de Grizz crie victoire. En présence de n'importe quel autre métamorphe, je me recroquevillerais sur mon siège, mais je reste assise bien droite. Alors que je l'observe effrayer des conducteurs humains, je me sens aux anges. Ma renarde redresse la tête et observe attentivement notre ravisseur. Elle en pince pour lui. Totalement.

Il s'est adouci une seconde. Il a tenté de le cacher, mais je l'ai senti. Ses murailles se sont abaissées. Il essaie du mieux qu'il peut de se protéger et de ne pas devenir proche de moi, mais c'est déjà le cas. Il m'a sortie de la cage, m'a aidée. Les actes ont plus de poids que les mots. Augustine a dit qu'il s'occuperait de moi et me protégerait, mais Grizz le fait réellement. Mieux qu'Augustine, si j'ai le droit de le penser.

Je devrais détester être la captive de Grizz et souhaiter retrouver mon maître, pourtant il n'en est rien. S'il s'agissait d'un prêt, je devrais supplier à genoux mon maître de me pardonner et de me punir pour ma déloyauté. Cependant, ce n'en est pas un. Grizz m'a vue, il me voulait, il m'a prise. Il le niera peut-être, mais c'est la vérité. C'est dangereux, pour lui comme pour moi. Surtout pour moi. C'est moi qui devrai subir les conséquences, mais à cet instant, ici avec Grizz, je ne peux pas penser à la souffrance qui m'attend. Plus je reste avec lui, moins mon maître, ma formation ou mon avenir comptent.

Dès que nous entrons dans la zone industrielle, Grizz change. Son visage devient dur, il braque son regard sur un entrepôt sans signe particulier derrière un long grillage. Il arrête son véhicule à bonne distance des quelques voitures garées aux alentours.

« Où est-ce qu'on est ?

— Dans un no man's land. Ni sur le territoire des métamorphes, ni sur celui des vampires. Les deux le revendiquent, pourtant. Mais tout le monde sait que ce qui se passe ici ne compte pas. Aucunes représailles ne sont permises. »

Je continue à regarder le bâtiment. « Des représailles pour quoi ?

— Tu verras. Tiens, mets ça », ajoute-t-il en ôtant sa veste. Tandis que je me hâte d'obéir, il continue : « Quand tu es ici, tu es ma propriété. »

Cette affirmation fait immédiatement réagir mon bas-ventre, et Grizz remarque mon trouble. « Pas comme ça. Je ne te mettrai pas de collier. »

Je touche ma gorge. La cicatrice du vampire est une marque de propriété assez manifeste. Grizz le pense aussi : son expression s'assombrit et sa main entoure mon cou, tel un collier vivant. Ses doigts sont rêches contre ma peau. Il approche son visage du mien et gronde : « Tu ne lui appartiens pas. Il te maltraitait et je suis intervenu. J'aurais dû le faire plus tôt. Si j'avais su, je l'aurais fait. Maintenant, tu es sous ma responsabilité. Ça veut dire que pendant qu'on est là, tu restes près de moi, tu ne dis rien et tu fais ce que je te dis. Tu comprends ?

— Ouais. C'est un protocole.

— Je ne sais pas ce que ça veut dire, petite, dit-il en fronçant les sourcils.

— Vous voulez que je me comporte d'une certaine façon, et si je ne le fais pas, il y aura des conséquences. On reste tous les deux très vigilants. »

Il caresse délicatement ma cicatrice. « Vigilants, en effet. Ma tanière est plus sûre, on n'a pas besoin de proto-coles. Ici, le moindre faux pas pourrait être dangereux. Je ne t'aurais pas emmenée ici en temps normal, mais je ne voulais pas te laisser seule. Reste près de moi, tout se passera bien. D'accord ?

— D'accord. Grizz… » Je lui prends la main. « Je sais

que vous m'avez dit de ne pas m'enfuir. Ce n'est rien de personnel. Je suis liée à Augustine. Je… lui suis redevable.

— Tu ne lui dois rien du tout, d'après ce que je peux voir. » Il caresse ma joue, et j'éprouve des difficultés à respirer. « Ce n'est pas grave. Tu fonctionnes comme ça, je commence à le comprendre. Mais on va travailler dessus. Peut-être que si tu m'es plus redevable qu'à lui, tu l'oublieras, hein ? »

Je hoche la tête et déglutis malgré ma gorge sèche. Cette idée me plaît. Beaucoup, même trop. Il m'a bien fait comprendre que ce n'est qu'un boulot à ses yeux. Je ne peux pas trop me reposer sur lui. J'ai été formée à servir, pas à être entretenue.

Mais lorsque j'ouvre ma portière avant lui, il gronde. « Tu m'attends, petite. »

Bon, d'accord. Je le laisse mener.

Il me tend la main. Je la prends et attends qu'il réunisse les sacs de hamburgers et les pose dans le coffre du fourgon. On traverse le parking en se tenant la main. Je me mords la lèvre et marche plus vite pour rester à sa hauteur, faisant deux pas pour chacun des siens. Cet endroit sent les métamorphes, de toutes espèces, pourtant ma renarde n'est pas effrayée alors qu'elle marche dans l'ombre de Grizz.

Pendant que nous attendons, une Camaro blanche arrive. Un homme brun est au volant et un autre, aux cheveux argentés, vêtu avec davantage d'élégance, se tient à côté de lui. D'après son visage juvénile, sa chevelure s'est grisée prématurément. Le brun tient une cigarette éteinte entre les lèvres. Il ressemble un peu à James Dean. Quand il me fait un clin d'œil, je me rends compte que je le regarde sans ciller. Je baisse le nez vers le sol en rougissant.

« Tiens, tiens », dit le brun en écartant les bras comme s'il allait nous étreindre. Il a un fort accent et son ton est moqueur. « Le retour du fils prodigue.

— Declan, le salue Grizz. Parker. » L'homme aux cheveux gris hoche la tête, puis Grizz demande en écartant les pieds : « Putain, où est ma moto ?

— Elle arrive. D'une minute à l'autre, répond Declan avant de pencher la tête. T'es prêt pour ton combat ? Tu sais que les loups l'ont mauvaise contre toi ? Y vont essayer de te la faire à l'envers. » Pendant qu'il parle, je m'aperçois que son accent est irlandais.

« Je suis pas là pour parler du combat », grommelle Grizz.

Grizz Grognon, je le surnomme en silence. J'ai l'impression que la plupart des gens connaissent Grizz Grognon, mais que je suis la seule à voir son autre facette. Cette pensée me fait intérieurement sourire, mais je ne laisse rien paraître. Pas devant ces inconnus. À défaut de les foudroyer du regard comme le fait Grizz, je garde une expression vide. Je suis douée pour ne pas montrer ce que je ressens. Augustine se mettait en colère quand j'exprimais trop d'émotions.

« Je veux ma moto. Et ensuite, j'ai une proposition pour vous.

— Une proposition ? On m'a pas fait de proposition coquine dans un parking depuis… »

L'homme grisonnant, Parker, le coupe en lui donnant un coup de coude. « Ferme-la, Dec. Grizz, la moto arrive. D'ailleurs, la voilà », dit-il en se tournant vers l'entrée du parking.

En effet, un motard arrive sur une grosse Harley vrombissante.

« Qui conduit ? » grogne Grizz. Tout son corps est tendu. Je me rapproche de lui et il pose sa main dans mon dos, me réconfortant sans quitter la moto des yeux.

« C'est Laurie, répond Declan. Aucun souci. C'est notre pote.

— Pourquoi il conduit ma bécane, bordel ?

— Tu nous as dit d'aller la chercher. C'est le seul qui peut maîtriser ce monstre », explique Declan en levant les yeux au ciel comme si c'était évident.

Le grand type maigre fait rouler la moto près de nous et met la béquille, non sans chanceler légèrement sous le poids du deux-roues. Ce dernier oscille lorsque l'homme en descend et je sens Grizz se crisper, comme s'il allait courir retenir le véhicule avant qu'il ne s'écrase sur le goudron. Je pose ma main dans son dos pour l'apaiser. Le motoriste réussit à descendre maladroitement de la Harley et à s'en éloigner sans la faire basculer.

« Il est arrivé ici sans problème », dit Parker d'un ton tranquille. Il tient un briquet à la main, qu'il ne cesse d'ouvrir et refermer.

« En plus, il a son propre casque », ajoute Declan, qui a toujours la cigarette éteinte entre ses lèvres.

L'homme maigre, Laurie, s'approche de nous. Il enlève ses lunettes pour ôter le casque, puis les replace sur son nez. Ses cheveux rebiquent dans tous les sens. J'étouffe un petit rire. Ces trois types me rappellent les trois Stooges, mais en plus maigres. Et métamorphes. Toutefois, ce sont des métamorphes étranges ; je n'arrive pas à déterminer leurs espèces, et les trois ont un animal différent.

« Tiens. » Grizz lance quelque chose à Parker, qui l'attrape sans regarder. « Prends le fourgon, nettoie-le et fais-le disparaître. Les plaques sont dans le coffre. Essuie les empreintes.

— Ouais, ouais, marmonne Declan. On connaît la chanson. On n'est pas né de la dernière pluie.

— Tu as dit que tu avais besoin d'autre chose ? demande Parker.

— Ouais. » Grizz regarde toujours la moto. Il se penche et murmure en me poussant : « Va chercher les hamburgers. » Je vais devoir m'éloigner de Grizz pour aller jusqu'au fourgon. Je préfèrerais rester auprès de lui.

Il s'en rend compte lorsqu'il baisse les yeux.

« Tout se passera bien, dit-il tout bas. Je suis là. »

Grizz

Sans enthousiasme, Jordy se tourne et trottine jusqu'au fourgon. Tout en la suivant des yeux, je dis à Declan, Parker et Laurie : « J'ai besoin d'infos.

— C'est qui ? » veut savoir Parker après avoir jeté un coup d'œil en direction de la renarde. Il est assez intelligent pour ne pas fixer Jordy avec des yeux de merlan frit en ma présence.

Declan n'est pas aussi circonspect. « Elle ressemble à Anne de *La Maison aux pignons verts*.

— Qu'est-ce que tu en sais ?

— J'ai vu le film, répond l'Irlandais à Parker avec un haussement d'épaules. Il passait sur le câble.

— Quel ringard.

— Je t'emmerde. C'est un classique.

— Les gars… » J'interviens avant qu'ils commencent à se battre. Foutus métamorphes tordus. Mais ils ont des oreilles partout. Et j'ai besoin d'eux. « Concentrez-vous. J'ai un boulot pour vous, et je paierai. »

Jordy revient avec le gros sac blanc.

« Merci, chérie. » Son visage s'illumine.

Je lève le sac de hamburgers.

« Jackpot ! » crie joyeusement Declan. Laurie veut prendre le sac, mais je le tiens hors de sa portée. « D'abord, on discute des détails.

— Tu ne peux pas nous acheter avec des hamburgers »,
dit Parker.

Je les donne à Laurie, qui recule et va se placer derrière
ses deux amis. « Il y a aussi de l'argent dedans. Environ
deux mille balles. Vous aurez peut-être plus, si j'obtiens ce
que je veux.

— Et c'est quoi, ce que tu veux ?

— Des vampires enlèvent des métamorphes et les
utilisent pour se nourrir. Je veux savoir qui les fournit, et
pourquoi.

— C'est tout ? ironise Declan. Pourquoi ne pas
demander la lune avec ça ?

— Frangelico est au courant ? s'enquiert Parker en plissant les yeux.

— Frangelico a autorisé mes recherches. Je mène l'enquête parmi les vampires. J'ai besoin d'aide. De savoir tout
ce que vous pourrez apprendre sur les organisateurs de ce
marché noir.

— Tu veux qu'on parle aux métamorphes, dit Parker,
qui comprend vite. Et tu sais qu'aucun d'entre eux n'acceptera de te parler, maintenant que tu es du côté des
vampires.

— Je ne suis pas du côté des vampires…

— C'est ça, mon cul, rétorque Declan avec un accent à
couper au couteau.

— Il te faudra plus que notre aide pour parler aux
métamorphes. Si tu comptes fouiner dans le coin, tu as
besoin d'une amnistie. Il est temps d'aller te mettre à plat
ventre devant Garrett », conclut Parker.

Je grogne pour toute réponse.

« Allez, Grizz, reprend Declan. Tu es entré sur le territoire des loups et tu les as mis en rogne. Ils détestent ça. Et
même un gros grizzly ne fait pas le poids face à une meute
de loups. Même si tu es pote avec des vampires.

— Les vampires ne sont pas mes amis.

— Juste tes employeurs, me fait remarquer Parker.

— Je travaille avec Frangelico, dis-je en haussant les épaules. Et alors ? Je suis un combattant. J'ai le droit de prendre un autre boulot.

— Une guerre se prépare. Tu dois choisir ton camp. Les loups ou les vampires.

— Ni les uns ni les autres. »

Il secoue la tête. « Un bon combattant comme toi, c'est du gâchis.

— Écoute, je n'ai pas le temps de parler de ça.

— Ouais, parce que t'es trop occupé à obéir au roi vampire », marmonne Declan.

Je lui jette un regard noir. Je vais devoir en dire plus que je n'en ai envie. « Je veux que les décès cessent.

— Des drogués ? Des humains ? demande Parker.

— Je pense que les vampires sont responsables, comme ils sont responsables des enlèvements de métamorphes. »

Declan croise les bras. « On sait qu'ils sont responsables. Et alors ?

— Alors, quelque chose se trame. Frangelico veut les arrêter.

— Il va t'envoyer traquer sa propre espèce ?

— Il l'a déjà fait. Ils ne respectent pas les règles. Ils laissent des cadavres derrière eux. Ils kidnappent des métamorphes. Je ne sais pas trop pourquoi, mais je vais le découvrir. Si vous m'aidez, ça ira plus vite. Et on les arrêtera.

— Tu penses que les enlèvements de métamorphes et les morts des humains sont liés ? Pourquoi ? » demande Parker.

Je hausse les épaules. « Une intuition, c'est tout. Je pense que les vampires étaient accros aux sang-sucré humains et qu'ils sont passés aux métamorphes. Je veux savoir pourquoi. Les humains sont des proies plus faciles. Pourquoi s'en prendre aux métamorphes ?

— Qui sait pourquoi les vampires font quoi que ce soit ? » Declan secoue la tête.

Parker frotte la roulette de son briquet, il semble perdu dans ses réflexions. « Peut-être que le sang des métamorphes est plus puissant, dit-il en regardant Jordy. C'est une sang-sucré métamorphe ? »

Je gronde et me déplace devant la renarde pour la soustraire à la vue de Parker et Declan. « Laisse-la en dehors de ça. »

Les deux métamorphes marginaux échangent un regard, mais ne disent rien. Ça ne me plaît pas. Je fais passer Jordy devant moi et la présente aux trois types.

« C'est la petite », dis-je. Je ne veux pas leur donner son prénom et la mettre en danger. « Elle est sous ma protection.

— Tu la revendiques ? » demande Declan. Jordy retient sa respiration.

« En ce qui te concerne, ou n'importe quel autre métamorphe, oui. Quand elle est là, elle est avec moi. Quand elle ne l'est pas, vous oubliez qu'elle existe. Compris ? »

Ils marmonnent qu'ils comprennent, mais n'ont pas l'air contents. Je pose mes mains sur les épaules de Jordy.

« Tu ne nous dis pas tout, m'accuse Parker.

— Peut-être, peut-être pas. Aidez-moi, apportez-moi des infos, et je vous en dirai plus. Vous pouvez refuser de m'aider, mais il n'y a pas seulement notre fierté en jeu. »

Declan pousse un juron.

« D'accord, Grizz, déclare Parker. On n'a rien, donc on n'a rien à perdre. On t'aidera. On va s'occuper du fourgon, puis fouiner un peu pour voir ce qu'on pourra découvrir sur ceux qui vendent des métamorphes. Mais fais attention à toi. Si tu mènes l'enquête à Tucson, ça ne plaira pas à la meute de Garrett.

— Je me débrouillerai avec les loups. Putain, je vais aller leur parler tout de suite, dis-je en montrant l'entrepôt au bout du parking.

— À ta place, je m'abstiendrais.» Declan ôte la cigarette de sa bouche et fait mine de cracher de la fumée. Faire semblant de fumer une cigarette éteinte est foutrement bizarre, mais quand vous bossez avec ces trois-là, il faut s'attendre à une certaine dose d'excentricité. «Tu es *persona non gratin* pour le moment.

— *Persona non grata,* rectifie doucement Laurie de derrière la voiture.

— Quoi ?

— *Non grata,* répète Parker. Tu as dit *gratin.* On ne parle pas de cuisine.

— J'ai faim, d'accord ? s'exclame Declan en levant les mains. Bordel !»

Je m'éclaircis la gorge. «Comme je le disais, les loups passeront l'éponge. Quand je leur dirai que je veux mettre un terme aux morts humaines et aux enlèvements de métamorphes, qui attirent l'attention de la police locale, ils m'accueilleront à bras ouverts.

— Vas-y alors, va faire la paix, lâche Declan en désignant du menton le bâtiment du Fight Club. J'veux voir ça. Un vrai dîner-spectacle.» Il saute pour s'asseoir sur le capot de la Camaro, tire le sac graisseux vers lui et en sort un hamburger.

«Tu vas bouffer avec une clope au bec ? demande Parker d'un ton critique.

— Et alors ? Qu'est-ce que ça peut te faire ?» rétorque Declan en haussant les sourcils.

Ils reprennent leurs chicaneries habituelles.

«Bon, ça suffit», dis-je en marmonnant. Le petit

numéro de Declan, Parker et Laurie a beau être divertissant, je ne compte pas m'attarder pour y assister. Il est trop long, et sans entracte. En fait, il ne se termine jamais.

Je commence à me diriger vers le Fight Club en entraînant Jordy dans mon sillage.

« Reste près de moi, petite. Et fais comme moi. », dis-je en posant ma main sur sa nuque. La toucher me paraît naturel.

Elle ne répond pas, mais remue et réagit à ma présence, elle m'obéit pour devenir ce que j'ai besoin qu'elle soit. Vigilante, attentive. Complètement en harmonie. Par le ciel, elle est parfaite, putain.

Elle reste légèrement derrière moi alors que j'approche de la porte du club. J'y travaillais, jusqu'à ce que la meute de Tucson apprenne que je bosse aussi pour les vampires. Ce n'était pas mal intentionné de ma part. Frangelico m'a simplement soumis une meilleure proposition : une véritable chance d'accomplir ma mission.

Je ralentis devant la porte. Elle est neuve et semble solide. La dernière fois que je l'ai vue, elle était recouverte de rubans jaunes de police. Quelqu'un a fait le ménage depuis, mais l'endroit reste familier. Mon ours se sent chez lui au club. Même si les loups pensent que je les ai trahis, j'y suis à ma place.

Jordy me laisse avancer. Je regarde à droite, puis à gauche. Un groupe de bikers punks ont garé leurs motos le long du grillage. Ils discutent en attendant l'ouverture du bar. Des félins, d'après leur odeur. Même si je ne pouvais pas les sentir, leurs vestes en cuir coloré et leur façon de constamment peigner leurs cheveux m'auraient mis la puce à l'oreille. Ils ne conduisent même pas des Harley, seulement des bécanes rapides, ce qui signifie que ce sont probablement des guépards. Les guépards vivent pour la vitesse.

Ils nous accordent à peine un regard tandis que je me place sur le perron avec Jordy. La porte s'ouvre avant que je puisse toucher la poignée et un gigantesque métamorphe me surplombe. Ses yeux vert vif plongent dans les miens. Le type est massif. Son animal l'est encore plus... et il est prêt à exploser. Regarder droit dans les yeux un ours bagarreur comme moi est un défi sans équivoque. Comme agiter une cape rouge devant un taureau ou donner une claque avec un gant.

Je ne bouge pas, mais ne lui manque pas de respect. « Salut. Jared ou Trey sont là ?

— Non. T'es qui, putain ?

— Quelqu'un qui veut parler à un loup.

— Pas de loups ici. » Il me détaille de la tête aux pieds, me jauge. « Du moins, pas pour toi. »

Des insultes, génial. « Tu as un souci avec moi. Réglons-le. » Un combat ne ferait pas de mal à mon ours.

Du coin de l'œil, je discerne un éclair de cheveux roux. Jordy. Merde, je ne veux pas la mêler à cette histoire.

« On commence quand tu veux. » Le type croise les bras, ses yeux brillant de plus belle. Une énorme masse musculaire et un animal qui se contient à peine. Je ne sais pas avec certitude de quelle espèce, mais son odeur est dangereuse.

« Ou alors, tu pourrais juste me laisser passer.

— J'ai des ordres. Aucun ours n'est autorisé à entrer. En fait, les loups ont dit que si tu te pointes et que le Bâtard a envie de se battre, je peux te casser la gueule.

— Le Bâtard ? C'est comme ça que tu appelles ton animal ? » Je secoue la tête en feignant le mépris. Dans mon dos, je fais signe à Jordy de s'écarter. Elle recule lentement, sans se faire remarquer. Bonne fille. « Je suis un combattant et j'ai une baston prévue demain, dis-je au videur. Tu vas m'empêcher d'entrer aussi ? J'ai le droit d'être là. »

Quand il secoue la tête, je sens une bouffée de son odeur. Quelque chose de fruité… des bananes ?

« Un gorille », dis-je à voix basse. Il plisse ses yeux verts. « Bon, le macaque, t'es bon en dictée ?

— Quoi ?

— Tu sais lire et écrire ? Je vais laisser un message.

— Va te faire foutre.

— Tu ne veux pas connaître le message ? »

Le gorille commence à reculer. Avant qu'il puisse fermer la porte, je le frappe au visage.

Il se remet du coup en une seconde et se jette sur moi en rugissant. Je recule prestement en pas de danse.

« Tu en veux encore ? Inscris-toi pour m'affronter dans la cage. D'animal à animal.

— Ils m'ont parlé de toi, crache-t-il. Tu es de mèche avec les sangsues. Tu te bats pour eux.

— Je me bats pour tous ceux qui me paient.

— Tu es un traître pour ton espèce. »

Putain, ça suffit. « Tu veux te battre, bouffeur de bananes ? C'est parti. » Il est baraqué, mais il n'a pas inventé l'eau chaude. Ce sera facile.

Le gorille pile net. Je peux pratiquement voir le moment où il a une idée.

« Hé ! crie-t-il en direction des félins métamorphes. Une de vos femelles ne s'est pas fait mordre, la semaine dernière ? »

Merde.

Le meneur des guépards, un type au visage couvert de piercings et avec une crête noire, s'approche à grandes enjambées. Il est fin, mais pas maigre. « Non, pas une des nôtres. On les protège.

— Mais c'était une féline, précise un autre. Une espèce rare. Une louve-cervière, ou quelque chose comme ça.

— Et un vampire l'a mordue, dit le gorille.

— Ouais, et alors ? » Le félin grince des dents. S'il était sous sa forme animale, tous ses poils seraient hérissés. Il l'a mauvaise.

« Et alors, ce mec bosse avec les vampires », répond le gorille en me pointant du doigt. Je gronde et il montre les dents. Au lieu d'être plates, comme celles d'un gorille normal, elles sont aiguisées comme celles d'un prédateur.

Tandis que les guépards approchent, je marmonne : « Connard.

— Pas si courageux, quand tu es désavantagé, se moque le videur.

— Quinze contre un, ce n'est pas un combat équitable, dis-je en reculant jusqu'à ce que j'aie rejoint Jordy. Petite, prépare-toi à courir.

— Grizz. » Elle s'agrippe à moi. Le groupe de félins commence à m'encercler. Je ne peux pas les laisser faire avant que Jordy soit loin d'ici.

Je sors ma flasque de la veste qu'elle porte, dévisse le bouchon et bois une gorgée.

« Maintenant. Va dans la Camaro. » Je la pousse dans cette direction. Declan, Laurie et Parker sont toujours de l'autre côté du parking et nous regardent. Ils aimeraient me prêter main-forte, mais ils sont moins imposants que la plupart des métamorphes. Leurs animaux sont dérangés, brisés. Pas vraiment le top pour se battre. Cependant, je sais qu'ils protégeront Jordy.

Je me tourne de nouveau vers le chef des guépards et gronde assez fort pour qu'il fasse un pas en arrière. « Tu sais que je peux te mettre par terre ?

— Pas nous tous. » Ses yeux brillent. Merde, je suis entouré de métamorphes tarés. « C'est toi le grizzly ?

— Je suis un grizzly, dis-je en me redressant. L'un d'entre eux. On est des prédateurs redoutables. Pas franchement une espèce menacée. En tout cas, pas autant que les guépards. » Je montre les dents.

« C'est marrant. On est un paquet, et tu es tout seul. C'est qui l'espèce en danger, maintenant ? »

L'un des félins s'écarte du groupe et se dirige vers Jordy. Putain, non.

« Laisse-la tranquille, dis-je en sifflant quand il bloque la route de ma petite.

— T'es avec lui ? demande-t-il en approchant son visage du sien. T'es avec le grizzly ? »

Elle me regarde, ses yeux écarquillés.

« Tu sens comme lui. » Il lui saisit le bras et elle pousse un cri perçant.

Ah, putain, pas question.

« *Ne la touche pas.* » Je me dirige vers le type qui tire Jordy. Elle se débat, tente de se libérer.

Le groupe de métamorphes m'encercle. Je prends le premier corps devant moi et l'écarte de mon chemin. Il vole à travers les airs, mais trois autres prennent sa place. J'avance en rugissant.

Ils me repoussent, mais j'ai une arme secrète. Je porte la flasque à mes lèvres et la vide. Mes cellules s'emplissent de puissance. Avant que le noir m'entoure, j'appelle mon ours.

Jordy

Un bruit ressemblant à du vent s'échappe de Grizz et de la fourrure brune apparaît sur sa peau. Son animal explose hors de son corps, déchirant ses vêtements. Les guépards volent tandis que d'énormes pattes d'ours frappent le sol, créant un mini tremblement de terre sur le parking. Le goudron noir se fissure.

Le guépard qui me tient se fige, regarde ses amis déchirer leurs vestes et muter. Je le mords de toutes mes forces. Il hurle, me prend à la gorge et me soulève au-dessus de sa tête. Je lui envoie un coup de pied dans l'entre-jambe et m'écarte en hâte quand il me lâche. Reprenant mon souffle malgré mon cou endolori, en toussant un peu, je décampe aussi vite que possible. Il ne me suit pas.

Tout autour, des bikers gominés tombent à genoux et se contorsionnent, libérant leurs félins. Ils sont plus gros que des guépards normaux, avec des crocs comme ceux des tigres à dents de sabre. Ils se jettent sur Grizz.

« Non ! » Je crie lorsque quelqu'un me prend le bras. Alors que je me débats frénétiquement, une autre main se pose sur mon autre bras.

« Tout va bien, gamine, c'est nous, dit Declan en me tirant vers la Camaro. On est de ton côté.

— Non, je ne peux pas le laisser. » Je tente de planter mes pieds dans le sol.

« Tu ne le laisses pas. On doit te mettre à l'abri, c'est tout. »

Derrière nous, le grizzly gronde tandis que les félins bondissent l'un après l'autre sur lui et qu'un énorme gorille se suspend au grillage en riant.

« On doit l'aider !

— C'est pas notre combat, petite, dit Declan pendant qu'il me tire sur les derniers mètres, puis me fait asseoir près de la moto. Reste ici. »

Je me mords la lèvre, regrettant de ne pas être plus forte, plus rapide, plus dominante. Jusqu'à présent, Grizz a réussi à repousser la plupart des félins. C'est dingue. L'ours est complètement dépassé… et il a le dessus.

«J'ai jamais rien vu de pareil», murmure Declan à côté de moi. Grizz tourne sur lui-même et étale au sol un guépard qui l'attaquait. Un autre mouvement, trop rapide pour que je le suive, et d'autres guépards sont étendus sur le bitume en gémissant. Il balance les félins comme s'ils étaient des coquilles vides. Et…

«Il bouge tellement vite qu'il est flou», remarque Parker.

Le gorille pousse un rugissement frustré. D'autres guépards s'effondrent.

«Oh oh», murmure Declan. Mon cœur se serre. Accroupis derrière Grizz, cinq guépards attendent le bon moment pour lui sauter dessus. Deux autres courent vers l'ours, qui les repousse sans mal. Mais il fait alors un pas en arrière et tombe dans leur piège.

«Non…» Les cinq félins sautent sur Grizz en même temps. L'un atterrit sur son dos, enfonce ses griffes et rejette sa tête en arrière pour lui infliger une morsure mortelle.

«Ils le tuent! Arrêtez-les.

— Bordel de merde, grommelle Declan avant de crier à Parker : Fais quelque chose!»

Le métamorphe aux cheveux gris monte sur le toit de la Camaro. «Les flics arrivent!» beugle-t-il. Les animaux qui se battent ne font pas attention à lui.

Un sifflement déchire l'air. Les félins hurlent et je me couvre les oreilles. J'aurais aimé que Declan me prévienne qu'il s'apprêtait à siffler.

«Les flics arrivent! répète Parker.

— Les flics!» reprend l'un des bikers. Il pousse un cri et ses potes cessent de tabasser Grizz.

«La flicaille! braille Declan. C'est chacun pour soi!»

Les guépards montrent les talons.

Grizz se relève. Sa fourrure est rouge par endroits et il boite, mais il est toujours vivant.

Le gorille rugit, saute de son perchoir et atterrit à quelques mètres de Grizz.

« Il ne le laissera pas partir sans se battre, dit Parker. On n'a pas le temps pour ça. Les flics vont arriver.

— Merde, tu les as vraiment appelés ? demande Declan.

— C'est moi qui les ai appelés », répond Laurie depuis le siège passager de la Camaro.

L'Irlandais lâche un juron et me tire par la main. « Appelle-le.

— Pardon ? » Je ne comprends pas.

« Appelle-le », répète Declan en me donnant quelque chose. Un casque — celui que portait Laurie. « Appelle Grizz. Maintenant !

— Grizz ! » J'ai hurlé. Le gros ours fait les cent pas, il attend que le gorille charge. « Grizz, la police arrive ! Tu dois venir ! Reviens près de moi. »

Il se retourne et commence à rapetisser. Le gorille bondit, mais Grizz fait volte-face à la dernière seconde. Tout devient flou, puis le gorille se retrouve à terre et commence à reprendre forme humaine.

« Allez ! appelle Declan pendant que des sirènes commencent à s'élever autour de nous. Maintenant ! »

L'ours nous rejoint en courant. Sa fourrure disparaît, laissant apparaître sa peau ensanglantée, puis c'est Grizz qui court vers moi et la moto.

« T'es à poil, mec. Tiens. » Declan lui donne un jogging. J'enlève la veste en cuir et grimace quand Grizz l'enfile pour couvrir son torse ensanglanté. Il enfonce ses pieds dans les Timberland et passe une jambe musclée sur sa moto.

« Monte », m'ordonne-t-il. Son autorité fait crépiter ma

peau. Le casque sur ma tête, j'enfourche la moto derrière Grizz et m'agrippe à sa veste.

« Accroche-toi à moi », dit-il, avant de gronder lorsque j'hésite. Je ne veux pas lui faire mal, mais quand je passe mes bras autour de sa taille avec des gestes timides, il me tire pour me coller contre son dos.

« Tiens-toi bien, petite », dit-il en démarrant. Le moteur s'éveille bruyamment et on part à toute vitesse derrière la Camaro blanche, pour fuir le quartier des entre-pôts en prenant un itinéraire sinueux.

On entre sur la route principale une seconde avant qu'un camion de pompiers nous croise, gyrophares allu-més. Il fonce vers le Fight Club pendant qu'on prend la fuite dans la direction opposée.

CHAPITRE SIX

Grizz

La moto vrombit alors que je zigzague entre les voitures, accélérant encore et encore. Les doigts de Jordy s'enfoncent dans mon ventre, mais je ne ralentis pas. Je dois la ramener chez moi, en sécurité, avant que la puissance quitte mes veines et que je sois trop faible pour la défendre. La descente est toujours rude quand les effets cessent.

Au moins, on n'est pas suivis. Juste au cas où, je change de voie et m'engage dans une rue perpendiculaire.

Le temps que ma moto ait gravi ma montagne, la rage brûlante qui fait bouillir mon sang s'est calmée. Je coupe le moteur et m'avachis sur le guidon, mes membres lourds et froids. Mes tripes sont une boule de nœuds. Je ne suis qu'adrénaline quand je me bats. Une fois qu'elle s'en va, il ne reste plus rien.

Pendant un instant, je ne vois que du noir. Je lutte contre ma conscience vaseuse pour revenir à la réalité, à la vie. Je devais faire quelque chose…

RENEE ROSE & LEE SAVINO

Un léger poids bouge derrière moi, ce qui me fait lever la tête. Jordy. Je dois la faire descendre de la moto et la mettre à l'abri.

« Grizz ? » Elle se tient à présent à côté de moi. Je perds des secondes, du temps.

Je secoue la tête et cligne des yeux. « Rentre. Maintenant. »

Je descends laborieusement de la moto, fais quelques pas et chancelle.

« Grizz ! » Elle se colle contre mon flanc. M'aide à me redresser. Puis à marcher. Ce n'est pas normal. C'est moi qui devrais l'aider.

« À l'intérieur. On doit rentrer… en sécurité… » Ma langue est enflée, elle emplit ma bouche et m'empêche d'articuler.

J'entends un cliquètement de clés et la porte s'ouvre. L'odeur familière de ma tanière m'accueille. Presque arrivé. Je me force à avancer, mais tombe à genoux avant d'avoir atteint la cuisine.

« Grizz, qu'est-ce qui ne va pas ? demande Jordy d'une voix aigüe. De quoi as-tu besoin ?

— Mon énergie retombe après le combat. Ça… ira. » Je ne sais pas si ça ira. Ça n'a jamais été si terrible.

« Ça va aller. Allonge-toi. » Je sens ses mains sur mon corps, puis quelque chose est glissé sous mon crâne. On m'enlève mes chaussures. « Grizz, tu m'entends ? Je peux t'apporter quelque chose ?

— De la viande, dis-je en gémissant avant d'humecter mes lèvres. De l'eau. »

J'entends du bruit, puis elle est de retour et tient un verre frais contre ma bouche. « Tiens, bois. » Elle respire par petites bouffées effrénées. Je tapote sa jambe. Je veux qu'elle sache que j'irai bien. L'eau coule dans ma gorge, nettoie mes bronches. J'arrive à respirer. Oui, voilà.

Remplacer le stimulant par quelque chose de propre et pur.

« Tiens », dit Jordy. Sa voix est bizarre. Du sang touche mes lèvres, me tirant un grondement. J'attrape le morceau de viande qu'elle a trouvé. Il est à moitié congelé, mais mon ours s'en fout. Je le déchire et mâche, je commence lentement à revenir à moi. Je suis sur le carrelage, allongé sur le dos, ma veste en cuir sous ma tête. Jordy est agenouillée près de moi. Elle me donne encore de l'eau lorsque je lui en demande, puis un autre morceau de viande.

Je lève un bras lourd, cherche son visage et pose ma main sur sa joue. L'humidité que j'y trouve me fait froncer les sourcils.

« Tout va bien, dis-je en un marmonnement à cause de ma langue enflée. Laisse-moi une minute, c'est tout. J'arrive.

— Chut. » Elle maintient ma main contre son visage. « Tout va bien. Je suis là. » Ma porte d'entrée est juste derrière elle. Elle pourrait facilement s'en aller, retourner auprès de son maître, pourtant elle ne le fait pas.

« Reste avec moi. » J'ai chuchoté. Je n'ai pas assez d'énergie pour lui donner un ordre.

« Bien sûr », souffle-t-elle. Je laisse ma tête retomber et perds connaissance.

JE ME RÉVEILLE PAR ÉTAPES. Quelque chose de doux se trouve sous ma tête — de plus doux que la veste en cuir. Un oreiller. Un petit corps est pressé contre mes côtes endolories. Un parfum charmant entre dans mes narines. Jordy. Elle est couchée à côté de moi, et mon ours adore ça.

J'ai chaud, trop chaud. Quelque chose est étalé sur nous et sent le vampire. En rugissant, je repousse la couverture que j'ai trouvée dans la cage de Jordy et la jette à l'autre bout de la pièce. Elle atterrit près de la porte. Je la brûlerai plus tard. Je ne veux plus sentir ce vampire.

Je suis par terre, à mi-chemin entre la porte et la cuisine. Ma veste est pendue à son crochet et mes bottes proprement rangées en dessous. Mon corps n'est qu'une masse de souffrance, surtout une morsure à la jambe et une autre à l'épaule. Foutus félins. Dès que je pourrai bouger, je rincerai soigneusement ces blessures.

En attendant, je me contenterai de rester allongé et de remercier ma bonne étoile que les choses se soient passées ainsi. Je n'avais jamais eu une réaction si violente après avoir consommé du stimulant. Et je guéris plus lentement. De plus d'une manière, mon corps a besoin de se remettre de ses émotions. Ce n'est pas un très bon signe. Je devrai me montrer plus prudent à l'avenir.

Je suis l'ours le plus chanceux au monde. Pas seulement parce que j'ai survécu au combat, mais parce qu'un corps chaud est blotti contre moi. Jordy m'a fait entrer, m'a nourri et m'a donné à boire. Elle a improvisé une couche sur le carrelage et s'est allongée près de moi.

Je pourrais rester là éternellement. Tant pis pour mes côtes cassées.

J'entends un petit bruit, puis Jordy lève la tête. Sous ses cheveux emmêlés, son regard est inquiet.

Je souris et caresse ses mèches rousses. « Coucou, chuchote-t-elle. Est-ce que ça va ?

— Beaucoup mieux. » Ma voix est aussi profonde qu'une tombe.

« Tu t'es évanoui, dit-elle en se mordant la lèvre. Je m'inquiétais.

— Je ne voulais pas te faire peur, petite. » Merde, j'ai

perdu connaissance plusieurs heures ? C'était vraiment pire que d'habitude, et de loin.

Elle reste immobile, collée contre mon flanc. Son visage couvert de taches de rousseur est tourné vers le mien tandis que je repousse ses cheveux. Dès que je baisse la main, elle se redresse et se lève.

Elle part vers l'évier et revient avec un grand verre d'eau. «Tiens.» Je m'assieds et bois pendant qu'elle reste accroupie près de moi.

«Merci.

— Tu veux manger quelque chose ?

— Ce serait bien, dis-je en hochant la tête.

— Tu veux de la viande ?

— Rien de congelé.»

Repartant vers la cuisine, elle me fait un petit sourire par-dessus son épaule. «J'en ai sorti du congélateur, elle dégèle dans l'évier.»

Je m'assieds pendant qu'elle s'affaire, me tend un steak, remplit à nouveau mon verre d'eau. Lorsque j'ai retrouvé assez de forces pour me lever sur des jambes flageolantes, elle ne fait aucun commentaire. Je ressemble à un faon nouveau-né, et pousse un grognement digne d'un vieillard quand je m'effondre de nouveau. En silence, elle me sert une autre assiette de viande. Elle est crue, mais me fait énormément de bien. Je dois faire le plein après ce que ce combat m'a coûté. J'ai l'impression d'avoir un trou dans le ventre.

Je ne quitte pas Jordy des yeux de tout le temps que je mange. Elle remplit une autre assiette pour moi, puis réchauffe des restes pour elle. Chacun de ses mouvements est fluide et gracieux, comme s'il s'agissait d'une danse chorégraphiée. Augustine l'obligeait-elle à le servir, lui et ses amis, de la sorte ? Probablement. Je m'étrangle à cette pensée. Jordy se retourne brusquement, ses yeux écarquillés, et je me dépêche d'avaler une grande gorgée d'eau. Ce n'est que lorsque je lui fais signe que tout va bien qu'elle reprend ce qu'elle faisait. Si attentive, si bien éduquée. J'imagine que je devrais remercier Augustine, mais j'ai plutôt envie de buter ce connard.

« Tu as besoin d'autre chose ? » demande-t-elle. Elle attend que je secoue la tête pour poser son assiette sur la table et prendre place sur la chaise à côté de moi. Lorsqu'elle remarque que je la regarde fixement, elle se fige. « Je peux ? » Sa voix douce est musicale.

« Ouais, petite. Pas de problème. Fais comme chez toi. »

Elle regarde la cuisine en se mordant la lèvre. « En fait, c'est plus ou moins ce que j'ai fait.

— C'est bien », dis-je avec fermeté avant de tapoter son genou. J'aime qu'elle soit proche de moi. Putain, je la veux sur mes genoux, mais mon corps est encore en mille morceaux.

Personne n'avait pris soin de moi depuis longtemps.

Elle termine son assiette avant moi, puis attend, les yeux baissés. Je suis son regard et me rends compte que mes mains sont ensanglantées. Merde, tout mon corps n'est qu'un tas de coupures à vif et de bleus. Je le sens, maintenant. Cependant, la viande m'aide. Je commence à guérir. Après une bonne nuit de sommeil, je serai de nouveau sur pied.

Jordy se lève et débarrasse la table. Elle porte toujours cette salopette ridicule, qui ne dissimule pas la courbe pulpeuse de ses fesses.

« Hé, petite. » Je lui attrape le bras quand elle passe à côté de moi. Elle s'immobilise, mais ne me regarde pas. « Je suis désolé. D'être tombé dans les pommes comme ça. »

Quelque chose passe sur son visage, puis disparaît presque immédiatement. Elle ne s'attendait pas à des excuses. J'espère qu'elle a conscience que c'est foutrement rare. En général, je me comporte comme si je n'avais de comptes à rendre à personne.

Elle se tourne entièrement vers moi. « C'est te battre qui t'a fait cet effet ? »

J'envisage de lui dire la vérité pendant une folle seconde, puis choisis un mensonge partiel. « Oui.

— Tu étais incroyable. Tellement rapide. Parker et Declan ont dit qu'ils n'ont jamais rien vu de pareil, dit-elle avant de se mordre la lèvre, comme si elle se demandait si elle a bien fait de parler.

— J'ai fait ce que je devais faire.

— C'était ahurissant. Tu étais si rapide qu'on ne pouvait pas voir la moitié de tes mouvements. Ça paraissait irréel.

— Il faisait sombre », dis-je en haussant les épaules. Pas vraiment, mais je dois la détourner de ce genre de pensées.

« Tu étais plus rapide que n'importe quel métamorphe.

— Tu as vu beaucoup de métamorphes se battre ? » Mon ton est moqueur.

« Oui, ce soir. Tu as affronté tout un groupe, et tu as failli gagner.

— Pas vraiment. Ça craignait, à la fin.

— Si, vraiment, insiste-t-elle. Tu aurais pu les vaincre.

— Tu n'en sais rien. » Je lui tourne le dos pour mettre fin à cette conversation.

« Je sais ce que j'ai vu, dit-elle d'une voix douce et songeuse. Tu es devenu flou. Tu étais tellement rapide que tu es devenu trouble. À ma connaissance, les seules autres créatures qui peuvent faire ça, ce sont… » Elle ne termine pas, mais j'entends néanmoins la fin de sa phrase. *Les seules créatures qui peuvent devenir floues, ce sont les vampires.*

« Je suis rapide, c'est tout. » Mensonge, mensonge, mensonge. À voir son expression, elle le sait. Mais elle ne me contredit pas. Elle est trop bien éduquée. Par Augustine. Je gronde.

« Merci pour le dîner. » Il fait encore trop sombre dehors pour que ce soit l'heure du petit-déjeuner.

« C'est ta nourriture. Je l'ai juste servie.

— Tu as pris soin de moi, petite. » Quand j'ôte mon T-shirt, elle pousse un cri. « Tu es blessé !

— Ouais. J'ai affronté un groupe de félins. » J'examine l'endroit où une griffe s'est plantée dans ma peau. Je ne saigne pas, mais la zone ne régénère pas aussi vite que d'habitude. Mon corps paie encore l'effet du stimulant.

« Tu as besoin d'un pansement », dit Jordy en se penchant vers moi. Mon membre tressaute pendant qu'elle examine la blessure, son souffle léger tombant sur mes abdos. Je ne peux m'empêcher de tendre le bras pour repousser ses cheveux et voir son visage.

C'est alors que je remarque les taches violettes au-dessus de sa clavicule et autour de son cou.

« Putain, qu'est-ce que c'est ? Tu as des bleus sur la gorge », dis-je en prenant sa tête entre mes mains pour l'examiner.

Elle mordille sa lèvre, mais ne bouge pas. « Grizz, s'il te plaît. Ce n'est rien.

— On ne dirait pas rien. On dirait que quelqu'un a essayé de t'étrangler.

— C'était un des guépards. Il m'a attrapée et il a… serré sa main autour de mon cou. » Elle lève la main pour illustrer ses propos.

Au fond de mes tripes, mon ours gronde. Je le tuerai. J'attrape la chevelure de Jordy et lui fais tourner la tête à gauche, puis à droite, pour mémoriser l'emplacement des bleus. Le schéma général. Le félin mourra avec les mêmes marques sur la gorge.

« Ça fait plusieurs heures. Pourquoi est-ce que tu ne régénères pas plus vite ?

— Les proies guérissent plus lentement », répond-elle après une hésitation.

Je me sens idiot. Elle a pris soin de moi, et tout ce que j'ai remarqué, c'est à quel point elle est sexy. Combien j'ai envie de la baiser. Je ne m'occupe pas aussi bien d'elle que je le devrais.

Il est temps d'y remédier. Et tout de suite, bordel.

Je lâche ses cheveux pour qu'elle puisse se lever. « À la douche. Toi d'abord.

— Tes blessures sont plus graves, murmure-t-elle. Tu devrais peut-être…

— Les dames d'abord. Ma maman m'a bien élevé. » Je n'ajoute pas qu'elle m'aurait donné une baffe pour ne pas avoir mieux pris soin de Jordy et ne pas l'avoir invitée à se doucher plus tôt. « Allez, viens. » J'entre dans la salle de bains et ouvre le robinet de la douche. Jordy attend à la porte jusqu'à ce que je lui fasse signe de me rejoindre.

« Je ne peux pas, dit-elle, ses yeux baissés. S'il te plaît, laisse-moi m'occuper de toi. »

S'occuper de moi sous la douche… en voilà une idée.

Non ! Vilain ours !

« Déshabille-toi », dis-je d'une voix autoritaire.

Ses mains volent sur son T-shirt, puis se figent. Elle rencontre mon regard.

« C'est bien, dis-je avant de lui tourner le dos pour lui laisser de l'intimité. Déshabille-toi, puis file dans la douche. » Je ferme les yeux en entendant un froissement d'habits. Je me souviens de chaque courbe de son corps magnifique. Je veux toucher toute cette peau d'albâtre. Découvrir ses points sensibles. Apprendre ce qui la fait vibrer.

Putain, trop de tentation.

«Je vais te chercher des vêtements», dis-je en sortant de la pièce.

∼

Jordy

JE FERME les yeux et laisse l'eau tiède cascader sur mon visage. Les douches sont terriblement agréables, mais rares. La plupart du temps, Augustine me laissait me rincer avec un tuyau dans le jardin. Il prenait vraiment son pied à me traiter comme un animal de compagnie.

Ce n'est qu'après avoir rencontré Grizz que j'ai réalisé à quel point mon maître était tordu. Certes, certains aspects me plaisaient. Mais il ne m'a jamais traitée comme une égale. Pour lui, j'étais un animal. Ou même pas — juste un jouet, une source de nourriture. Un objet à utiliser, puis jeter.

Il était plus gentil, fut un temps. Quand je pensais que nous pourrions être davantage. Mais ensuite…

À ce souvenir, les cicatrices sur ma poitrine grattent. J'aurais aimé savoir ce qui s'est passé cette nuit-là. J'ai fait de mon mieux, mais je lui ai tout de même déplu. *Bonne à rien*, m'a-t-il appelée. Il n'avait jamais été si cruel auparavant.

Des coups contre la porte me tirent de mes pensées. Je sursaute.

«Les vêtements sont derrière la porte, petite.»

Il m'appelle *petite*. On ne m'avait encore jamais attribué de surnom gentil. Ça me plaît.

Je ferme l'eau avec prudence. Je ne me suis pas rasée, mais mes jambes sont encore plutôt douces.

Quand je sors de la salle de bains, Grizz écoute ses

messages sur le répondeur de son téléphone fixe. Le haut-parleur est activé, mais même s'il ne l'était pas, j'entendrais le moindre mot. Pas parce que mon ouïe de métamorphe est fine ; parce que la personne qui a laissé le message crie.

« Entre toutes les putains de conneries débiles à faire… et ensuite, tu appelles les pompiers ? On n'a pas besoin de ce genre de pub. »

Grizz appuie sur un bouton et le message s'interrompt alors que j'approche. J'ai essayé d'être silencieuse, mais le prendre par surprise est impossible. Ou alors, il m'attendait.

Je rougis pendant qu'il me regarde de la tête aux pieds. Mes cheveux sont mouillés parce qu'il ne possède pas de sèche-cheveux, mais je les ai attachés du mieux possible. Je porte un T-shirt de Grizz, trop grand pour moi, et une culotte. Quelqu'un a dû transférer nos achats dans les sacoches de la moto. L'un des métamorphes excentriques que nous avons rencontrés, Declan ou Parker.

« J'ai oublié d'acheter un pyjama. » Je ne lui apprends rien. Son regard glisse sur mon corps, s'attarde au niveau de ma poitrine. Mes tétons durs se voient à travers le tissu.

« Pas de problème, dit-il d'une voix enrouée avant de redémarrer le message.

— C'est Garrett », dit la voix sur le répondeur, qui grésille quand il se lance ensuite dans une diatribe à pleins poumons à cause de ce qui s'est passé sur le parking du Fight Club. Grizz écoute en grimaçant. Je soupire lorsque le discours colérique se termine. Grizz me regarde et plisse les yeux.

« J'ai fait des vagues, ce soir.

— Ce n'était pas ta faute.

— Aucune importance. On me le reproche. Tout le monde m'appelle.

— Les pompiers sont vraiment venus ? » Pour mon

clan, nous exposer de la sorte aux humains serait signer notre arrêt de mort. C'est peut-être différent pour les métamorphes prédateurs.

« Non. Laurie est plus intelligent que ça. Il leur a dit qu'un feu a démarré à deux entrepôts de là. Un seul fourgon d'incendie est venu. La meute est vite arrivée sur place et elle a nettoyé les dégâts.

— Il y avait beaucoup de sang… » Je grimace.

« Du sang, des habits déchirés, de la fourrure… aucun doute, les humains auraient posé des questions s'ils avaient vu ça. La meute a dû laver le parking à grande eau. Garrett leur fera sûrement nettoyer le sang toute la nuit. Mais bon, on a eu chaud.

— Ouais.

— Je comprends pourquoi il est contrarié, vraiment. » Il presse un bouton et le répondeur annonce *message supprimé*. « Le Fight Club est géré par des loups, mais il a déjà attiré l'attention des humains et causé des problèmes, continue-t-il en secouant la tête. Ce n'est pas une super période pour être métamorphe. Se cacher des humains est de plus en plus difficile.

— Oui, dis-je à voix basse. C'est ce que mon clan disait tout le temps. C'est pour ça qu'ils m'ont vendue.

— Hé. » Il pose un doigt sous mon menton pour me faire lever la tête. « Tu ne méritais pas ça.

— Merci de le dire. » Il semble vouloir ajouter quelque chose, mais secoue la tête et fait un pas en arrière. Sans son contact, je me flétris.

Il prend une inspiration et enlève son T-shirt noir.

« Oh, non ! » Son corps est en sale état. La griffe cassée qu'il a retirée n'était que le début.

Je secoue les mains en l'air sans savoir par où commencer.

« Kit de premiers secours, salle de bains », dit-il. Je cours le chercher.

Il me suit, sa carrure emplit la petite pièce. Je me place dans un coin pendant qu'il essuie la buée sur le petit miroir et se positionne pour évaluer les dégâts. Ça ne sert à rien : le petit miroir est terne, et tout son corps massif est couvert de bleus et d'entailles.

Il prend un gant et commence à se frotter comme s'il récurait un comptoir. Comme si son corps blessé était fait de béton et non de chair. Je sais qu'il est fort, mais j'ai mal en le regardant faire.

« S'il te plaît, laisse-moi t'aider. »

Il me donne le gant, que je rince avant de le tapoter contre sa peau. Je me fige quand il inspire.

« Ça fait mal ? »

Sa tête est baissée et ses yeux brillent à travers ses cheveux. « Non, petite. Ce n'est pas ça, répond-il après s'être éclairci la gorge. Tu peux y aller plus fort, je peux le supporter. »

Je continue mon nettoyage. Chaque centimètre de son corps est composé de muscles durs. C'est dingue, on dirait un dessin tiré d'un manuel d'anatomie, mais il n'existe probablement pas de mots pour décrire tous ses muscles. Des gros, des moyens, des petits rassemblés entre ceux que je reconnais. Il a des tablettes de chocolat, bon sang. Lorsque je passe ma main sur leur contour dessiné, il émet un son, entre un gémissement et un grondement. S'il était un félin, je le qualifierais de ronronnement.

« Bon ours », dis-je en murmurant, avant de baisser la tête pour ne pas voir son expression.

J'atteins son flanc et il lève le bras. Une autre griffe est fichée dans sa peau. « Enlève-la. Fais vite », grogne-t-il quand je l'en avertis.

Je la retire, puis rince abondamment la plaie. Il a bien

meilleure mine sans toutes les traces de sang. La régénération a commencé et certaines coupures ont déjà cicatrisé. Je procède très lentement, minutieusement, en essayant de ne pas lui faire mal. Ça me prend un long moment, mais ça ne semble pas déranger Grizz.

«Il m'arrive de faire ce genre de chose, dis-je pour remplir le silence et détourner son attention pendant que je rince une coupure particulièrement profonde. Je nettoie les soumis après des jeux sanglants.

— Au Toxic.

— Non. Il y a un autre endroit où les vampires… s'amusent plus fort. Hum. Hors de la juridiction du roi.» Je lève la tête et rencontre le regard brillant de Grizz dans le miroir. Mon visage brûle : j'ai révélé un secret.

«Il ne va pas aimer ça», commente Grizz. Avec ses yeux luisants, il ressemble à une machine, un Terminator blond envoyé pour exterminer l'humanité.

Je secoue la tête. «Ne lui dis pas.

— Je dois lui en parler, petite. Il m'a confié une mission.

— Je ne veux causer d'ennuis à personne.» Je recommence à le rincer. Pourquoi ai-je ouvert ma bouche ? Augustine me tuera s'il apprend ce que j'ai vendu la mèche.

Grizz referme ses mains autour de mon cou. Je me pétrifie, mais il se contente de repousser mes cheveux. «Si ça arrive, ce ne sera pas ta faute.»

Je déglutis. «Que fera le roi s'il n'approuve pas le club secret ?

— C'est à lui de décider. Ça ne nous regarde pas, petite. Où est le club ? Tu le sais ?

— Je peux te montrer», dis-je après avoir fermé les yeux. J'ai déjà trahi mon maître. Autant aller jusqu'au bout.

« Bonne fille », murmure-t-il. Un dilemme me déchire. Je ne devrais pas me sentir si bien alors que j'aide l'ennemi de mon maître, mais c'est le cas.

Je finis de nettoyer son dos en silence.

Une fois que j'ai terminé, il décroche le miroir et inspecte son dos sous toutes les coutures. « Merci, petite. Je devrais guérir plus vite, maintenant. »

J'attends sur son lit pendant qu'il se douche. Je devrais essayer de m'enfuir pour avertir Augustine, mais quelque chose me fait rester. Je me dis que c'est à cause des ordres de Grizz, mais il ne m'en a pas donné depuis un certain temps. J'aimerais qu'il le fasse, pour faire taire les pensées qui vrombissent comme des abeilles furieuses sous mon crâne.

Grizz entre pieds nus dans la chambre, uniquement vêtu d'un jogging en un tissu doux. Même si je sais qu'il va beaucoup mieux, son torse a toujours piètre allure. Les marques rouges me font grimacer.

« On dirait de la viande crue, hein ? Ne t'inquiète pas, je sais depuis longtemps que je n'ai aucune chance de devenir mannequin. »

Il ramasse les vêtements sur le lit — ceux que nous avons achetés. Je les ai pliés, mais ne savais pas où les ranger. Un sourcil haussé, il vide un tiroir de la commode et y place mes habits. Je suis trop fatiguée pour protester. Ses mouvements sont fluides et gracieux, pourtant il semble emplir la chambre.

Le combattant est de retour. Le héros conquérant. Sa présence sature l'atmosphère, me fait prendre conscience à quel point je suis petite. Et une femelle. Le trophée idéal pour un guerrier.

Je plie mes genoux sous mon menton et enlace mes jambes avant de demander : « Et maintenant ? »

Il me regarde, ses yeux toujours scintillants. Oh, oui.

Son ours a conscience de la fragilité de cette situation. Il sait qu'il me désire et combien cette union serait naturelle. J'appartenais à Augustine, et il m'a enlevée. Les forts dominent les faibles ; si tu veux quelque chose et que tu es assez fort pour l'obtenir, elle t'appartient. C'est la loi de la jungle. Et, quand des métamorphes et des vampires sont impliqués, c'est la jungle partout.

« Tu veux que je t'emmène au club secret ? » J'ai surtout posé la question pour dissiper la tension.

Ses yeux s'assombrissent comme si un interrupteur avait été éteint. « Pas cette nuit. Demain. Cette nuit, on dort. »

Oh.

« Ne t'inquiète pas, petite, je ne te ferai pas de mal.

— Je ne pensais pas que tu m'en ferais. »

Il s'approche du lit et pose une main sur mon cou. Un geste doux, mais même un humain en reconnaîtrait le sens. *Je peux te briser la nuque, mais ne le ferai pas.* Une autre manière d'affirmer sa revendication : être assez puissant pour être violent, mais choisir d'être doux.

Je frissonne.

« On dort, petite. C'est tout. »

Alors que je m'allonge et qu'il éteint la lumière, je ne sais pas si je suis déçue, ou rassurée.

CHAPITRE SEPT

Jordy

Le rêve débute dès que je ferme les yeux, comme s'il m'attendait. Un monstre sombre dans ma tête, qui fait claquer ses mâchoires et m'engloutit tout entière. Je suis dans le club secret des vampires. Augustine est là, une présence menaçante. Ce n'est pas normal ; il devrait être un réconfort. Je m'efforce de me souvenir quand il m'a déjà consolée. Mais dans ce rêve, Augustine n'est pas bienveillant. Il n'est pas mon ami. Seulement mon maître.

« C'est elle ? » demande un autre vampire. Augustine confirme. Dans cet état onirique, leurs voix sont étouffées, mais je sais qu'ils parlent de moi. Des mains commencent à parcourir ma chair, la caressent et explorent, prennent des libertés. Je devrais rester immobile, Augustine me l'a ordonné, mais j'en suis incapable. Je lutte, et me fais immobiliser pour la peine. Pas avec des cordes. Avec des mains puissantes.

« C'est une petite teigneuse, remarque l'autre vampire.

— Pas d'habitude », grogne Augustine. Le dégoût sature sa voix. Je sais qu'il méprise les métamorphes. À cet instant, il ne fait aucun effort pour le dissimuler. Je me sens petite et inférieure pendant que les mains qui me touchent salissent ma peau. « Ne bouge pas, répète mon maître, agacé.

— Laisse-moi faire. » L'étrange vampire enfonce ses doigts dans ma peau. Je me cambre et essaie de crier, mais j'ai la gorge nouée. L'aura de ce prédateur est si puissante qu'elle m'étouffe. L'air est trop épais pour respirer. « Et voilà, dit-il d'un ton faussement rassurant. Sois sage. » Ses doigts sont devenus des griffes, qui m'entaillent. Le sang coule. « Ne bouge pas et donne-moi ce que je veux. » Ses lèvres trouvent ma poitrine. Je sursaute une fois, puis me fige de nouveau. Ce n'est pas un rêve. C'est vraiment arrivé. « Bonne fille », me cajole le vampire borgne. Puis il baisse la tête vers mon sein gauche et commence à se nourrir.

∽

Grizz

Allongé dans le noir, je tente de me reposer. La respiration de Jordy est bizarre, de petites bouffées contre mon torse nu. Ce qui n'aide pas. Chaque fois que j'essaie de me détendre, elle geint en se collant contre moi, et je reviens à la case départ. Je suis tendu comme un ressort.

Je roule sur le dos en soupirant. Ma bite se dresse comme un mât, transforme le drap en tente. Ouais, ouais. J'en pince pour cette gonzesse, j'ai capté. C'est bon, ça suffit. J'oblige mon sexe à se calmer.

Un bruit étranglé me fait ouvrir les yeux. Jordy s'agite

contre moi, ses petits doigts s'enfoncent dans mon torse. Ça fait mal, mais je m'en fous.

Quelque chose ne va pas. Elle est troublée. Son visage est fermement contracté, sa bouche ouverte comme si elle voulait crier.

«Petite.» Quand je caresse sa joue du pouce, elle convulse si violemment qu'elle manque de percuter mon menton. Putain, que se passe-t-il ?

«Petite. Allez, réveille-toi. Jordy. Jordy ! »

Jordy

Quelqu'un m'appelle. Je suis la voix le long du tunnel obscur et trébuche jusqu'à la lumière.

«Jordy ! »

J'ouvre les yeux et reprends mon souffle comme si j'avais eu la tête sous l'eau.

«Merde, par le ciel, petite, qu'est-ce qui s'est passé ?

— J'ai fait un rêve. Un mauvais rêve », dis-je d'une voix plaintive. Je tressaille quand il allume la lumière. Il prend mon menton dans sa main pour examiner mon visage.

«Il était forcément mauvais. Tu t'agitais et tu pleurnichais. Tiens.» Il prend le verre d'eau sur la table de chevet et me le donne. «Tu veux me dire ce que c'était ?

— Non. » C'est la vérité. Je ne veux pas le revivre. Je ne veux pas parler de cette nuit-là. Je ne veux pas m'en souvenir. Jamais.

Il attend en silence. Je suis reconnaissante pour ce sursis, une occasion de laisser mon cœur reprendre un rythme normal.

J'ouvre la bouche. Je pourrais le lui dire. J'ai déjà avoué

tant de choses. Mais ce serait la trahison ultime. *Augustine m'a emmenée voir le vampire borgne et ils…*

Non. Je ne peux pas.

Grizz fronce les sourcils, son front plissé comme s'il essayait de lire mes pensées. Je lèche mes lèvres. Il pourrait m'ordonner de parler.

Mais il ne le fait pas. « D'accord, petite », marmonne-t-il avant d'éteindre. Il m'a laissé le choix.

« Viens ici. » Il m'attire contre lui, mais je m'écarte de son torse blessé. « Non. Je vais te faire mal. »

Son rire emplit mes oreilles, un son sombre et velouté. « Tu ne pourrais jamais me faire mal. Tu es trop menue.

— Je ne suis pas si menue. » Il interrompt ma protestation en me serrant dans ses bras. Ses lèvres craquelées caressent mon oreille.

« Tu es menue, mais parfaite.

— Je ne sais pas si j'arriverai à me rendormir », dis-je, un peu essoufflé.

Une pause. « Tu veux que je t'aide ? »

Un autre choix. Je m'en délecte. Après avoir pris ma décision, je réponds : « Oui. » Même si ce n'est qu'un ordre, j'en ai envie. J'ai choisi.

Cependant, au lieu de me donner un ordre, il me fait pivoter entre ses bras jusqu'à ce que je sois allongée sur lui, mes hanches contre les siennes. Mon crâne n'arrive pas jusqu'à son menton, mais il a dû baisser la tête, parce que son souffle fait bouger mes cheveux.

Sa main commence à remonter sur ma jambe, entraînant le grand T-shirt. « Bon, qu'est-ce que je dois faire pour t'aider à t'endormir ?

— Tout ce que tu veux », dis-je en murmurant. Parce que c'est vrai. Mon corps est étendu contre lui, doux et docile. Mon esprit refuse peut-être toujours de l'admettre, mais mon corps lui appartient. Ma renarde est prête à ce qu'il me revendique.

« Qu'est-ce que *tu* veux, petite renarde ? » J'adore le grondement grave de sa voix contre mon oreille.

Je plie une jambe, mon genou vers le plafond, pour lui laisser le champ libre.

Il gronde son approbation et repousse la couverture. De la chaleur se propage de partout : sur ma peau, entre mes cuisses. C'est une chaleur différente de celle à laquelle je suis habituée. La soumission m'excite toujours, mais ce désir est décuplé. Ma chatte devient brûlante, mon rythme cardiaque s'affole. Je suis fébrile et fiévreuse alors qu'il ne m'a pas encore touchée intimement. Savoir qu'il va me posséder, possiblement avec brutalité, me ravit. Pas seulement la soumise en moi, mais aussi ma renarde. C'est ce qui est différent. Ce qui rend le moment si bon.

Il descend lentement entre mes jambes et saisit ma cuisse. « Tu m'invites, petite ? »

Je sursaute à son premier coup de langue. Par le ciel, c'est comme si un éclair traversait mon clitoris et se déployait dans chaque terminaison nerveuse de mon corps. Mes tétons deviennent aussi durs que des diamants. Je plante mes ongles dans son oreiller.

Il suit l'intérieur de mes grandes lèvres, puis décrit un cercle autour de mon clito. Je me trémousse et pousse involontairement mon genou contre sa tête. « Non, petite. Reste ouverte pour moi pendant que je lèche ta douce chatte. »

Je frissonne et mon sexe se contracte à son ordre. Personne ne m'a jamais léchée. Certes, Augustine a torturé mon clito de nombreuses fois. Il l'a frappé, pincé, a attaché des pinces dessus. Mais il n'a jamais collé sa bouche contre mon sexe. Je n'avais encore jamais senti la douceur soyeuse d'une langue sur mes parties les plus intimes.

C'est involontaire — et pas du tout digne d'une esclave : je baisse la main et saisis ses cheveux pour l'attirer de nouveau contre moi.

Il rit doucement. « C'est bien, petite renarde. Prends ton plaisir. »

Prendre mon plaisir.

Quelle terrible pensée coquine. Mais il m'a dit de le faire. C'était un ordre, n'est-ce pas ?

Je m'abandonne aux sensations. Sa langue, ses profonds grondements dominants, l'autorité de son énorme main sur ma cuisse. Je lève mon bas-ventre vers sa bouche, me trémousse et ondule.

Il me retourne sur le dos et repousse mon autre genou pour me faire écarter les jambes. Je crie quand il me lèche de mon anus à mon clito. Il se rapproche de nouveau de mon sexe et me pénètre avec sa langue. Ce n'est pas suffisant. Bien que je ne veuille pas réclamer, c'est pourtant ce que je fais… que le ciel me vienne en aide. J'agrippe sa tête et presse sa bouche contre moi en levant les hanches. Il lâche l'une de mes cuisses et plonge deux doigts en moi, sans délicatesse.

Je jappe de plaisir, mes yeux se révulsent. « Grizz ! » Je crie tandis que la panique qui monte avant un orgasme me submerge.

« C'est bien, petite. Qui te fait crier ? »

Je suis si proche de jouir que mon esprit comprend à peine sa question. « Euh… *toi !* » Je manque de hurler lorsqu'il touche mon point G à plusieurs reprises avec ses doigts épais. « C'est Grizz ! Oh, Grizz, je t'en supplie.

— Tu n'as pas à me supplier, juste à *jouir* », gronde-t-il.

Je jouis en une brusque explosion. Une sensation simultanée d'être vidée et emplie. Mon corps convulse sous ses doigts et sa langue agiles, je bats des jambes, mon bassin se soulève. Mes muscles internes se contractent, puis se détendent, tremblent. Grizz cesse ses va-et-vient, et commence à caresser mon point G pendant qu'il suce et lèche mon clito.

Le tremblement de terre passe et je gémis mollement. Mes genoux s'écartent, mon corps est flasque.

Grizz lève la tête en léchant mes sécrétions sur ses lèvres. « Tu as le goût du miel. »

Je laisse échapper un rire stupéfait et tends le bras pour enlacer sa nuque. « C'est un ours qui le dit.

— Les ours adorent le miel », ajoute-t-il avant de mordiller mon cou.

Je tente de le pousser sur le dos pour lui rendre la pareille, mais c'est impossible : il se tient au-dessus de moi et me maintient plaquée sur le dos. Je passe un bras entre nos corps, à la recherche de son sexe. Il est énorme, épais, et dur pour moi. Je le serre entre mes doigts, mais j'entends de la réticence dans son grondement.

Je le lâche immédiatement, mes yeux écarquillés.

« Chut, souffle-t-il en caressant ma joue. Je t'aide à t'endormir.

— Je peux te sucer, s'il te plaît ? » J'ai failli demander si je pouvais sucer la bite de mon maître, comme on m'a appris à le faire, mais me suis retenue à temps.

Grizz plisse pourtant les yeux. « Non », gronde-t-il. Il se rallonge à côté de moi et se met contre mon dos, en cuillère. Immense et tiède, il m'enveloppe complètement de son corps massif. Ma renarde soupire de contentement. Après un moment de silence au cours duquel je me demande ce que j'ai fait de mal, il me chuchote à l'oreille : « Dors, petite renarde. Tu es en sécurité ici. Je ne laisserai personne te faire de mal. C'est une promesse. »

C'est mon tour de soupirer.

Il caresse mon bras. « Tout ira bien. Tu es toujours en sécurité avec moi, petite. »

De la joie, une émotion dangereuse, me tombe dessus. Je la laisse m'emplir. Je laisse la satisfaction de mon orgasme, la sécurité des bras de Grizz et ses mots me bercer jusqu'à ce que je m'endorme, d'un sommeil profond et sans rêve.

CHAPITRE HUIT

Jordy

« Bonjour, petite. » La voix rocailleuse de Grizz résonne dans mon corps.

Je me recolle contre le bloc chaud de son immense présence et son grondement aux accents de ronronnement envoie d'agréables vibrations à travers moi. Je cambre automatiquement le dos et remue les fesses contre ses hanches. La frustration rend son grondement plus grave. De grandes mains écartent mes jambes. Je retiens ma respiration alors qu'il commence à m'explorer de sa main droite.

À l'extérieur de la chambre, une sonnerie stridente brise le silence. Je sursaute entre les bras de Grizz, qui me serre plus fort.

« Tout va bien. Ce n'est que le téléphone.

— Tu devrais répondre », dis-je en un murmure tandis que les sonneries se poursuivent.

Il me répond par un grognement.

Un bip, et le répondeur se déclenche.

« Debout, les paresseux, c'est une belle journée », trille une voix au fort accent irlandais.

Grizz gronde pendant que Declan continue : « J'ai des nouvelles pour toi, alors passe un coup de bigo.

— Tu lui as dit… ? demande une autre voix derrière lui.

— Ouais, ouais, j'vais lui dire, le coupe Declan. Respire, bordel.

— Je dis juste que… », dit la seconde voix. Les deux commencent à se disputer jusqu'à ce que le signal de la fin du message retentisse.

Une seconde plus tard, le téléphone se remet à sonner.

« Oh, putain de… », gémit Grizz.

La sonnerie résonne jusqu'à ce qu'un nouveau bip retentisse, et une nouvelle voix laisse un message. « C'est Parker. On est au fastfood. Ne t'approche pas du Fight Club.

— Donne-moi le téléphone, réclame Declan.

— Non. Je lui ai dit… » Les deux recommencent à se chamailler, puis la communication est coupée.

Grizz pousse un soupir agacé pendant que je pouffe, mon visage collé contre son torse.

« On va devoir aller retrouver ces idiots, je suppose, soupire-t-il à mon oreille.

— Tu sais, tu es la dernière personne au monde à avoir une ligne fixe.

— Je suis de la vieille école.

— Ou simplement vieux », dis-je en plissant le nez.

L'instant suivant, je me retrouve sur ses genoux.

« Je vais te montrer qui est vieux. » Il remonte le T-shirt et frappe mon derrière nu.

Bien qu'il m'ait à peine touchée, je me débats. « Non ! Je ne le pensais pas ! Je retire ce que j'ai dit !

— Bien sûr, maintenant que tu as mérité une punition. » Je serre mes jambes l'une contre l'autre, un frisson parcourant mon échine. Il plaisante, mais le voir me corriger pour rire suffit à me faire mouiller.

Une seconde plus tard, sa main glisse entre mes jambes et il constate mon excitation par lui-même.

« Par le ciel », marmonne-t-il.

Je me détends, me soumets avec joie tandis qu'il explore mes grandes lèvres trempées. Il sait exactement comment me toucher, avec douceur, mais fermeté. « Tu aimes recevoir la fessée, je me trompe, petite ?

— C'est vrai.

— Pourquoi ?

— Ne me demande pas pourquoi. Il n'y a pas de raison. J'ai essayé de comprendre cette partie de moi-même toute ma vie. Pourquoi les punitions m'excitent, pourquoi j'aime être dominée. Je n'ai pas de réponse. Je suis née comme ça, tout simplement. C'est la seule chose positive que j'ai retirée d'être l'esclave d'Augustine. J'ai découvert tout un univers de satisfaction sexuelle. Et j'ai aussi appris que je ne suis pas la seule à avoir ces désirs. Des dizaines d'autres sang-sucré qui adorent encore plus la douleur que moi viennent jouer au Toxic.

— Tu en veux encore ? » Son ton est bourru et je détecte de l'inquiétude, comme s'il n'était pas sûr d'avoir bien fait de poser la question.

« Oui, s'il te plaît. » Ma voix est aussi douce que possible.

Son énorme paume s'écrase sur mes fesses. Il frappe un côté, puis l'autre, plusieurs fois avant de vérifier de nouveau que je suis mouillée. Je gémis de plaisir. Il toussote. « Quelle force ?

— Plus fort, s'il te plaît.

— Tu veux que je te fasse mal.

— Oui. » J'aime la douleur. Le picotement chaud qui

survient après que l'on m'a fait mal. J'ai besoin de cette montée en puissance pour atteindre l'orgasme.

Mon ouïe métamorphe détecte les battements de son cœur, qui bat plus rapidement que d'habitude. Est-il excité ? Ou sincèrement nerveux à l'idée de me faire mal ?

Il rassemble mes poignets dans mon dos et les maintient d'une main. « D'accord, petite renarde. Tu vas recevoir une fessée. Et ensuite, tu me montreras ta gratitude. »

Je souris contre la couverture, parce qu'il est déjà un dominant né. Il commence à me fesser, fort et vite, pendant que je me tortille sur ses genoux. Cette fessée est tellement parfaite. Sa main est aussi grande qu'un paddle et il me frappe assez fort pour que ça me brûle vraiment. Je compte les coups dans ma tête pour occuper mon esprit, pour m'empêcher de quitter ses genoux malgré l'intensité des tapes. Il m'en assène trente, puis s'arrête et passe sa paume calleuse sur mon cul qui picote.

« C'est bien ? demande-t-il d'un ton rauque.

— Oui, maî… Grizz. » Je me rappelle juste à temps de ne pas l'appeler *maître*.

Il me donne encore quatre tapes en se concentrant sur l'arrière de mes cuisses, où la douleur est plus intense. Ouais, ça lui vient naturellement. J'écarte les jambes et lève le derrière pour m'offrir à lui.

« Bonne fille », murmure-t-il avant d'enfoncer deux doigts en moi.

Le plaisir me fait crier. Il fait des allers-retours, son pouce s'enfouit entre mes fesses et se pose sur mon anus. Dès qu'il appuie contre mon petit trou, je commence à me frotter frénétiquement contre ses jambes. J'ai si peu besoin de stimulation pour atteindre l'orgasme que c'en est gênant, mais je ne peux pas m'en empêcher. Mon corps est prêt pour lui depuis que j'ai entendu son grondement grave.

«Putain, petite», grogne-t-il alors qu'il fait entrer et sortir ses doigts de mon sexe. Je ne tiens que trente secondes de plus avant de jouir. Mes parois se contractent, puis se détendent, mes sécrétions coulent sur l'intérieur de mes cuisses.

«Eh ben, souffle-t-il, semblant presque ébranlé. Je ne comprends toujours pas, mais…»

Je cherche son regard par-dessus mon épaule. «Mais ?

— Putain, j'ai vraiment aimé le faire.»

Un sourire étire mes lèvres, si large qu'il me fait presque mal. «Mais je ne t'ai même pas encore montré ma gratitude.» Je descends de ses genoux et me place de façon à pouvoir le sucer, mais il grogne en secouant la tête.

«On devra remettre ça à plus tard. Une grosse journée nous attend aujourd'hui. Faut pas traîner.» Il se lève, sa carrure massive emportant toute la chaleur du lit.

Je geins, mais me dépêche de le suivre.

Pendant qu'il disparaît dans la douche, je m'habille et fonce préparer le petit-déjeuner. J'ai à peine eu le temps de faire couler du café lorsqu'il entre à pas lourds dans la cuisine. Je lui sers une tasse et il commence à faire griller de la viande. Je porte une robe aujourd'hui, celle qu'il a choisie. Elle flotte autour de mes genoux pendant que je me pavane dans la pièce. Je me sens jolie alors que je mets la table.

Dès que Grizz a vidé son café, je remplis à nouveau sa tasse avec un sourire. Je vais sortir des assiettes et il est soudain contre mon dos, m'appuie contre les placards. Ses gros bras m'entourent, il les pose sur le comptoir et m'emprisonne entre eux.

«Tu n'es pas obligée de me servir, marmonne-t-il à voix basse.

—J'aime le faire», dis-je sur le même ton.

Dès qu'il grogne, ma nuque picote. Ne sachant pas

s'il est content ou énervé, je me tortille entre ses bras pour lui faire face. Ses yeux sont brillants. Il presse son bas-ventre contre moi et son érection effleure mon ventre. Il n'est pas en colère. Simplement frustré. Ben, c'est sa faute.

« Je peux te servir, dis-je. Autant que tu veux. » Je ne suis pas assez courageuse pour prendre son membre en main, mais je m'appuie contre lui.

« On a plein de trucs à faire ce matin, dit-il.

— C'est ce que tu as dit.

— J'ai pas le temps de te ramener dans la chambre pour m'occuper de toi.

— Ce n'est pas obligé de prendre beaucoup de temps.

— Je pense que si. J'aurais au moins besoin d'une journée. Peut-être deux. »

Je lui souris alors qu'il s'écarte, puis ajuste son jean.

« Arrête d'être mignonne », m'ordonne-t-il en souriant. Je baisse la tête.

Sa main se pose sur ma hanche et me caresse à travers le fin tissu fleuri. « C'est la robe que j'ai choisie ?

— Oui. Elle te plaît ? » Je me sens soudain audacieuse. Je tourne sur moi-même et la jupe se soulève. Oups, un peu trop. Aucun doute, il a eu un aperçu de ce qui se trouve en dessous. Au moins, je porte une culotte.

Ses yeux étincèlent. « Fais attention. Ne fais ça devant personne d'autre que moi. Allez, mets la table », m'ordonne-t-il avec douceur en tapotant ma hanche quand je hoche la tête.

J'obéis en ravalant mon sourire.

Après le petit-déjeuner, il écoute de nouveau tous les messages, puis les efface. Son visage est sérieux, professionnel.

« Prête à y aller ? »

J'acquiesce et lève le sac plastique dans ma main. « J'ai

pris des bouteilles d'eau. Il ne nous reste rien à grignoter. Je crois que les Stooges ont tout mangé.

— Les Stooges ? répète Grizz en haussant un sourcil.

— Les trois métamorphes... » Je baisse les yeux. J'ai insulté ses amis.

« En fait, ça leur va bien, grogne-t-il. Les Stooges métamorphes. Ils sont trois.

— Je ne les appellerai pas comme ça en face, dis-je avec anxiété.

— Moi, si. Ils trouveront probablement ça drôle. » Grizz prend le casque de moto et me fait un signe. « Emporte tes coloriages. J'ai des trucs à faire, tu risques de t'ennuyer. »

J'ai envie de protester que je ne m'ennuierai pas avec lui, mais rassemble mes affaires sans rien dire.

Pendant que la moto descend à toute vitesse de la montagne, je me penche avec Grizz dans chaque virage. Il m'a volée à Augustine depuis trois jours, et être avec lui me semble vraiment naturel. Le temps passé auprès de mon maître me paraît de plus en plus lointain. Mais Grizz ne m'a pas dit ce qu'il prévoit de faire de moi. Je ne peux pas trop prendre mes aises avec lui.

Sans surprise, Grizz se tourne vers moi tandis que nous attendons à un feu rouge.

« Où est le club secret ? »

Je lèche mes lèvres et jette un œil au feu tricolore. Il est toujours rouge, mais pourrait changer à tout instant.

« Dis-moi vite, petite », m'ordonne-t-il.

Je laisse échapper le nom de la rue, puis décris le quartier. « Je ne connais pas l'adresse exacte, mais il y avait un restaurant avec une enseigne bleue non loin. »

Il grogne et se retourne vers la route juste avant que le feu passe au vert.

Avec un soupir, je me colle contre son dos pendant que

la moto traverse l'intersection. Grizz est l'ennemi de mon maître. Même si je me sens bien avec lui, je ne peux pas l'oublier.

On entre sur le parking du fastfood où nous sommes passés hier après-midi. La Camaro blanche nous attend.

Je descends de moto d'un bond et tire sur ma robe tandis que Grizz sort mes affaires de la sacoche.

« Attends ici », dit-il en me donnant le cahier de coloriage et les crayons. Je les serre contre ma poitrine alors qu'il part en direction des trois Stooges. L'un d'entre eux porte un vieux béret, comme ceux que portent les acteurs dans les vieux films en noir et blanc que j'avais coutume de regarder la journée, quand Augustine m'y autorisait. Les trois métamorphes passent leurs têtes hors de la voiture, impatients de parler à Grizz.

Je tripote ma robe en dansant d'un pied sur l'autre jusqu'à ce qu'il se retourne et me fasse signe d'approcher.

Il me rejoint à mi-chemin, à l'instant où une brise soulève l'ourlet de ma robe et la fait remonter autour de mes cuisses. Je la lisse et note mentalement de porter un short en dessous la prochaine fois. Toutefois, en voyant Grizz me dévorer des yeux, je me dis que ma quasi-imitation de Marilyn Monroe en valait la peine.

Je m'arrête devant lui. Il pose sa main dans mon dos, me rapproche de lui et se penche jusqu'à ce que son visage soit à ma hauteur.

« Tu es jolie dans ta robe, petite. » Ses yeux scintillent.

« Merci », dis-je à voix basse. Mes tétons durcissent contre le tissu à fleurs ; comme je ne porte pas de soutien-gorge, l'effet qu'il me fait devrait être évident. Un sourire étire lentement ses lèvres gercées. J'attends qu'il fasse davantage, mais il s'écarte.

« Je vais te laisser avec eux cet après-midi. Ne t'inquiète pas, ils sont cinglés, mais tu ne risqueras rien.

— Je veux venir avec toi.

— Pas possible, petite. Ça pourrait être dangereux. »

Quand je commence à protester, il pose un doigt sur mes lèvres pour me faire taire. « Écoute, je viendrai te chercher avant la nuit, et on mangera à la maison.

— D'accord. Je cuisinerai, dis-je doucement.

— Ça me plairait. »

Il dépose un baiser sur mon front et me tapote les fesses. Puis, après avoir grogné aux trois Stooges métamorphes de « la protéger à tout prix », il monte sur sa moto, qui démarre en vrombissant.

Je déglutis, ma gorge nouée, et serre mon cahier de coloriage contre ma poitrine tandis que le trio de métamorphes excentriques me regarde avec curiosité.

∼

Grizz

Mon ours gronde pendant que je m'éloigne sur ma moto. Mais il n'y a rien à faire. Tôt ou tard, Augustine se rendra compte que Jordy a disparu, si ce n'est pas déjà le cas. Et à ce moment-là, il sera fou de rage. Les vampires n'aiment pas que d'autres personnes s'amusent avec leurs jouets. Même s'ils les maltraitent. C'est une question de pouvoir.

Et j'ai beau avoir envie d'affronter Augustine et de lui donner une leçon, je suis idiot de m'en mêler. Dès que cette mission sera terminée, je me remettrai en chasse du vampire qui a tué ma mère. Je ne vis que pour la vengeance, et ce n'est pas une existence pour Jordy. Elle mérite mieux.

Au moins, elle m'a donné des indications pour trouver le club secret où se retrouvent les vampires. Je peux continuer à me raconter qu'il m'est utile de la garder avec moi.

L'enseigne bleue du restaurant apparaît sur ma droite. Je ralentis et passe devant encore une fois avant de me garer dans une ruelle. Jordy n'a pas pu me fournir l'adresse exacte, mais ce n'est pas un problème. Je pourrai trouver le reste du chemin à pied en m'aidant de mon nez.

Il me faut moins de cinq pâtés de maisons avant de sentir ce que je cherche. Le parfum froid et terreux des vampires, sous une odeur de viande.

Je pénètre dans le bâtiment à l'aide d'un pied-de-biche et d'un bon coup d'épaule.

C'est une espèce de vieux dancing, avec même une scène. Je me dirige dans cette direction. Parfait pour une vente aux enchères.

Et dans le sous-sol : bingo. C'est là qu'ils doivent garder les cages.

Du sang, de la sueur, des larmes. Selon moi, ça sent comme un lieu où seraient vendus des métamorphes.

J'ai encore une chose à faire avant d'aller retrouver Jordy. J'espère que tout se passe bien avec les trois Stooges, comme elle les appelle. Par le ciel, qu'elle est mignonne.

Je parcours le bâtiment encore une fois pour en vérifier les moindres recoins. Cet endroit fout les jetons, mais je ne trouve rien de trop sinistre. Du moins, pas jusqu'à ce que j'entre dans la pièce derrière la scène. Les théâtreux appellent ça le *foyer des artistes.* Il y a des meubles, des fauteuils anciens en velours et des causeuses, parfaits pour une diva. Ça sent les vampires. Mais ce n'est pas pour cette raison que les poils de ma nuque se sont dressés.

Il y a une grande tache brune au centre de la pièce. Je m'accroupis, mais n'ai pas besoin de la sentir ou la toucher pour savoir ce que le plancher a absorbé si profondément.

Du sang. Des tonnes et des tonnes de sang.

Jordy

Les trois Stooges entourent la Camaro et s'empiffrent de hamburgers. Il est à peine onze heures du matin. Le type aux cheveux gris, Parker, est resté avec moi pendant que les deux autres ont attendu devant la porte jusqu'à ce qu'un employé les laisse entrer. Ils sont revenus avec assez de sacs pour nourrir une meute entière.

Le brun, Declan, se tourne vers moi et dit quelque chose, la bouche pleine.

« Pardon ?

— Il te demande si tu veux un hamburger », me dit Parker entre deux bouchées.

Je refuse, sans cesser de serrer le cahier de coloriage contre ma poitrine. Je ne peux m'empêcher de garder un œil sur la route, espérant que Grizz apparaîtra sur sa moto.

Declan avale sa bouchée. « Je sais ce que t'es. »

Je me tourne vers lui et regarde fixement son index, pointé sur moi.

« Une petite bête rusée, recroquevillée et craintive.

— Declan, soupire Parker.

— C'est un poème, explique le troisième métamorphe, le grand type maigre qui sent les plumes.

— Je sais que c'est un poème, rétorque Parker. Écrit par le Barde.

— Pas par le Barde, débile, c'est de Shakespeare, précise Declan avec un froncement de sourcils.

— Peu importe. » Parker secoue la main, froisse l'emballage de son hamburger et le jette dans une poubelle. « Pour moi, tous les poètes blancs et morts se ressemblent.

— Mais c'est en argot écossais », proteste d'un ton tranquille celui qui sent les plumes pendant que Declan et Parker commencent à se disputer bruyamment. Je les regarde, stupéfaite. Je ne sais pas à quoi je m'attendais de

RENEE ROSE & LEE SAVINO

la part des types avec lesquels Grizz m'a laissée, mais ce n'était pas une discussion sur la poésie. À la fin, Declan a volé le chapeau de Laurie et en est presque venu aux mains avec Parker. Ils roulent en boule leurs emballages et se les jettent dessus.

Une fois qu'ils se calment, je m'approche d'eux, dissimulant mon sourire derrière mon cahier.

« Voilà, viens te poser avec nous », dit Declan en souriant. Il se décale pour me faire de la place sur le capot de la Camaro. Je m'assieds avec prudence, puis tire sur ma robe.

« Alors, petite bête, dis-nous c'que tu fais avec un ours comme Grizz.

— Je l'aide », dis-je avec assurance.

L'Irlandais hausse un sourcil. « Ah ouais ? Parce que tu sais, ce dont il a surtout besoin…

— Declan », l'interrompt Parker sur un ton d'avertissement. Mais ça ne perturbe pas du tout le métamorphe.

« … c'est de baiser. »

Parker le frappe, assez fort pour qu'il vacille, cependant il continue en me faisant un clin d'œil : « Il en a vraiment besoin.

— Oh, c'est pour ça que je l'aide. » J'ai répondu avant de pouvoir m'en empêcher.

« T'es sûre ? C'est un grand et gros grizzly, et tu es minuscule. T'as pas peur de lui ? » Declan pose la question d'une voix joviale, mais ses yeux sombres scrutent attentivement mon visage.

« Non. Je n'ai pas peur de Grizz. Il est grand et effrayant, mais pas avec moi. Jamais avec moi.

— Declan, ferme-la, grogne Parker en baissant le chapeau sur les yeux de l'Irlandais avant de se tourner vers moi. Je te demande pardon pour son manque de manières. » Il est tellement sérieux que je ne peux me retenir de sourire, bien que je rougisse.

« Ce n'est rien. Ça ne me dérange pas », dis-je en secouant la main.

Declan remonte le béret et rend son coup à Parker. « Tu vois, ça lui plaît. Clairement, elle a les épaules solides, si elle n'a pas peur de Grizz.

— Mais ne lui dites pas. » Mes joues sont probablement rouge vif. « C'est une surprise.

— Une surprise ? » Declan hausse ses épais sourcils, qui disparaissent sous le chapeau, puis me fait un sourire révélant ses dents blanches et me tape dans le dos, si fort que je chancelle en avant. « J'adore ! Tu as plus de couilles que je pensais. Tu n'as pas froid aux yeux, ça me plaît.

— D'accord. Merci.

— Content que le sujet soit clos, dit Parker en levant les yeux au ciel. Je n'avais pas réalisé que tu t'inquiétais tant pour la vie sexuelle des ours.

— Pas de n'importe quel ours. Notre meilleur combattant.

— M-meilleur combattant ? » demande le grand type maigre en bégayant. Quand je le regarde, il ne rencontre pas mon regard. Donc, il est encore plus soumis que moi. Un métamorphe faible, sans doute un oiseau. Ça expliquerait l'odeur de plumes.

« Ouaip, » déclare joyeusement Declan.

Parker grogne, attrape le béret de Declan et le pose sur son crâne, en un angle qui lui donne l'air d'une canaille. « Oh, bordel. Pas un autre gros pari sur un combattant taré.

— C'est bien ça. On mise tout. On doit simplement empêcher la meute de Tucson de buter notre investissement. »

Je me crispe. « Ils veulent le tuer ?

— Oh, oui. Depuis qu'il s'est rangé du côté des vampires.

— Il n'est pas du côté des vampires. » Je me mords la lèvre. Je ne sais pas quelles informations je peux divulguer.

« Ouais, ben il faut convaincre les loups. Sinon, ils pourraient essayer de le dégommer avant le combat. Ils ne réussiraient pas, tu l'as vu contre tous ces félins. Mais ils pourraient le blesser et il aura moins de chances de remporter le match.

— Dis-moi que tu n'as pas fait ce pari, gémit Parker en baissant le chapeau sur ses yeux.

— Oh, je l'ai fait. Vendredi soir, on sera riches.

— Tant que Grizz ne perd pas, objecte Parker.

— Tu l'as vu se battre, dit Declan en prenant un hamburger et en le secouant. Ils étaient, quoi ? Dix, quinze contre un ? »

Parker relève le béret, mais n'a pas l'air content. « Parce qu'il n'y a aucune autre raison pour que Grizz perde. Par exemple, qu'il laisse l'adversaire gagner pour les vampires. »

Declan déballe le hamburger et l'engloutit en trois bouchées. « Ça craindrait. Ne passez pas par la case départ, ne recevez pas trois millions de dollars.

— Ne me dis pas que tu as emprunté de l'argent pour faire ce pari.

— Bien sûr que si, répond Declan avant de lécher du ketchup sur ses doigts.

— De célèbres derniers mots », grommelle Parker. Il va s'asseoir dans la voiture, baisse le dossier du siège conducteur et s'y installe, le chapeau sur son visage.

« Alors, reprend Declan en se tournant vers moi. Où est-ce que t'as rencontré notre Grizzly ?

— Hum, dans un club. » Ma peau chauffe, brûle sous mes taches de rousseur.

« Quel club, pépette ? Le Fight Club, ou le club coquin des vampires ?

— Le… hum… celui des vampires », dis-je en bégayant.

Declan se penche en avant pour dire au troisième Stooge, le plus silencieux : « Elle est mignonne quand elle rougit. Ça fait ressortir ses cheveux roux.

— L-l-laisse-la tranquille », répond le grand maigre.

Je lui adresse un sourire reconnaissant. « Ce n'est rien.

— Qu'est-ce qu'une gentille fille comme toi faisait dans un endroit pareil ?

— J'y étais avec mon maître vampire. »

Declan cligne rapidement des yeux pendant que je soutiens son regard.

« Tu es une s-s-s-sang-sucré ? bégaie le grand métamorphe.

— Oui. Enfin, je l'étais. » Je ne sais pas ce que Grizz fera quand il n'aura plus besoin de moi, mais je doute qu'il me laisse retourner auprès de mon maître.

« Tu ne l'es plus ? Le vampire t'a refilée à quelqu'un ? » s'enquiert Declan.

Je secoue la tête en me mordant la lèvre.

« Alors, comment tu t'es retrouvée avec Grizz ?

— Grizz est rentré chez mon maître et, hum… il m'a emmenée.

— Bordel. »

Les épaules de Declan s'affaissent. Il saute du capot et commence à faire les cent pas. À l'intérieur de la voiture, Parker se redresse.

« Qu'est-ce qui se passe ? Laurie, dis-moi.

— Grizz l'a v-v-v-volée à un vampire, répond-il en me pointant du doigt.

— Ah, merde. » Parker se rue hors du véhicule.

Declan continue à tourner en rond devant la Camaro, sa tête basse. Il marmonne un juron de temps à autre.

« Tu as parié sur un combattant qui a mis un vampire en rogne. Qui a volé un vampire ! s'exclame Parker avant de se tourner vers moi. Tu as dit que tu appartenais à quel vampire ?

— Augustine. »

Declan s'arrête et fronce les sourcils. « Un grand mec ? Qui ressemble à un mannequin ? Il porte des costumes tout le temps ?

— Tu viens de décrire absolument n'importe quel vampire, remarque Parker en donnant un coup dans les côtes de l'Irlandais.

— N'importe quoi !

— Oh, vraiment ? Quel vampire ne ressemble pas à un mannequin ? »

Declan réfléchit. « Il y en avait un petit et maigre. Tu te souviens ? Il s'appelait Ben, un truc comme ça. »

Je propose : « Benedict ?

— C'est ça, dit-il en claquant des doigts. Ce bon vieux Benny. On dirait qu'il fait partie d'un boys band. »

À côté de moi, Laurie rit doucement.

« Dis-moi que j'ai tort, me dit Declan en souriant.

— Tu n'as pas tort. » Je lui rends son sourire. Après la façon dont il m'a traitée dans le club la dernière fois, Benny n'est pas mon vampire préféré. Non qu'aucun vampire le soit.

« Félicitations, dit amèrement Parker. Tu sais qui ne ressemble pas à un mannequin ou à un membre de boys band ? Frangelico. » À la mention du roi vampire, tout le monde perd le sourire. « Comment est-ce qu'il prendra le fait que Grizz vole des vampires ? »

Je hausse les épaules alors que mon cœur se serre.

« Je pense qu'il s'en fiche, dit Declan en se frottant le

menton. Il est plutôt souple avec ses enfants, les vampires qu'il a créés. Mais Augustine… c'est une autre histoire. »

J'enlace ma taille, soudain glacée jusqu'aux os. Si Augustine apprend où je suis, il sera en colère contre Grizz. J'avais complètement oublié.

« Qu-que fera A-Augustine ? veut savoir Laurie.

— À un métamorphe qui l'a volé ? Va savoir, répond Parker en haussant les épaules.

— Qu'est-ce que tu en penses, toi ? lui demande Declan.

— Je ne sais pas. Traquer Grizz et lui arracher la tête ? »

Tout l'oxygène quitte les environs. Je vacille et m'avachis contre Laurie, qui passe un bras autour de mes épaules.

Declan court vers la voiture et se cogne contre Parker. Celui-ci braille et essaie de le repousser. Ils commencent à se battre, leurs bras volant dans tous les sens.

« Dans la voiture ! crie Declan. On doit le retrouver !

— Est-ce que ça va ? » me demande Laurie à voix basse. Je hoche la tête. J'ai toujours la tête qui tourne. Je dois voir Grizz. J'ai besoin de savoir qu'il va bien.

« Calme-toi, crétin », grogne Parker en repoussant Declan. L'Irlandais court jusqu'à la portière conducteur et s'installe derrière le volant.

« On doit l'aider ! Où sont les clés ?

— Il fait encore jour, dit Parker en montrant le trousseau dans sa main. Les vampires ne sont pas réveillés. »

Declan repousse ses cheveux de devant ses yeux. « Ah ouais, c'est vrai.

— Mais tu lui as donné des infos sur ceux qui enlèvent des métamorphes, et tu l'as envoyé sur leur piste, ajoute Parker avant de croiser les bras.

— Merde, pourquoi j'ai fait ça ? marmonne Declan en se frottant le visage.

— Je ne sais pas. Pour qu'il ne te tue pas et qu'il ne te bouffe pas ? » Parker se penche, ramasse le béret aplati, l'époussette et le rend à Laurie.

« Oh, mon cœur, halète Declan, une main sur sa poitrine. Je supporte pas cette violence.

— Tu aurais dû y penser avant de parier sur un combat », rétorque Parker en levant les yeux au ciel.

CHAPITRE NEUF

Grizz

Les informations que Declan m'a données tout à l'heure me mènent jusqu'à un relais routier à l'abandon, à quelques kilomètres en dehors de la ville. Je tourne sur ma moto jusqu'à ce que je sois sûr qu'il n'y a personne dans les parages, puis me gare pour fureter un peu. Une fois de plus, je ne trouve rien, à part des touffes de fourrure et une occasionnelle plume. C'est certain, des métamorphes se trouvaient ici. La question, c'est : pourquoi ? Les vampires de Frangelico ont-ils tous pris goût au sang métamorphe ?

Je fouille les alentours, mais ne trouve pas grand-chose de plus. Seulement un papier froissé annonçant une vente aux enchères à minuit avec de la *marchandise neuve*. Il n'y a pas d'adresse, uniquement une image… du vieux théâtre que je viens de quitter.

Coïncidence ? Je ne pense pas.

Je fourre le prospectus dans ma poche. Le soleil est encore assez haut dans le ciel, mais ne le restera pas long-temps. Je dois appeler Jordy. Je ne serai pas de retour avant la nuit ; j'ai encore une chose à faire. Quelques jours ont passé, et j'ai suffisamment d'éléments pour faire mon rapport au roi vampire. Pas assez pour qu'il prononce une sentence, mais il voudra être informé de l'existence du club vampire secret, des ventes aux enchères, du sang sur le sol du foyer des artistes. S'il l'apprend de quelqu'un d'autre, il sera contrarié.

Un coyote passe à côté de moi en trottant. Il me regarde de ses yeux jaunes, mais ne paraît pas vraiment nerveux en ma présence.

Un faucon décrit des cercles au-dessus de ma tête, puis huit.

Ma nuque se couvre d'une sueur glacée. Quelque chose me dit de me barrer d'ici.

Je rejoins rapidement ma moto. Une fois que je suis sur l'autoroute menant vers la ville, mon ours se détend.

Jusqu'à ce que je dépasse le panneau familier d'un parc national. J'étais si dévoré par la traque que je suis entré sur le territoire des loups. Ce n'est pas un problème, d'habitude. Mais je ne suis pas franchement leur personne favorite en ce moment.

Comme je pouvais m'y attendre, quand je passe devant une station essence, deux motos démarrent et s'insèrent sur la route derrière moi.

Dès que je me trouve de nouveau dans une zone avec du réseau, mon téléphone s'affole. Il vibre comme s'il tentait de trouer la poche de mon jean pour s'échapper. Ça m'agace, jusqu'à ce que je me souvienne que Declan est le seul à connaître le numéro de ce portable prépayé. Je me crispe. Jordy.

Je m'arrête sur le bas-côté et sors le téléphone. « Jordy va bien ? » Ma voix n'est qu'un grondement.

« Grizz ? C'est toi ? demande Parker.

— Non, c'est le pape, putain. » Ma vue se trouble, et je

dois desserrer mes doigts avant de réduire le portable en miettes. « Où est Jordy ?

— Elle est juste là, répond-il rapidement. Elle va bien.

— Passe-la-moi. » Je ne peux pas réfléchir tant que mon ours ne sera pas certain qu'elle n'a rien.

« Grizz ? souffle-t-elle d'un ton inquiet. Est-ce que tout va bien ? »

Je me détends légèrement. « Ça va. Qu'est-ce qui se passe ? Pourquoi tu as l'air effrayée ? Ils t'ont fait du mal ? » Je tremble, et ma question se termine en un rugissement. Mais je me calme en entendant le soulagement dans sa voix.

« Non, Grizz. Je vais bien, vraiment. Les garçons sont super. Je m'inquiète pour toi, c'est tout.

— Pour moi ? Tout va bien. Aucun problème. » Je mens. Les deux motos se sont arrêtées derrière moi.

« Declan dit qu'Augustine sera en colère contre toi parce que tu m'as enlevée. Qu'il te fera du mal.

— Ce n'est rien, petite. Personne ne me fera de mal. » Foutus Stooges, à lui faire peur.

Derrière moi, les deux motards n'ont pas bougé. Ils doivent avoir reçu l'ordre d'observer et de rentrer faire leur rapport. Je les salue de la main.

« Reviens vite, dit Jordy.

— Bientôt, petite. J'ai encore un arrêt à faire. Mais je serai là après la nuit, d'accord ? Sois sage.

— Oui. Tu veux que je te repasse Parker ?

— Ouais. » J'attends qu'il dise mon prénom, et ordonne : « Emmenez Jordy au cinéma. Regardez deux films l'un après l'autre et achetez-lui tout ce qu'elle veut. Je vous rembourserai. » Je raccroche avant qu'il ait pu répondre.

Un vrombissement lointain se rapproche dans mon dos. Je redémarre ma bécane, mais c'est trop tard. Un groupe de motos arrive à fond derrière moi. En quelques secondes, mon véhicule est encerclé. Je suis pris au piège, entouré par trois cercles de motards. Les phases de la lune sont tatouées sur leurs phalanges. Des loups.

Je fais un geste pour prendre la flasque dans ma veste, avant de me souvenir qu'elle est vide.

De chaque côté, les motards écartent les pans de leurs vestes en cuir et révèlent des revolvers.

« Vous ramenez des flingues au lieu de vous battre ? C'est injuste, dis-je avec mépris.

— À la guerre, tous les coups sont permis, grommelle l'un des loups.

— C'est la guerre ? »

Devant moi, Trey plonge ses yeux brillants dans les miens. « C'est ce que tu voudras, grizzly. Notre alpha aimerait avoir une petite discussion avec toi. On peut employer la manière douce ou la manière forte. C'est à toi de voir. »

Je rééquilibre ma moto. De toutes parts, je suis entouré par au moins trois métamorphes. Ils sont une douzaine, minimum. Ils sont moins nombreux que les guépards, mais ces types ne sont pas de la même trempe.

« Alors ? demande Trey. Qu'est-ce que ce sera ? »

Je réfléchis en regardant autour de moi.

« Oh, s'il te plaît, lâche le motard à ma droite. Choisis la manière forte. »

Foutus loups. Toujours à chercher la bagarre, surtout quand ils sont en meute. Je pourrais remporter un combat contre eux, je le sais, surtout si j'avais du stimulant. Mais je suis à sec.

« J'imagine que j'ai le temps de discuter », dis-je à Trey. De toute façon, je voulais parler à Garrett.

Le loup massif acquiesce. « Très bien. On y va. »

Je les suis jusqu'aux quartiers généraux de leur meute, une boîte de nuit appelée l'Éclipse située dans la rue du Congrès. Elle n'est pas encore ouverte au public, ce qui signifie que les loups peuvent l'utiliser pour se rassembler. Je gare ma moto près des leurs et suis Trey à l'intérieur. Alors que mes yeux s'habituent à la pénombre, un connard de loup me donne un coup dans les côtes.

J'aboie : « Putain, qu'est-ce qui te prend ? » Je m'attendais à rencontrer leur chef de meute, pas à une foutue embuscade.

Un autre loup me frappe, puis un autre.

Je me défends, rends les coups et sautille en tournant sur moi-même.

Ils ne veulent pas vraiment me faire mal. Je m'en rends compte parce que leurs attaques sont lentes et mesurées. L'une après l'autre. Ça ressemble plutôt à une compétition sportive. Ils me bousculent.

D'accord. Si c'est ce qu'ils ont besoin de faire, me pisser dessus pour prouver qu'ils en ont une plus grosse, pas de souci.

Un parfum me hérisse, mais je suis trop occupé à me défendre pour déterminer d'où elle provient.

« Il ne m'a pas l'air si gros. » Je me tourne en direction de l'odeur lorsque j'entends des pas lourds.

Un ours.

Un énorme mâle brun approche — il est plus corpulent que moi, avec une barbe fournie lui donnant un air de bûcheron. Son animal brille dans ses yeux, ce qui met mon ours sur les nerfs. C'est comme s'il avait du mal à le garder sous contrôle. Comme s'il était à moitié féroce.

Je reçois encore quelques coups de poing dans les côtes.

« Assez », grogne Garrett depuis l'entrée. Il regarde l'autre ours avec méfiance et le salue de la tête. « Caleb.

— Garrett, répond celui-ci, d'un ton tout aussi prudent.

— Cette histoire concerne la meute.

— Je n'ai pas demandé à m'en mêler », répond-il en

47

haussant les épaules. Il me lance un dernier regard, puis s'en va par la même porte par laquelle il était entré.

« Ils ont fait venir cet ours cinglé spécialement pour toi, Grizz.

— Hein ? » Je regarde dans la direction où est parti l'étrange ours. Je ne vois pas du tout de quoi il parle.

« C'est lui que tu affrontes vendredi soir », explique Garrett en penchant la tête.

Bien sûr.

Je hausse les épaules. « Ses vaccins contre la rage sont à jour ?

— Qu'est-ce qui se passe, Grizz ? demande le chef de la meute avant de croiser les bras.

— Je n'ai pas de problème avec les loups, dis-je en imitant sa pose.

— Tu bosses pour les sangsues. Tu as infiltré notre meute pour nous espionner. Aucun doute, j'ai un problème avec toi. »

Je reste calme, mais garde mes muscles détendus. Je me tiens prêt à une attaque. Les loups meurent d'envie de se battre, mais je sais que Garrett est un type raisonnable. Et, quoi qu'il en pense, je n'ai jamais été l'ennemi de sa meute. « Pas un espion. Je n'ai jamais espionné. Je travaillais pour vous et pour eux, c'est tout.

— Que sait Frangelico pour te tenir sous sa coupe, Grizz ? C'est quoi, le gros secret que tu gardes ?

— Aucun secret. » C'est un mensonge, mais ça ne les regarde pas.

« Tu fais quel sale boulot pour le roi vampire, en ce moment ?

— Tu le sais déjà, dis-je, mon expression impassible. J'enquête sur les disparitions de métamorphes.

— Et ?

— J'ai quelques pistes.

— C'est-à-dire ? »

Merde. Je ne veux pas partager mes informations avec eux. Ils ne feraient que me gêner. Mais bon, je ne sortirai pas d'ici en un seul morceau si je ne leur dis rien.

« J'ai trouvé l'endroit où a eu lieu une vente aux enchères de métamorphes. Je ne sais pas encore qui est derrière tout ça.

— Qu'est-ce que tu en penses ?

— Ce n'est pas important. »

Garrett empoigne mon T-shirt et me pousse contre la table haute la plus proche. Il n'est pas mon alpha, mais je ne me défends pas. Pas alors que toute sa meute est là pour le seconder. S'il a besoin de rouler des mécaniques devant ses loups assoiffés de sang, je comprends. Je connais la dynamique d'une meute. « Je n'aime pas tes secrets, Grizz, gronde Garrett à voix basse. Je n'aime pas que tu joues sur deux tableaux. Et, putain, je n'aime certainement pas ne pas savoir ce que tu prépares.

— Je suis à la recherche du vampire responsable du trafic de métamorphes. Et quand je l'aurai trouvé, je m'occuperai de lui. »

Garrett doit remarquer la détermination sincère dans mes yeux. Après m'avoir étudié un moment, il me lâche. « Quand tu le trouveras, je veux le savoir.

— C'est pas pour t'emmerder, mais je ne travaille plus pour toi. Tes loups m'ont viré. » Trey, le propriétaire du Fight Club, a pété un câble il y a quelques mois, quand il a appris que je travaillais aussi pour les sangsues.

Garrett me donne un coup de poing dans le ventre. « Si tu veux montrer ta tronche dans cette ville, quand je te demande quelque chose, tu me le donnes. Compris ? »

Je grogne, en partie parce qu'il m'a coupé le souffle et que je ne veux pas le montrer.

« Pardon ?

— D'accord.

— Bien. » Garrett recule, comme pour me laisser passer. «J'attends les mêmes rapports que tu fais à Frangelico, voire mieux. »

Ses loups se rapprochent de tous côtés, impatients de donner des coups à leur tour.

Je répète : « D'accord. » Pas parce que j'ai peur de Garrett ou de sa meute. Parce que je dois aller retrouver Jordy, m'assurer qu'elle va bien. Je n'ai pas le temps pour un combat de coqs avec ces types.

« Laissez-le partir », marmonne Garrett. Les loups s'écartent pour me laisser passer. Quelques-uns me frappent lorsque je passe à côté d'eux, mais je laisse les coups pleuvoir et quitte la salle en secouant la tête.

Dans le fond, j'entends le rugissement sauvage de l'ours féroce.

Putain, je ne sais pas quelle est son histoire, mais je ne crains pas de l'affronter. S'il ne peut pas maîtriser son animal, il sera facile à vaincre.

CHAPITRE DIX

Grizz

Je me présente chez Frangelico au crépuscule. Il vit dans une villa flambant neuve au sommet d'une colline, située sur un terrain privé au bout d'une longue allée. Les colonnes en marbre italien sont incongrues dans le paysage désertique. En bas de la colline, le portail s'ouvre lentement pour me laisser passer. Je ne vois aucun agent de sécurité, mais je ne suis pas dupe. Cet endroit grouille de gardes, humains comme drones.

Je me gare derrière une Lamborghini rouge et une Tesla Roadster blanche, puis reste un instant assis pour regarder le soleil disparaître derrière les montagnes. J'ai envie de téléphoner à Jordy, mais ça devra attendre. Elle est en sécurité avec Declan et Parker. À cause de leur comportement étrange, les gens les prennent pour des bons à rien, ce qui leur permet de passer quasiment inaperçus.

J'approche de la maison, dépassant les colonnes en marbre blanc de la porte d'entrée.

RENEE ROSE & LEE SAVINO

Deux sbires apparaissent de chaque côté de la villa et m'arrêtent. J'enlève lentement ma veste en cuir et écarte les bras pour qu'ils puissent me fouiller. À l'intérieur, je passe sous une arche qui, comme je le sais, contient un détecteur de métaux. Les vampires sont de foutus paranos, et leur roi le plus paranoïaque d'entre tous. C'est ce qui l'a maintenu en vie.

Frangelico entre dans le salon sans fanfare. Il a beau adorer les simagrées, il est plutôt direct, et un collaborateur agréable quand nous sommes seuls. Ou peut-être qu'il ne veut pas que je reste trop longtemps chez lui, tout simplement.

« Broderick. Bienvenue. »

Je secoue la tête en l'entendant prononcer mon prénom. Je ne sais pas comment Frangelico l'a appris. La dernière personne à m'avoir appelé Broderick était ma mère. Le roi m'appelle comme ça pour me déstabiliser, mais je ne m'abaisserai pas à lui demander d'arrêter. C'est un jeu de pouvoir que je ne remporterai pas.

Le roi s'approche du bar et se sert du vin. Je refuse le verre qu'il me propose. Il lève son verre à la lumière, fait tournoyer le liquide rouge, baisse le verre pour le sentir, et cætera. Il fait absolument tout, à part l'épouser, avant de boire une gorgée. « J'en déduis que tu as un rapport à me faire ? »

Je lui parle de ce que j'ai découvert, à une seule exception : Jordy. Je ne la mentionne pas. Ce n'est pas parce que le roi et moi sommes alliés qu'il n'est pas dangereux. Je préfère qu'il ignore l'existence de la renarde.

« Donc, tes sources t'ont parlé des agissements de ceux qui enlèvent des métamorphes, et tu as découvert où se déroulent les ventes aux enchères à partir de ces informations ?

— J'ai trouvé ça. » Je sors le prospectus du théâtre et le

défroisse avant de le donner à Frangelico. Il l'examine brièvement, puis me le rend.

«J'ai appris une information qui m'a mené jusqu'au théâtre.» Je l'avoue seulement au cas où il me ferait suivre.

« Une information ?

— Confidentielle, dis-je en pliant le prospectus et en le rangeant dans ma poche. Mais visiblement, elle était correcte. Vos vampires s'amusent dans votre dos. »

Le roi soupire et s'éloigne vers les portes-fenêtres donnant sur un patio en pierre. Elles s'ouvrent à son approche. Il sort de la pièce et s'adosse à une colonne. Je le suis, en restant quelques pas en arrière. Sa gorge se contracte lorsqu'il boit.

Il m'écoute pendant que je lui résume tout ce que je sais sur le club secret. « Apparemment, un groupe de vos vampires a pris goût aux métamorphes soumis. Un nouveau genre de sang-sucré.

— Ah, oui, murmure-t-il en faisant tourner le vin dans son verre. Les soumis métamorphes. L'un de mes vampires m'a dit que sa sang-sucré a disparu. Une renarde, il me semble. »

Je me fige et contrôle avec soin mon expression.

« Tu n'es au courant de rien à ce sujet, par hasard ? » Quand je ne réponds pas, il sourit. «Je l'admets, j'ai été laxiste avec mes enfants. Je leur passe tout. Créer un vampire est si difficile, vois-tu. Alors, j'ai tendance à les garder en vie, même quand ils me désobéissent. » Son sourire, à demi caché derrière son verre de vin, me glace le sang.

«Vous avez des preuves d'une révolte depuis déjà un certain temps.

— Ah, oui. Nero et son projet d'empire. » Frangelico tapote son verre. La lune s'est levée, baignant les montagnes d'une lueur spectrale. Les colonnes lisses du portique encadrent parfaitement le paysage désertique. La villa est orientée vers l'est, comme pour attendre les premières lueurs de l'aube.

Je me demande depuis combien de temps ce vampire n'a pas vu le soleil se lever. Frangelico est vieux, plus vieux que quiconque peut l'imaginer. Passer toutes ces années dans le noir me lasserait.

Alors que le silence se prolonge, je me retiens de bouger ou de tousser pour rappeler ma présence au roi vampire. Frangelico est immobile comme une statue, son profil entouré par la clarté argentée de la lune, son visage figé comme celui d'un empereur romain sur une pièce, mais ça ne veut pas dire qu'il a oublié que je suis là.

Il finit par se redresser. «Engendrer un vampire est un processus incroyablement difficile», murmure-t-il, toujours sans me regarder. J'ai l'impression qu'il se parle à lui-même. «Tant de temps et de sang. Tant d'échecs. Et lorsque ça fonctionne enfin…» Il soupire et baisse la tête. «Il faut encore les soutenir. Les sevrer. Produire un autre membre de mon espèce est un processus si délicat. Les humains pondent des marmots en un clin d'œil. C'est pour ça qu'ils finiront par gagner. Ils deviendront trop nombreux.»

Quand il se retourne, je baisse les yeux.

«Avant, je pensais que c'était une bonne chose que notre source de nourriture soit si abondante. Si prolifique.» Un sourire moqueur courbe ses lèvres, et je résiste à l'envie de reculer. Rien n'est plus flippant qu'un vampire qui sourit. «Je pensais que si je créais suffisamment de vampires, j'apporterais de l'équilibre au monde. Comme l'introduction de loups dans le parc de Yosemite pour réguler la population de cerfs, dit-il avant de rencontrer mon regard. M'entendre comparer notre espèce aux loups doit t'amuser.»

Non, ça ne m'amuse pas. Putain, ça me terrifie. Je ne sais pas pourquoi Frangelico s'est lancé dans ce monologue nostalgique, mais je ne tiens pas à le savoir. Il vaut mieux ignorer certaines choses.

Il repart dans son salon, et le moment est brisé. « Enfin, mes enfants semblent se soulever contre moi, dit-il froidement. Pas seulement Nero. Un grand nombre d'entre eux. Certaines choses… déplaisantes risquent d'avoir lieu. »

Des choses déplaisantes. Une façon de dire *le massacre total de mes ennemis*. Un autre signe que je travaille avec Frangelico depuis trop longtemps. Je sais exactement comment il minimise les choses.

« Si tu ne souhaites pas terminer cette mission, je comprends, reprend-il.

— Nan, j'irai au bout. »

Quelque chose passe sur ses traits. « Je ne m'attendais pas à cette réponse. Je pensais que tu serais soulagé de reprendre ta quête pour venger ta famille.

— Oh, je n'abandonne pas. Dès que j'aurai le fin mot de cette histoire, je reprendrai la traque de cet enfoiré d'assassin.

— Même si je souhaite que tu te concentres sur les tâches que je te confie, j'admets que ton dévouement m'impressionne. J'aimerais pouvoir t'aider davantage. » Avant que je puisse lui dire comment il peut m'aider, il continue : « Tu as déjà parlé de ce vampire. As-tu obtenu d'autres informations sur son identité ? Je pourrais alors être en mesure de t'aider.

— Je sais seulement que c'est un mâle. Grand. Musclé.

— Borgne, m'as-tu dit.

— Ouais, un seul œil. Il l'a perdu… dans un combat. » Celui qui a tué ma mère.

« Je ne connais aucun vampire qui corresponde à cette description.

— Vous l'avez peut-être connu quand il avait encore ses deux yeux.

— C'est vrai, dit Frangelico en posant son verre. Je regrette de ne pas pouvoir t'aider à l'identifier.

— Je n'ai pas besoin de votre aide pour ça. La seule façon de m'aider, c'est de me donner plus de sang.

— Ah, oui. Je me demandais quand tu m'en réclamerais, soupire-t-il.

— J'en ai besoin.

— As-tu déjà envisagé que boire mon sang pourrait avoir des effets secondaires… bouleversants ?

— Vous ne voulez pas dire que je pourrais me transformer, quand même ?

— Oh, non. Je ne te donnerais pas mon sang s'il avait la moindre chance de te transformer. Un métamorphe devenu vampire… serait une abomination. »

Sa voix est devenue froide. Les poils de mes bras se dressent.

« Non, poursuit-il en contournant le bar pour ouvrir le mini-réfrigérateur. Je ne te donne pas ce sang parce que je souhaite te transformer. S'il y avait le moindre risque pour que tu deviennes un vampire, je te tuerais sur-le-champ et je brûlerais ton cadavre. »

Mes tripes se nouent, mais je réussis à marmonner : « Tant mieux. Je m'ouvrirais la gorge plutôt que devenir un vampire.

— Et je te décapiterais, renchérit Frangelico d'un ton redevenu doux et aimable. C'est pour ça que je travaille avec toi. Nous sommes sur la même longueur d'onde.

— Fantastique, putain. » Je n'aime pas mon impatience pendant que le roi empile plusieurs poches de sang sur le bar. La première fois, j'ai dû me forcer à boire, et je l'ai fait seulement parce que je savais qu'il me donnerait un avantage.

Après la dixième fois, je n'ai plus eu de haut-le-cœur. Après la vingtième, j'ai savouré la puissance qui coulait dans mes veines.

Désormais, après une centaine de doses et plusieurs vampires éliminés, je vis pour cette sensation, l'enivrement qui l'accompagne.

Le roi me jette un coup d'œil et doit déceler le besoin sur mon visage. « Tu es sûr de le vouloir ?

— Ce n'est pas une question de ce que je veux, dis-je en me détournant. J'en ai besoin. » Ce n'est qu'un demi-mensonge.

« Je n'ai jamais entendu parler d'un métamorphe qui en ait consommé autant et ait survécu. La plupart des vampires ne le permettraient pas. Je le fais uniquement parce que nous travaillons si bien ensemble.

— Et parce que j'accepte de faire votre sale boulot.

— Oui, ça aussi. Mais le moment viendra peut-être où notre collaboration arrivera à son terme. Tu ferais bien de prendre conscience de ce que te coûte le sang avant ce jour. »

Je le regarde fixement, pas dans les yeux, mais un point sur son visage. S'il pense que je vais craquer et lui avouer combien le sang m'affecte, combien chaque dose m'affaiblit et me fait perdre connaissance par la suite, il se fourre le doigt dans l'œil. Je ne veux ni de sa pitié, ni de ses conseils.

Je n'ai pas besoin qu'il me dise qu'un jour, ce sera la dernière fois que je boirai son sang. Soit la dose me tuera, soit elle me rendra si faible que mon adversaire le fera. Je m'en fiche. Je tiens seulement à éliminer le vampire borgne avant de mourir.

Le roi finit d'empiler les poches de sang sur le comptoir. « Bonne chance dans ta chasse », dit-il d'une voix douce avant de quitter la pièce. J'attends qu'il soit bel et bien parti avant de sortir de la villa. Enfin, je peux aller retrouver Jordy.

Mais d'abord, je m'approche du bar et prends le sang. Je dois le faire. Sans lui, je ne peux pas remporter un combat contre un vampire. J'ai besoin du sang pour avoir la force de me battre. J'en ai besoin pour traquer le vampire qui a tué ma mère et obtenir ma vengeance.

~

La Camaro blanche est garée à quelques places de parking de là où je l'ai laissée. Il est plus tard que je l'aurais souhaité, bien après la tombée du jour. J'avais encore une chose à faire après avoir quitté le roi vampire.

J'approche ma moto du véhicule et tente de distinguer l'intérieur de l'habitacle malgré les phares. Je ne vois tout d'abord personne. Puis une silhouette apparaît devant la voiture, et tout mon corps se contracte. Jordy.

Elle court vers moi, ses petites Keds blanches éclatantes, sa robe tourbillonnant autour de ses genoux. Les phares de la Camaro découpent sa silhouette, mais le halo de lumière qui l'entoure n'est pas aussi lumineux que son sourire.

« Coucou », dit-elle, essoufflée. Sa beauté sans prétention me fait l'effet d'un coup dans le ventre. Elle est comme une fleur ayant éclos dans un parking jonché d'ordures. Une étoile flamboyant dans la nuit.

J'oublie cette journée merdique. J'oublie les loups, les vampires et le débrief avec les Stooges. Je dois la ramener à la maison. Tout de suite.

Putain, je suis incapable de parler. Je lui tends le casque. Une fois qu'elle l'a enfilé, je vérifie qu'il est bien attaché et lui fais signe de monter derrière moi. Elle enlace ma taille et je la colle contre moi… parce que je suis masochiste. La sentir pressée contre mon dos, ses mains jointes contre mes abdos, fait suffisamment durcir ma bite pour qu'elle perce une porte en acier.

Je salue les trois Stooges de la main tout en serrant les dents. Je les appellerai plus tard pour leur transmettre les nouvelles et ma gratitude. Je vais finir par être redevable à toute la ville. Jordy se penche pour poser sa tête contre mon dos, et je pense : *ça en vaut la peine.*

Rejoindre ma montagne nous prend une foutue éternité.

Elle descend de la moto et part devant, s'adosse au mur pendant que j'ouvre la porte. Dès que je suis entré, je lâche les sacs que je porte, allume et serre Jordy dans mes bras. Elle me laisse faire sans résister. Je la soulève et l'embrasse longuement.

« Tu m'as manqué, petite.

— Tu m'as manqué. » Un sourire flotte sur ses lèvres. Lorsque je la colle contre moi, elle se cambre et se frotte contre mon érection. Putain, je pourrais m'y habituer. Voilà pourquoi Augustine la gardait attachée et enfermée.

Penser au vampire me fait l'effet d'un seau d'eau froide sur la bite. Je desserre mon étreinte et repose Jordy.

« Grizz ? Qu'est-ce qui ne va pas ?

— Rien. Tu as faim ?

— Un peu, répond-elle, hésitante.

— Je vais préparer quelque chose. » J'ouvre le réfrigérateur et commence à sortir différents ingrédients, que je pose brutalement sur le comptoir.

Elle reste derrière moi. « J'ai fait quelque chose de mal ?

— Non, dis-je sèchement, avant de répéter d'un ton radouci : Non. Tu es parfaite. Je… La journée a été longue, c'est tout.

— Bien sûr. Juste… dis-moi ce que tu veux que je

fasse. » Elle essuie ses mains sur sa robe, puis commence à s'activer dans la cuisine. J'essaie de continuer à cuisiner, mais son odeur m'enveloppe toujours et je sens son goût sur ma langue. Je lui ai sauté dessus dès qu'elle a passé la porte, pourtant elle n'a pas objecté. Je l'ai embrassée et elle m'a laissé faire, comme si je prenais simplement ce qui m'est dû. Je serre les dents. Serait-elle aussi volontaire pour offrir ses charmes au vainqueur ?

Je dois me remettre les idées en place et lui dire ce qu'il en est. Peu importe ce qu'on ressent l'un pour l'autre ou ce qui se passe entre nous, ça ne peut pas durer.

Cette pensée me donne envie de hurler à la mort.

« Les sacs, petite. Range-les. » Incroyablement attentif, je tends l'oreille pour écouter le froissement du plastique. J'attends qu'elle retienne son souffle, surprise, pour me retourner.

Elle tient un grand carnet à dessin.

« C'est pour moi ?

— Je ne suis pas un artiste. Et puis, je t'avais dit que j'en achèterais un.

— Tu n'étais pas obligé. Merci.

— Pas de problème. » Je remplis la mijoteuse d'ingrédients et les fais chauffer à feu doux. « On a un peu de temps avant le dîner. Fais comme chez toi. »

Je pars me laver dans la salle de bains. J'enlève mon T-shirt et m'examine dans le miroir terne. Ces salauds de loups m'ont mis quelques coups, mais les ecchymoses ont presque disparu. Il ne reste presque plus aucune griffure, seulement quelques marques rouges là où les félins ont entaillé ma peau. Je ne serais pas surpris d'apprendre qu'ils plongent leurs ongles dans une substance retardant la régénération des métamorphes.

La porte s'ouvre en grinçant et Jordy se tient à l'entrée

de la pièce. Ses yeux s'arrondissent pendant qu'elle regarde mon torse nu.

« Tu n'as plus rien », dit-elle en touchant mon dos. Ses doigts courent sur ma peau, légers et doux. Je m'immobilise. Elle doit prendre ma réaction pour un encouragement : elle passe ses mains sur mes muscles, enlace ma taille et se colle contre moi. Son souffle effleure mon dos alors qu'elle m'étreint. Par le ciel…

Elle n'a pas idée que je suis à deux doigts de me retourner, de lui bondir dessus, d'écarter ses jambes et d'enfouir ma bite dans sa douce petite chatte jusqu'à ce qu'elle hurle mon nom.

J'inspire profondément pour me calmer. « Bien sûr que je n'ai plus rien, dis-je d'un ton bourru. J'ai reçu quelques coups de poing, c'est tout.

— Et des griffures et des morsures », ajoute-t-elle, légèrement réprobatrice. Je me retourne et prends son visage dans mes mains. « Tu n'aimes pas que je me batte, petite ? »

Elle secoue la tête en se mordant la lèvre.

Je dépose un baiser sur son front, là où sa chevelure rousse rencontre sa peau parsemée de taches de rousseur. « Tu ferais mieux de t'y habituer. Je suis un combattant. Ça fait partie de moi.

— Je sais. » Sa voix est étouffée contre mon torse nu. Ses doigts glissent sur mes pectoraux, suivent une coupure en relief. « Tu as plein de cicatrices.

— Tu devrais voir l'autre type. »

Elle ne sourit pas. « Comment c'est arrivé ? Pas en te battant contre des métamorphes.

— Non. »

Elle lève la tête, ses sourcils froncés. Elle caresse toujours ma cicatrice, ce qui m'empêche de réfléchir. Encore quelques minutes, et je vais tout lui déballer pour avoir une chance de la mettre dans mon lit. Je dois dire quelque chose, la détourner de ce sujet dangereux.

« Tu posais autant de questions à Augustine ? »

Son petit corps se crispe. Par le ciel, pourquoi ai-je parlé de cette sangsue ? Jordy commence à s'écarter, mais je la retiens.

« Hé, je ne le pensais pas.

— Je sais, dit-elle d'une voix chevrotante. On n'avait pas ce genre de relation, lui et moi. C'était mon maître. Je devais obéir.

— Jordy, je suis désolé. »

Elle me regarde intensément, sa chevelure masquant à demi son visage. « Tu n'es pas mon maître.

— Non, en effet. » Je ravale tout ce que je pourrais ajouter. Je ne veux pas être son maître. N'est-ce pas ?

Toujours renfrognée, elle paraît plongée dans ses pensées alors qu'elle me dévisage, ses yeux plissés. Elle m'examine, me jauge. J'ai l'impression qu'elle peut voir mon âme. Pour la première fois de ma vie, je ne suis pas fier de qui je suis.

Même si je voulais qu'elle m'appartienne, elle ne devrait pas le permettre. Je ne suis pas à la hauteur.

« Jordy… » Son prénom est doux sur ma langue. « Je ne suis pas un mec bien. »

La ride sur son front s'accentue.

« J'ai… fait des choses. Ce n'est pas que je n'en suis pas fier. Simplement, avec ce que je suis, ce que je fais, je n'ai pas de place dans le monde normal. Celui dans lequel tu vis. Le monde que tu mérites. » Par le ciel, je m'explique mal. « Je ne suis pas comme les types normaux.

— Je ne veux pas d'un type normal », dit-elle, la compréhension illuminant son regard.

Je soupire assez fort pour que ses cheveux s'envolent. Ma main trouve son visage. Elle ferme les yeux. En voilà une image : mes mains tatouées et rugueuses à force de combats, posées sur ses belles joues saupoudrées de taches de rousseur. Elle est si parfaite et innocente. Ma peau a l'air sale contre la sienne. Je ne veux pas la toucher. Je ne veux pas gâcher ce qu'elle est.

Mais si elle reste auprès de moi, je le ferai.

« Je devrais t'envoyer loin d'ici.

— Où est-ce que tu m'enverrais ?

— Là où tu seras en sécurité, dis-je en marmonnant contre ses cheveux. Loin… de moi. »

Elle pose sa main sur ma joue. « Je ne veux pas m'en aller. Je ne veux être nulle part ailleurs qu'ici. Avec toi.

— Tu n'en sais rien. Tu ne sais pas ce que j'ai fait. Ce que je prévois de faire… »

Elle se tourne légèrement vers moi et retire sa robe en la faisant passer au-dessus de sa tête. Je reste sonné alors qu'elle la laisse tomber au sol, puis me sourit par-dessus son épaule. Lorsqu'elle fait onduler ses hanches, tout le sang quitte ma cervelle pour se rassembler dans mon entrejambe.

« Alors ? demande-t-elle en s'arrêtant sur le pas de la porte de ma chambre. Tu viens, ou quoi ? »

CHAPITRE ONZE

Grizz

« Par le ciel. » Je balbutie, puis m'approche si rapidement qu'elle écarquille les yeux. Je la soulève et la jette sur le lit, lui tirant un petit cri.

Je recule. « Je t'ai fait mal ?

— Non, s'esclaffe-t-elle. C'est ce que je voulais. » Ses mains parcourent mon corps. Quand je trouve sa bouche et la possède, elle se cambre pour se coller contre moi.

Puis elle descend entre mes jambes en se tortillant.

« Petite… ? » Je veux la relever, mais ses mains sont déjà sur mon jean. Je me fige.

« Chut, dit-elle. Détends-toi et profite. »

Je souffle. C'est à moi de dire ça.

« Tu n'es pas obligée de…

— Je sais. J'en ai envie. » Elle déboutonne mon jean, puis baisse la fermeture éclair comme si elle déballait un cadeau. Il fait sombre, mais je sens la révérence de ses gestes. Son haleine chaude tombe sur ma peau.

« Attends. » Je n'arrive pas à croire que je lui demande

de patienter, mais cette occasion de la contempler est trop idéale pour la laisser filer. « Je veux te voir. »

Je tends le bras pour allumer.

Elle me regarde en clignant des yeux, éblouie. Je m'allonge sur le dos, la laisse s'installer, puis caresse son visage.

« Ne me laisse pas te retenir.

— Mmm », susurre-t-elle en frottant son nez contre mon sexe. Elle commence à l'embrasser, ses yeux fermés comme si elle avait atteint le nirvana. Par le ciel, elle ne va pas sucer ma bite, elle va la vénérer.

Elle baisse la tête. Je grogne alors qu'elle lèche mes testicules, faisant tourner sa langue comme si elle suçait un cône de crème glacée. Étourdi de plaisir, je la laisse prendre tout son temps. Comment ai-je pu être aussi chanceux ?

« Jordy… bébé… tu dois arrêter.

— Tu n'aimes pas ? demande-t-elle en levant brusquement la tête.

— Tu sais bien que j'adore ça. Mais je vais exploser. »

Elle sourit, et j'entrevois la femme fatale en elle.

« Coquine, dis-je en grondant. Suce ma bite.

— Oui, monsieur. » Par le ciel, je vais craquer. « Maintenant. » Elle s'assied et baisse immédiatement la tête.

À cet instant, je remarque une masse blanche de cicatrices sur son sein gauche.

« Putain, c'est quoi ? »

Elle lève la tête, son front ridé d'inquiétude.

Je touche la peau boursouflée, des marques blanches qui ne se sont pas résorbées. Pourquoi ne les ai-je pas remarquées avant ?

« Ce n'est rien », dit-elle, mais son expression devient morne. Un énorme changement par rapport à sa personnalité habituellement si solaire. Comme si sa lumière s'était éteinte.

« Merde, il t'a mutilée. » J'étale ma main sur sa cicatrice bombée. Je suis si furieux que je vois trouble.

Jordy baisse les yeux. « Je n'ai pas envie d'en parler.

— Qui t'a fait ça ? Augustine ? » Je parviens à peine à gronder son prénom.

Les yeux fermés, elle secoue la tête. Je saisis ses cheveux pour l'immobiliser. « Qui ?

— Je ne sais pas. Un autre vampire, je ne le connaissais pas. Augustine m'a donnée à lui… en récompense. Tu connais ma relation avec lui. Je faisais ce qu'on me disait de faire.

— Et il t'a fait souffrir. » Ce n'est pas une question. Des crocs la déchirant de la sorte lui ont forcément fait mal.

Elle s'assied au bord du lit et se recroqueville sur elle-même. J'inspire profondément son odeur. Ce n'est pas de la peur, ni de la colère.

De la honte.

Ma fureur s'apaise.

« Chut, tout va bien. Je sais qu'il t'a marquée. Ça va.

— Non, ça ne va pas. » Sa petite voix misérable me tue.

Je m'approche d'elle. Quand elle se ratatine, je la chevauche et l'emprisonne entre mes cuisses épaisses. Je ceins sa taille d'un bras, juste à temps pour sentir un sanglot la secouer.

Oh, bordel.

« Hé, dis-je, désespéré. Hé, tout va bien. Je ne voulais pas réagir comme ça. C'est juste que… » Je cherche les bons mots pour décrire la colère qui bouillonne dans ma poitrine. « T'imaginer souffrir comme ça… ça me donne envie de tout casser.

— C'est ma faute, murmure-t-elle.

— Jordy, non. Impossible que ce soit ta faute. »

Elle garde le nez vers le sol.

« Qu'est-ce qui s'est passé ? Tu veux en parler ? »

Elle secoue la tête.

« D'accord, tu n'es pas obligée. » Par le ciel, que puis-je lui dire ? Je tends mon avant-bras. « Tu vois, ça ? »

En silence, elle acquiesce.

« Qu'est-ce que tu vois ?

— Des tatouages. Plein.

— Un manchon.

— Oui.

— Sens-les, Jordy. Touche-les. »

Elle s'exécute pendant que je serre les dents. Son contact me fait encore bander. J'attends qu'elle atteigne ma partie préférée du tatouage, un séquoia géant. Son doigt remonte le long du tronc, puis s'arrête. Là.

« Tu sens ? » J'enfouis mon visage dans ses cheveux. Même son odeur est parfaite. « Tu sais ce que c'est ?

— Une cicatrice.

— Ouaip. Une grosse. J'ai reçu un coup de couteau.

— Mais comment... » Elle s'interrompt. Elle sait ce qui marque un métamorphe.

« Du sang de vampire. J'ai essayé de planter un pieu dans le cœur de ce connard. J'ai été touché par du sang, et la blessure au couteau a laissé une cicatrice.

— Tu as affronté un vampire », dit-elle en pivotant sur mes genoux, ses yeux arrondis.

Plus d'un, mais elle n'a pas besoin de le savoir. Elle semble totalement sous le choc, ce que je comprends. J'ai affronté un vampire et je respire encore.

« Ce n'est pas possible, souffle-t-elle.

— Touche mon bras. »

Elle obéit, avec plus d'hésitation. La marque traverse le séquoia et devient une vague sur un océan, la *Vague* d'Hokusai. Plus loin, un navire vogue à l'horizon sur des eaux plus calmes. « Comment est-ce que tu lui as échappé ?

— Par chance. » C'est en partie vrai. «Je ne peux pas te dire grand-chose.

— Tu ne te souviens pas ? »

Je hausse les épaules. Une lueur dans son regard me pousse à demander : «Tu te souviens, toi ? » Je touche de nouveau sa cicatrice, délicatement, mais elle tressaille et son visage se ferme une fois de plus.

«Non. Pas complètement.

— Il a dû faire couler son sang sur toi pour laisser une cicatrice. Et pas qu'un peu.

—Je sais », dit-elle doucement.

Je ne veux pas poser d'autres questions. Quel vampire cinglé entaille sa victime, puis recouvre la blessure de son sang pour créer une cicatrice ?

Pas étonnant que Jordy fasse des cauchemars.

«Alors, comment tu as eu une cicatrice ? » demande-t-elle.

Je n'ai pas envie d'entrer sur ce terrain, mais si ça peut la détourner de ses pensées sombres, je le ferai. «Comme toi. Du sang de vampire. Beaucoup.

— Il a saigné sur toi ?

— Pas par choix. Ça brûlait terriblement, mais j'ai fini par l'avoir. »

Elle est silencieuse, contemplative, tandis que ses doigts courent toujours sur mon bras. Mais elle laisse ensuite retomber sa main et aborde le sujet auquel je ne veux absolument pas qu'elle pense. «Tu te bats comme un vampire. Je le sais. Je t'ai vu.

—Jordy…

— Comment est-ce que tu fais ? Comment c'est possible ? »

Les lèvres pincées, je secoue la tête. Je ne peux pas le lui dire.

«Declan et Parker en ont parlé. Les vampires sont plus

massifs, rapides et forts. Les métamorphes le sont aussi, mais en combat singulier, un vampire l'emportera toujours.

— C'est vrai. Pour autant que je sache, je suis le seul métamorphe à avoir déjà battu un vampire. Il y a un moyen pour y parvenir, mais je suis le seul à le connaître. » Par le ciel, pourquoi est-ce que je lui dis ça ? Si un vampire l'apprend, la vie de Jordy sera en danger. Sans parler de la mienne.

« Lequel ?

— C'est un secret. Je ne peux en parler.

— Je rêve de lui, parfois, dit-elle en se touchant la gorge. Du vampire qui a fait ça.

— Je sais, petite. » Je l'ai étreinte pendant ces cauchemars. « Je le tuerai.

— Non. J'aimerais être plus grande, forte, rapide. Pour pouvoir me défendre. Mais je ne le suis pas. Je serai toujours petite. » Elle paraît si triste. J'ai envie de la réconforter, mais je ne sais absolument pas comment faire. « Et maintenant, je suis marquée. Moche. Augustine était tellement en colère après… quand il m'a vue. Il ne m'a plus jamais traitée de la même façon.

— Il aurait dû te protéger. Ce n'était pas ta faute. »

Elle ferme les yeux. Des larmes en jaillissent, créant un effet de loupe qui grossit ses taches de rousseur.

« Petite, ma douce, dis-je en la serrant dans mes bras. Ne pleure pas. Tu me brises le cœur. Si j'avais été là, je t'aurais protégée.

— Je sais.

— Je suis là, maintenant. Plus aucun vampire ne te touchera. »

Elle secoue la tête. « Je dois y retourner. Tu le sais. Tu ne peux pas voler un vampire.

— Il ne mettra plus ses sales pattes sur toi. »

Ses yeux se tournent vers la porte.

J'agrippe sa chevelure. « Non. Ne me fuis pas. On se serre les coudes, maintenant. Si tu penses que tu y retourneras après ça…

— Grizz, s'il te plaît.

— Non, Jordy, dis-je en lui faisant lever la tête. Il ne t'aura pas. »

Elle ouvre les yeux et rencontre les miens. « Qui, alors ? Qui m'aura ?

— Personne.

— Je ne veux pas appartenir à personne.

— Tu appartiens à toi-même.

— Je sais. Mais je veux me donner à quelqu'un. »

Je ne devrais pas poser la question, mais ne peux m'en empêcher. « Qui ?

— Toi, répond-elle après avoir humecté ses lèvres.

— Jordy. Je ne peux pas… » C'est une torture. Le coup de couteau dans mon bras et la brûlure du sang vampire étaient moins douloureux.

Elle pose ses petits doigts sur mes lèvres meurtries. « Je sais. Chut, je sais.

— Je suis désolé. C'est injuste pour toi, petite. Je devrais te laisser partir, mais je ne peux pas. Pas tant que… » Pas tant que je n'aurai pas trouvé une meilleure personne pour s'occuper d'elle. Je devrais le dire, mais n'y parviens pas.

Elle s'écarte avec un petit hochement de tête. Je la laisse faire. Mais elle s'agenouille alors de nouveau entre mes jambes.

« Qu'est-ce que tu fais ? » L'espoir et la panique se mêlent dans ma voix. Elle pose les mains sur mes genoux, son visage près de mon entrejambe.

« Tu m'as sauvée d'Augustine. Laisse-moi te remercier.

— Je veux davantage que ta gratitude, dis-je en tirant sa tête en arrière.

— Qu'est-ce que tu veux, alors ? » Ses yeux, dont la couleur m'évoque le whisky, me transpercent, candides et absolument dévastateurs. Je me sens mis à nu, comme si chaque mur que j'avais érigé entre nous venait de s'effondrer.

« Toi, petite. Je te veux. Mais je ne peux pas t'avoir… » Les mots meurent sur mes lèvres alors qu'elle résiste à ma poigne et pose ses lèvres tout à côté de mon sexe en érection.

« Seulement pour cette nuit, alors. Seulement pour cette nuit. »

Je la lâche, parce que je lui ferais mal si je tirais ses cheveux plus fort. Elle veut me sucer ? Putain, je ne peux pas l'en empêcher. Je réussis à peine à réfléchir lorsque sa chevelure rousse se répand sur ma cuisse et que ses lèvres frôlent ma bite.

« Merde, oui. Petite, bébé…

— J'adore que tu m'appelles *petite*. Ta petite renarde. » Son souffle tombe sur mon membre raide. Sa langue apparaît, et me lèche. Putain, je vais exploser.

« Petite, s'il te plaît.

— J'aime être ta petite. Grâce à toi, je me sens petite et mignonne.

— Tu es petite. »

Elle se renfrogne.

« Tu es mignonne aussi, mais pas seulement, dis-je en plongeant mes doigts engourdis dans ses cheveux. Tu es belle. »

Avec un petit sourire satisfait, elle ouvre la bouche et engloutit mon sexe. Des lumières clignotent sous mon crâne, mes hanches se soulèvent d'elles-mêmes et je baise sa bouche. Elle me laisse faire, sa tête descend et remonte. Elle m'aspire parfaitement entre ses lèvres, puis m'avale jusqu'à la garde. Ce qui est dingue, étant donné nos corpulences différentes.

Elle fredonne… putain. Les vibrations m'entourent et mes testicules vont exploser.

«Jordy. J'ai envie de toi.» J'aimerais jouir en elle, mais je n'en ai pas le temps. «Je vais jouir.» Elle me suce plus fort, aspire ma semence jusqu'à la dernière goutte.

Je donne un coup de reins en rugissant et m'enfonce dans sa bouche, qui accueille entièrement mon membre.

Du sperme coule à la commissure de sa bouche. C'est obscène. La dégrader devrait me mettre en colère, mais je désire plutôt l'allonger et la faire hurler. La pilonner dans toutes les positions et mettre un beau bordel dans mon lit. Puis l'étreindre et lui chuchoter combien elle est précieuse. Elle me laissera faire. Elle me laissera lui faire toutes les choses dépravées dont j'ai envie, sans bouger, le sourire aux lèvres pendant que je mets son innocence en lambeaux.

Je tiens sa chevelure dans mon poing pour l'immobiliser pendant que je l'embrasse, assez fort pour laisser un bleu. Mon début de barbe érafle sa peau douce, mais si c'est douloureux, elle ne laisse rien paraître. Elle se tortille sous moi, ses jambes encerclant mes hanches pour m'attirer plus près. Pour en avoir encore.

Je dépose des baisers sur sa gorge, puis son cœur, ses seins irrités, ses mains suppliantes.

«S'il te plaît, Grizz, s'il te plaît, oh, oui…»

Je pose ses jambes sur mes épaules et enfouis mon visage entre ses cuisses. Par le ciel, elle a si bon goût. «Je vais te dévorer, bébé. Je vais te lécher jusqu'à ce que tu prennes ton pied.» Sans douceur, je donne des coups de langue sur sa peau sensible. Elle se tortille sous l'assaut, mais saisit mes cheveux pour m'attirer contre elle.

C'est ça, bébé, laisse-toi aller. Je trouve ses seins et les caresse, les pétris. Elle gardera des traces de ma barbe naissante et de mes mains conquérantes. Je lui écarte les jambes et attaque à nouveau sa chatte de ma langue, lui tirant d'autres gémissements. Putain, j'en veux plus.

Je la retourne et assène une tape sur ses fesses, puis gronde de plaisir quand je vois l'empreinte rouge sur sa peau pâle. J'ai envie de la marquer. Qu'elle m'appartienne. Je veux qu'elle me sente, de toutes les manières imaginables. Je lui donne une autre tape, sans méchanceté, mais assez forte pour laisser une trace.

Elle se cambre et oriente son derrière vers moi. « Plus fort, réclame-t-elle. Encore.

— Ce n'est pas toi qui donnes les ordres. » Je pénètre sa chatte de mes doigts. Si elle n'était pas trempée, ce serait trop brutal.

« Putain, petite, tu es vraiment prête. Tu as envie de moi ?

— Oui, gémit-elle en laissant sa tête retomber sur le matelas. Oui, s'il te plaît.

— Je vais baiser cette chatte. Mais pas ce soir. Ce soir, je te mange. » Je m'allonge sur le dos et l'attire jusqu'à ce qu'elle me chevauche. Elle me regarde, interdite, hébétée, sa chevelure encadrant son visage. Ses tétons sont dressés et son parfum m'enveloppe.

Je maintiens ses hanches d'une main. Lorsqu'elle essaie de s'éloigner, je resserre mon étreinte et l'attire vers ma bouche. « Je vais te lécher. Frotte-toi contre mon visage, chérie. Prends ton plaisir, prends tout. C'est un ordre », dis-je en grondant contre sa chatte.

Elle obéit. Ses hanches descendent, elle se balance d'avant en arrière et se frotte contre mon visage. J'ouvre la bouche et la dévore. Ma langue remonte vers son petit trou serré pendant que mes doigts plongent entre ses fesses chaudes. Elle gémit et se déhanche plus vite, puis laisse échapper un cri impressionnant. Ses cuisses souples se contractent autour de ma tête. Bordel, j'ai envie d'empoigner mon sexe pour me branler, mais elle tombera du lit si je la lâche.

Son orgasme la frappe comme un coup de foudre. Je m'efforce de la tenir alors qu'elle est secouée de spasmes. La maintenant entre mes bras, je plonge ma langue en elle, aussi profondément que possible, pour me délecter des contractions de ses muscles internes.

« Merde, ce sera si bon de te sentir autour de ma bite. »

En un ultime râle, elle bascule sur le côté. Je la laisse faire et me redresse pour l'installer sur le ventre. Je m'agenouille au-dessus d'elle, un guerrier conquérant examinant son butin. Sa chatte est mouillée, rougie et irritée par ma barbe. Elle aura ma bite, mais pas cette nuit. Cette nuit, je la revendique comme mienne.

Je me caresse, la surplombant. Avec un regard languide, elle tend le bras pour m'aider. Je referme ma main sur la sienne, plus petite, puis me masturbe jusqu'à ce que je jouisse sur son corps. « Touche mon sperme. Étale-le sur toi », dis-je en saisissant son poignet. J'attends qu'elle répande mon foutre sur toute sa peau, couverte de chair de poule.

Je ne sais pas où cette relation nous mènera, mais cette nuit, Jordy est à moi. Je l'ai embrassée à la porte, mais je me suis écarté. C'est elle qui a choisi de me suivre dans la salle de bains. De se déshabiller dans le couloir et de m'entraîner dans la chambre. Elle avait une chance d'éviter cette situation, pourtant elle m'a choisi.

Pour le meilleur ou pour le pire, son destin est scellé. Mais ça ne semble pas la déranger.

Lorsqu'elle a fini d'étaler ma semence sur sa peau, elle porte ses doigts à sa bouche. Et les lèche jusqu'à ce qu'ils soient propres.

Par le ciel. Je suis foutu.

~

Jordy est allongée sur mon lit, adorable et comblée. Je vais chercher un gant pour la rincer, en admirant chaque marque que j'ai laissée sur son corps. Bien sûr, ça me mène à embrasser chaque parcelle de sa chair enflammée, de ses joues rouges à son cul soigneusement fessé. Je finis par l'allonger de nouveau sur mes genoux et maintiens sa nuque pendant que je lui donne un dernier orgasme avec mes doigts.

Quand le minuteur de la mijoteuse se déclenche, je m'efforce de la ramener à la réalité. « Petite. Bébé, c'est l'heure de manger. »

Elle est si lessivée que je dois l'asseoir sur mes genoux et la nourrir lentement, par petits morceaux que je porte à sa bouche. Ce qui me convient parfaitement. Entre chaque bouchée, je l'embrasse et sens le goût de la sauce sur mes lèvres. Elle se redresse une fois que je lui ai fait avaler un peu de nourriture, son visage toujours empourpré après tous ces orgasmes.

« Vilain ours », murmure-t-elle. Elle fait courir son index autour de ma bouche. Je le mordille.

« Vilaine renarde, à venir chez moi, à manger toute ma viande et à dormir dans mon lit. »

Elle tourne la tête vers la mijoteuse et fait la moue. « Cette viande est trop chaude, déclare-t-elle avant de regarder le morceau dans ma main. Celle-là est trop froide. » Elle se tortille sur mes genoux. Bien que j'aie déjà éjaculé deux fois, mon sexe gonfle. « Celle-ci est tout à fait à mon goût. »

Je gronde en levant la main vers ses lèvres. Coquine. « Ouvre la bouche. »

Elle obéit et attend que je lui donne le morceau de viande.

« Je te donnerai ma *viande* aussi souvent que possible.

— Mmmm. »

J'approche une autre bouchée de ses lèvres, mais elle secoue la tête et détourne le morceau vers les miennes. Je mange la portion qui lui était destinée. Lorsqu'elle saisit un autre morceau dans la mijoteuse, je la laisse continuer à me nourrir, comme je l'ai nourrie. Je me prête au jeu et lèche la sauce sur ses doigts.

« Ça suffit », dis-je sans cesser de sucer ses doigts. Je la soulève et la porte jusqu'au lit.

« Tu as encore besoin de manger.

— Je préfèrerais te manger, toi.

— Tu l'as déjà fait.

— J'en veux encore. »

Elle éclate de rire.

« Plus tard. Peut-être. » Je la pose sur le lit, puis déplace les oreillers derrière elle. « Mais pour l'instant, je dois aller me nettoyer. Ne bouge pas, dis-je avec autorité quand elle fait mine de me suivre. Je veux que tu te détendes.

— D'accord, Grizz », répond-elle d'un ton bienheureux. Je lui donne le carnet à dessin et elle me remercie de nouveau.

« Je vais te dessiner quelque chose.

— Je préfèrerais que tu dessines quelque chose pour toi.

— Comme quoi ? »

Je tends le bras et contracte mon biceps, sous mon manchon. « Tu aimes mon tattoo ? »

Ses paupières sont mi-closes, ses yeux chargés de désir. Par le ciel, elle est tellement excitante.

« Tu pourrais te faire tatouer, tu sais. Si tu veux, tu peux recouvrir les cicatrices.

— Tu penses que je devrais ? demande-t-elle en se mordant la lèvre.

—Je pense que tu es belle comme tu es, petite. Mais si elles te dérangent, ouais. Crée un dessin à te faire tatouer par-dessus. Elles font partie de toi, maintenant. Autant les transformer en quelque chose de beau.

— D'accord, dit-elle doucement. Je vais réfléchir à ce que je peux dessiner.

— Bonne fille. »

Quand je sors de la chambre, elle est assise en tailleur, le carnet à dessin devant elle, et tire la langue alors qu'elle se concentre. Mignonne petite renarde.

Je range la cuisine sans me presser, en m'émerveillant à l'idée que ça pourrait être mon quotidien. Accomplir des tâches domestiques pendant qu'une douce petite femme fatale attend dans mon lit.

Mon répondeur clignote. J'ai reçu un message juste après dix-neuf heures. J'appuie sur le bouton pour l'écouter tout en continuant la vaisselle. Une voix grinçante s'élève, que je reconnais vaguement. Je me fige.

« Grizzly. » Après une pause, l'interlocuteur expire avec colère. J'entends un cliquètement — un vampire frottant ses crocs les uns contre les autres. Le son me hérisse. « Tu as quelque chose qui m'appartient. Rends-la-moi. » Le message se termine.

Donc, Augustine a compris qui a enlevé sa renarde. Il veut la récupérer.

« Putain, dommage pour toi », dis-je au répondeur. Si cette sangsue était là, je…

Je fais volte-face en entendant un bruit discret. Jordy se tient à l'entrée de la cuisine, ses yeux écarquillés. Lors-qu'elle rencontre mon regard, le sien est horrifié.

« Retourne au lit. » Toutefois, je ne suis pas assez auto-ritaire pour en faire un ordre. J'ai envie de remonter le temps et d'effacer le message. Ou, mieux encore, de revenir avant l'époque où sa famille l'a vendue, pour la trouver, la séduire et l'emmener loin de là.

Dommage que le temps ne fonctionne pas ainsi.

« C'était... » Sa lèvre tremble. J'ai une envie irrésistible de la serrer contre moi.

« Oui. » Je veux supprimer le message, mais elle retient ma main. Elle presse un bouton et nous le réécoutons. Cette fois, elle ne m'arrête pas quand je fais un geste pour l'effacer.

« Il avait ton numéro ?

— Non. Il a dû le trouver dans les registres du Toxic. » Je tente d'avoir l'air blasé. Mes coordonnées sont dans les dossiers du roi, comme celles de tout le monde. « Ce n'est pas grave. Mon adresse n'est pas renseignée.

— Il viendra me chercher.

— Il ne sait pas où tu es. Tout va bien, petite. Je gère. »

Juste au cas où, je vais vérifier les verrous de la porte. Cette maison est ma tanière ; un vampire ne pourra pas franchir le perron, mais les autres créatures ne seront pas tenues à distance. Heureusement, ce seront probablement tous des humains. À ma connaissance, je suis le seul méta-morphe à accepter de travailler avec un vampire.

Je peux remporter un combat contre des humains.

Quand je me retourne, Jordy est toujours pétrifiée à côté du répondeur.

« Tout va bien, dis-je une fois de plus.

— Tu dois me laisser partir, murmure-t-elle.

— Non, putain. » Je traverse la pièce et la plaque contre moi. Elle se tortille, mais je la tiens fermement. « C'est hors de question.

— Grizz, je t'en prie. » D'habitude, j'aime l'entendre me supplier, mais pas à cet instant. « Il sait que je suis avec toi. Il n'arrêtera pas.

— Tu ne retourneras pas avec lui...

— Il te tuera », laisse-t-elle échapper. Ses pupilles sont dilatées. Elle est totalement en panique. Je la soulève et la secoue avec douceur.

« Il peut toujours essayer. Calme-toi, petite.

— C'est un vampire ! »

Sèchement, je rétorque : « Et je tue les vampires. » Elle est toujours sous le choc. Merde, j'ai laissé échapper mon secret. « Je tue les vampires », dis-je d'un ton plus calme. Je ne suis pas en colère contre elle. Ça me démange de sortir ma flasque et de boire du stimulant. À cet instant, j'ai assez de sang et de rage pour me battre contre le monde entier, et remporter le combat.

« Tu dis n'en avoir tué qu'un. Et que c'était de la chance.

— Le premier que j'ai affronté, je ne l'ai pas tué. Je me suis enfui, et c'était un coup de pot. Il a tué quelqu'un que j'aimais. » Je déglutis. Je n'ai raconté ça à personne, à part Frangelico. Et je lui en ai parlé seulement pour qu'il sache à quel point je prends notre alliance au sérieux.

Silencieuse et immobile, Jordy attend. Ou elle tente peut-être simplement d'assimiler ce que je viens de lui dire.

Je la porte jusqu'au lit et m'assieds, la gardant sur mes genoux.

« C'est arrivé quand j'étais ado. Peu de temps après ma première mutation. Un vampire… chassait. Il avait pris goût aux métamorphes, ou peut-être que ma mère l'a surpris.

— Et tu étais là ?

— Pas avant qu'il ne soit trop tard. Il l'a tuée. » La réalité s'estompe un instant. Je vois un long comptoir de cuisine, une table en bois, du sang coulant sur le mur et gouttant sur le corps effondré derrière une chaise. « Je l'ai traqué et je m'en suis tiré de justesse. C'était avant que j'apprenne comment affronter des vampires. » Je n'ai pas tué le vampire meurtrier, mais je l'ai fait saigner. Lorsque j'ai ensuite léché mes blessures pour les nettoyer, j'ai ressenti l'ivresse, la vague d'énergie, et j'ai compris comment je pourrais obtenir ma vengeance.

«Je suis désolée», dit doucement Jordy. Son visage entre dans mon champ de vision.

«C'était il y a longtemps. Je n'ai pas revu ce salaud depuis.

— Mais tu le cherches encore.

— Ouais. Dès que j'aurai terminé cette mission, je reprendrai ma chasse.

— Est-ce que…» Elle hésite.

«Pose ta question.

— Frangelico sait que tu traques un vampire?

— Oui. C'est pour cette raison que je travaille avec lui. Il connaît mon passé. Il soutient ma quête. C'est pour ça que tu ne peux pas m'appartenir, petite. Je dois te laisser partir. Je ne suis pas… je ne peux pas être en couple.

— Donc, tu vas me relâcher.

— Pas encore.» J'ai grondé plus fort que j'en avais l'intention. «Pas avant de m'être occupé d'Augustine. De l'avoir puni pour ce qu'il t'a fait.

— Grizz, dit-elle en posant sa petite main sur ma joue. Tu ne peux pas me garder ici.

— Il ne t'arrivera rien.

— Il va se lancer à ta recherche. Je ne veux pas que tu sois blessé à cause de moi. Je n'en vaux pas la peine.» De la tristesse teinte son parfum.

«Pour moi, si. Ne dis plus jamais ça. Tu es la plus importante. Je voudrais te donner tout ce dont tu rêves.

— Grizz…» Elle ferme les yeux.

«Je ne te rendrai pas à cette sangsue.» Mon serment est féroce. «Il s'est servi de toi et t'a violentée. Il ne te récupérera pas. Jamais.

— Tu ne peux pas m'empêcher d'aller le retrouver.

— Tu vas voir, si je ne peux pas. » Mon ours gronde. Il meurt d'envie de faire couler le sang d'un vampire. Je me lève et jette Jordy sur mon épaule.

~

Jordy

Je me redresse pour voir où Grizz m'emmène. Il s'approche de la commode et fouille dans les tiroirs. Quand je me débats, sa grosse main s'abat sur mes fesses.

« Ne bouge pas.

— Allons, Grizz. Sois raisonnable. » Si je n'étais pas à ce point terrifiée pour lui, je me soumettrais. Mais Augustine pourrait arriver et attaquer à tout moment.

« Il ne peut pas entrer, petite. Il ne peut pas passer la porte. Ici, c'est chez moi.

— Il peut envoyer d'autres personnes.

— Des humains, lâche-t-il avec mépris, comme si ça voulait tout dire.

— Ils pourraient avoir des armes à feu.

— Je peux me régénérer avant qu'une balle me tue.

— Pas une balle dans la tête. » Quel ours têtu. Il se dirige lourdement vers le lit et me jette sur le matelas. Que puis-je dire pour le pousser à se soucier de sa sécurité ? « Et moi ? Je pourrais prendre une balle perdue.

— Ouaip. J'y ai déjà pensé. » Il tient une corde à la main.

« Qu'est-ce que tu fais ?

— Je t'attache. » Il saisit mon poignet et commence à fixer mon bras à la tête de lit.

Normalement, je serais aux anges à l'idée que le massif et superbe Grizz m'attache. Mais ce soir, j'ai simplement

82

envie de hurler. «Ça ne marchera pas», dis-je, agacée. Je n'ai jamais fait preuve d'autant de fougue de ma vie. Grizz commence à déteindre sur moi. Il approche son visage du mien, et je montre les dents. Peu importe comment il m'attache, je rongerai mes liens.

«Très bien», lâche-t-il entre ses dents. Son visage fermé, il se redresse et enroule la corde autour de son poignet.

«Qu'est-ce que…?» Bien qu'il ne me retienne plus, je suis trop curieuse pour m'enfuir.

«Je t'attache à moi.» Il tend la main, mais je l'esquive. Je suis arrivée à la porte quand il m'attrape. Bien sûr qu'il peut me rattraper: il est aussi rapide qu'un vampire. Un bras autour de ma taille, il me ramène jusqu'au lit et me pose sur ses genoux, mon visage contre le matelas.

Je glapis. «Qu'est-ce que tu fais?

— Je te punis, petite.

— Non!» Mais sa main s'abat déjà sur mes fesses. Pas trop brutalement, loin de là. Si nous étions en train de jouer, je lui dirais que je peux supporter bien plus de force. Sa paume ne fait que m'émoustiller.

Vilain ours!

Il frappe mon derrière pendant que je bats des jambes en braillant.

«Je croyais que tu étais soumise», s'amuse-t-il. Ses doigts effleurent mon sexe, et je crie plus fort. «Peu importe. Tu es trempée.»

Il me redresse. Avant que je puisse protester, il a lié nos poignets ensemble. Je ne sais pas comment il réussit à nouer la corde d'une seule main, mais une fois fait, j'ai beau tirer, rien ne se passe. Il recule le bras et me fait un large sourire.

«Tu es coincée, maintenant.

— Comment est-ce que tu affronteras un vampire en étant attaché à moi ?

— Je ne vais pas affronter de vampire. Augustine ne nous trouvera pas cette nuit. Comme je vois les choses, j'ai juste besoin de t'attacher pour pouvoir me reposer un peu. Mais si tu continues à te débattre, je peux te baiser jusqu'à ce que tu obéisses, petite. »

Je retiens mon souffle. *Comme si ça allait me dissuader*, ai-je envie de dire. Mais je dois rester forte. « Tu penses que ça va marcher ?

— Ouais, dit-il en posant son autre main sur mon sexe. Je le pense. »

C'est terriblement agaçant, mais il n'a pas tort. Je me fige sous ses caresses. Je ne veux pas qu'il arrête.

Lorsqu'il s'immobilise, je soupire en essayant de me souvenir à quel sujet on se disputait.

Il lève nos poignets attachés.

« Tu peux te détacher en rongeant la corde, mais tu risques de me faire mal. Et si tu t'en vas cette nuit, Jordy, si tu me fuis, tu me rendras malheureux. »

Je cesse de respirer alors que mon cœur se brise. Désormais, il m'est impossible de le fuir.

Je reste éveillée longtemps après qu'il a éteint la lumière. Même s'il me tient fermement, que je suis au chaud et en sécurité, mes pensées tournent à plein régime. Je me demande s'il connaît la vérité dont j'ai pris conscience : la corde autour de mon poignet est le plus faible lien qui m'attache à lui.

CHAPITRE DOUZE

Grizz

Une odeur de bacon grillé entre dans mon nez et je me réveille en sursaut. Instantanément, je tends le bras pour tâter le lit à côté de moi. Jordy. L'endroit est encore tiède, mais ma main ne rencontre que du vide. Quand quelque chose frappe mon visage, je m'agite dans tous les sens jusqu'à ce que je comprenne ce que c'est. La corde. Celle avec laquelle j'avais attaché nos poignets. Merde.

Je me suis levé et ai traversé la moitié du couloir avant que je fasse le lien entre l'odeur de bacon et l'absence de Jordy. Je pile à l'entrée dans la cuisine. Elle se tient devant les fourneaux, uniquement vêtue d'un de mes T-shirts, et fait cuire du bacon. Elle s'est libérée, mais est restée avec moi.

« Coucou. » Dès qu'elle me fait un sourire en coin, tout mon sang se précipite dans ma bite. Je m'appuie contre le placard en serrant les dents pour lutter contre les exigences de ma gaule matinale.

Elle couvre la poêle et se tourne vers moi. « Tu as bien

dormi ? C'est pour moi ? » demande-t-elle en posant les yeux sur mon érection. Elle rougit adorablement, puis s'approche et tombe à genoux devant moi. Lorsqu'elle lève la tête, son sourire manque de me mettre à genoux, à mon tour. « Laisse-moi m'occuper de toi. »

Oh bordel, oui.

Elle serre la base de mon sexe pour l'orienter en avant et fait tourner sa langue autour de mon gland.

Un frisson de plaisir me traverse, débutant à la base de ma colonne vertébrale. « Putain, petite. » Je serre sa chevelure dans mon poing. Elle plonge son regard dans le mien alors qu'elle me prend dans sa bouche, puis au fond de sa gorge. Je m'efforce de ne pas penser au connard qui lui a appris à le faire. Je devrais être reconnaissant, parce que c'est la meilleure foutue pipe de ma vie. Rien n'est comparable à la sensation de sa bouche qui m'engloutit.

Je la guide de mon poing dans ses cheveux, la fais aller et venir sur ma bite. Mes cuisses commencent à trembler, mes testicules se contractent. Entre ses mains, ses lèvres et sa langue agile, je gicle dans sa bouche avant que le bacon ait le temps de brûler.

Le petit-déjeuner est délicieux aussi.

« Bon sang, petite, tu sais cuisiner.

— Contente que ça te plaise, dit-elle en souriant, les yeux sur son assiette.

— Merde, ça oui ! » Ma véhémence la fait rire. « Personne n'avait cuisiné pour moi depuis... » Quand j'hésite, elle braque son regard sur moi. « Depuis ma mère, dis-je sincèrement. Je n'avais même pas partagé un repas avec quelqu'un.

— Je suis désolée. » Elle me serre la main. Je tourne sa paume vers le plafond et l'enveloppe de mes grosses pognes, rendues rêches par les combats. J'ai l'impression de tenir un oiseau minuscule. Petit, doux, fragile. Immaculé.

« Moi aussi. »

Après un moment, elle s'assied sur mes genoux. Mon sexe réagit immédiatement, mais je suis curieux de voir ce qu'elle va faire. Elle prend mon visage dans ses mains et pose son front contre le mien. Elle frotte son nez contre mes joues et, putain, j'ai l'impression qu'on me donne l'absolution. Ma poitrine se décontracte légèrement.

Par le ciel, elle m'adoucit.

Je lui demande avec brusquerie : « Tu as assez mangé ? » Quand elle acquiesce, je la fais descendre de mes genoux. « Va t'habiller. On sort. »

Elle obéit sans poser de question. Je l'entraîne hors de ma tanière et la fais monter sur ma moto.

Elle ne demande toujours rien, même quand je me gare devant une vieille devanture noire, dont l'enseigne rouge indique *Tatouages personnalisés*. Elle descend de moto et me laisse la pousser en avant, d'une main dans son dos.

« Ce mec tatoue des métamorphes. C'est lui qui a fait ça. » Je lui montre mon bras couvert de cicatrices, celui avec le manchon, puis sors son carnet à dessin de ma veste. « Il tatoue tous les membres de la meute de loups. On a quelques heures devant nous. Je me suis dit que tu pourrais te tatouer l'un de tes dessins, si tu en as envie. »

À l'intérieur, je lui présente Dick, l'artiste. Une fois le contact établi, je sors du salon. Je lui ai clairement fait comprendre qu'elle n'est pas obligée de se faire tatouer si elle n'en a pas envie, mais que je paierai si elle décide de le faire. Je sors sur le trottoir pour la laisser tranquille. Un tatouage, c'est intime, or elle ne me connaît que depuis quelques jours. Elle gardera ce tattoo toute sa vie.

Je passe quelques coups de fil dans la rue. Tout d'abord à l'entreprise qui loue le théâtre, pour essayer d'obtenir des pistes. Le téléphone sonne dans le vide. Rien. Je verrai si Frangelico peut se renseigner.

Mon portable vibre et indique un appel entrant. Declan ne dit même pas bonjour avant d'annoncer : « Il y a un combat ce soir. N'oublie pas.

— Je n'ai pas oublié. Tu seras là ?

— Je voudrais pas manquer ça.

— Super. J'ai encore besoin que tu surveilles la petite.

— Sans problème. Ça me dérange pas. »

Je serre les dents. « En fait, il risque d'y avoir des problèmes. Augustine sait qu'elle est avec moi. »

Cette nouvelle est accueillie par un chapelet de jurons. « Voler les vampires. Tu vas te faire buter.

— Je sais. Je suis sur le coup.

— Sur le coup pour te faire buter ?

— Non, dis-je avec agacement. Je suis sur le coup pour la libérer. Je veux savoir qui a balancé qu'elle est avec moi.

— Putain, j'en sais rien. Probablement un des métamorphes avec qui tu t'es battu, pour te rendre la monnaie de ta pièce. T'as des ennemis, Grizz. Et les vampires savent comment obtenir des infos. Leurs espions sont partout. »

Pouah. Ça ne mène nulle part. Declan n'est au courant de rien. « Ouais, ouais. Mais tu dois surveiller la petite pour moi. Elle ne retournera pas avec Augustine, point final.

— Autre chose ? » soupire-t-il.

Je lui raconte ce que j'ai trouvé au relais routier et au théâtre. « J'ai besoin que tu gardes ces deux endroits à l'œil. Je paierai. Tu penses pouvoir t'en charger ?

— Ouais. Ça te coûtera bonbon.

— C'est bon, j'ai les moyens. » Je transmettrai la facture à Frangelico.

« C'est dangereux de bosser pour le roi vampire, dit-il, comme s'il pouvait entendre mes pensées.

— Je sais. Si j'avais le choix, je ne le ferais pas. » Je dois être dingue de partager cette information. Passer du temps avec Jordy m'a humanisé. Je suis plus enclin à tisser et entretenir des liens. Si je ne me reprends pas, je vais commencer à distribuer des gages d'amitié et proposer aux Stooges qu'on se tresse les cheveux.

« Je ne sais pas ce qui peut pousser un métamorphe à s'associer à un vampire, reprend Declan d'un ton prudent, mais je sais que les vampires sont dangereux. Et le roi… c'est le plus dangereux de tous. T'es dans la merde jusqu'au cou, Grizz.

— Comme si je ne le savais pas, dis-je en soupirant.

— Fais gaffe à toi. »

J'occupe encore quelques minutes à passer des appels. Lorsque je suis sur le point de rentrer dans le salon pour demander à Jordy ce qu'elle veut déjeuner, la porte s'ouvre et elle sort.

« Tu es prête à y aller ?

— Ouais.

— Tu ne voulais pas te faire tatouer ? »

Avec des gestes hésitants, elle baisse le col de son haut et me montre le bandage blanc au-dessus de son sein gauche. Elle a fait recouvrir la masse de cicatrices sur son cœur.

« Très bien, petite. » Je dissimule ma déception de ne pas avoir vu le motif. Si elle veut me le montrer, elle le fera. Ce serait déplacé de ma part de demander à le voir. « *Vamos.* »

Jordy

Nous passons la journée ensemble, à faire tout ce dont nous avons envie. Après un arrêt rapide pour acheter des tacos, je lui dis que j'adore sa moto et il m'emmène faire une longue promenade à travers la ville. Sa Harley monte tranquillement sur *A Mountain,* la montagne avec une lettre A blanche géante, pour l'université de l'Arizona, et on mange au point de vue. Ensuite, il m'emmène dans un petit parc et nous suivons un chemin parmi les cactus, en nous tenant la main comme un couple. Nous dînons au restaurant, où la quantité de nourriture que dévore Grizz choque la serveuse.

« J'ai un combat ce soir, me dit-il. Je dois faire le plein.

— C'est pour ça que tu t'es détendu aujourd'hui ? Pour te préparer avant le combat ?

— Non. Je voulais passer du temps avec toi. »

Il pose sa fourchette et touche ma joue. Je ne peux m'empêcher de sourire jusqu'aux oreilles. C'est idiot, et tout sauf élégant. Je devrais me faire désirer. Mais dès que je suis avec lui, c'est comme si un interrupteur s'allumait. Je souris et rayonne, me sens entourée d'une douce chaleur, comme si j'avais avalé un soleil.

« J'aime te voir heureuse, petite. »

Je suis heureuse, ai-je envie de répondre. *Mais seulement près de toi.*

Plus la nuit approche, plus il devient sérieux. Son sourire s'efface à mesure que la lumière du jour décline. Quand les derniers rayons de soleil disparaissent derrière les montagnes, il se lève et laisse un billet de cent dollars entre les assiettes vides sur la table.

« Il est l'heure d'y aller. »

Je m'agrippe à lui pendant qu'il se dirige vers la zone industrielle de la ville. Deux motos viennent bientôt se placer de part et d'autre de la nôtre, après nous avoir rattrapés à un feu rouge. Je sens Grizz se raidir entre mes bras, mais il reste impassible. Lorsque le feu passe au vert, il redémarre en trombe et les motos nous suivent avec de furieux vrombissements. Le temps que l'on s'approche de l'embranchement menant au Fight Club, d'autres motos nous ont rejoints.

Quand nous sommes de nouveaux arrêtés à un feu rouge, je lui demande : « C'est qui ?

— Des loups. La meute de Tucson. »

Je regarde par-dessus mon épaule, et l'un des motards me salue. Un type imposant, aussi musclé que Grizz. Il a les phases de la lune tatouées sur ses doigts. Comme tous les autres.

Sous le bandage, mon propre tatouage me gratte. Ce n'était pas trop douloureux. J'ai fait appel à mon entraînement de soumise, respiré profondément et me suis abandonnée à l'aiguille. Le plus dur était la brûlure lorsque l'encre est entrée en contact avec le sang vampire. Je me demande si les loups connaissent les effets du sang vampire, s'ils savent que c'est le moyen le plus rapide de marquer un métamorphe. De stopper brusquement sa régénération.

Grizz se gare, puis attend que je sois descendue de la moto pour faire de même. Il pose sa main dans mon dos pendant qu'on marche vers la porte du club. Des groupes de métamorphes attendent, de nombreux bikers et des membres de gangs. Je manque de trébucher lorsque je reconnais des félins qui ont attaqué Grizz.

« Tout va bien, chuchote-t-il en enlaçant mes épaules. On ne risque rien ce soir. Les loups ne laisseront personne me toucher. Pas avant que je sois sur le ring. »

Effectivement, les loups motards nous suivent. Quand nous arrivons devant la porte, ils nous ont complètement encerclés. Je respire profondément et encourage ma renarde à ne pas paniquer. Elle n'aime pas être entourée de tous ces prédateurs. Mais je serais bien plus effrayée si je n'étais pas avec Grizz.

À l'intérieur, les loups s'écartent tandis que Grizz m'entraîne vers le bar. Le club est beaucoup plus agréable que je m'y attendais. Les tables en bois brut recyclé, les ampoules nues vintage, le sol en béton… même les groupes de métamorphes bourrus créent une harmonie, une sorte de charme brut.

Grizz passe commande et le barman pose deux verres devant nous. On trinque, puis Grizz vide son shooter. Je m'étouffe quand je goûte au mien. Il me frotte le dos, l'amusement brillant dans ses yeux.

« Désolé, petite. J'aurais dû te prévenir.

— Ce n'est rien, dis-je en toussant. Je ne bois pas beaucoup. Tu peux l'avoir. »

D'un air absent, il vide mon verre tout en parcourant le club du regard, puis me guide jusqu'à un coin de la salle. « Le combat est sur le point de commencer. Tu vas rester ici et être sage. Ne t'attire pas d'ennuis.

— Et toi ?

— Je serai sur le ring. » Cette fois, son ton est amusé.

Je me tords le cou pour voir au-dessus des métamorphes, en direction de la cage au centre de l'entrepôt, illuminée par des spots. « Je ne peux pas être plus près ? » J'ai du mal à dissimuler ma déception.

« Non, répond Grizz avec douceur en me caressant le dos. Je dois me concentrer. Je n'y arriverai pas si je ne suis pas sûr que tu es en sécurité.

— Je t'encouragerai. » Il approche son visage du mien.

« Tu es sûre, petite ? Tu seras la seule.

— Oui », dis-je résolument avant de l'embrasser. Il s'écarte le premier et balaie de nouveau l'entrepôt des yeux. Avec tant de menaces potentielles autour de nous, il ne peut pas se détendre. Le club est rempli de prédateurs. Je devrais être stressée, mais il n'en est rien. Je me délecte de la présence protectrice de Grizz, jusqu'à ce que trois visages familiers apparaissent derrière lui.

« Salut, petite. On t'a manqué ?

— Un peu. » Je me penche pour étreindre Declan, puis Laurie. Un grondement nous pousse à reculer en hâte. Grizz nous surplombe, son ours brillant dans ses yeux. Quel grizzly jaloux. Je pouffe presque.

« Ce n'est rien, dis-je pour le rassurer. On est amis, c'est tout. » Mais je salue Parker en lui cognant le poing au lieu de le serrer dans mes bras.

« T'es prêt ? demande Declan.

— Autant que possible, répond Grizz en haussant les épaules. Tu as des détails sur le combat ?

— Parker en a. » D'un signe de tête, Declan désigne le métamorphe grisonnant, qui acquiesce et commence à s'enfoncer dans l'entrepôt en direction de la cage.

« J'ai une mauvaise nouvelle, m'annonce Grizz d'un ton espiègle. Tu dois passer la soirée avec eux.

— Ours de mauvais augure, dis-je en faisant mine d'être contrariée.

— Ouais. » Il commence à se pencher pour m'embrasser, quand une ombre tombe sur nous. Grizz se redresse. Son visage n'exprime plus la moindre émotion.

Un des loups massifs qui nous ont suivis se tient près de nous, deux membres de sa meute en renfort derrière lui. « Grizz. »

Ce dernier hoche sèchement la tête sans les regarder.

« Quinze minutes.

— Vous êtes venus m'escorter jusqu'à la cage ? » Il sourit, mais son expression est froide et dure, sans une trace de la chaleur dont il fait preuve avec moi.

Le loup hausse les épaules. « On ne voudrait pas que tu trébuches et que tu tombes sur le chemin. »

Je me hérisse en voyant les guépards entrer dans le club et se mêler à la foule bruyante. Ils braquent leurs yeux jaunes et scintillants sur Grizz.

« Votre inquiétude me touche », lâche-t-il. Il se redresse

de toute sa hauteur et ajoute à mon intention en me caressant le menton : « Sois sage. »

Plusieurs loups me dévisagent avec curiosité.

« Personne ne touche à mon équipe », dit Grizz au loup musclé, qui acquiesce. Les deux autres restent en arrière, légèrement à distance, comme des gardes du corps. J'en serais reconnaissante, s'ils ne me bloquaient pas la vue.

Des cris fusent dans la grande salle. D'autres métamorphes passent la porte, se rassemblent autour du bar et de la cage.

« Encore quelques minutes », murmure Laurie.

J'essuie mes paumes sur mon jean.

« Il n'aura rien, m'assure Declan. Grizz est le meilleur. D'ailleurs… » Lorsqu'un rugissement s'élève dans la cage, nous tentons de voir ce qui se passe.

« T'as compris ? » demande Declan à Laurie. L'oiseau métamorphe secoue la tête.

Declan se lève sur son tabouret, puis jure. « Ah, fait chier.

— Qu'est-ce qui se passe ? » Je pousse le public pour avancer autant que possible, mais la salle est pleine à craquer, emplie d'énormes métamorphes. Leurs têtes m'empêchent de voir la cage.

« Un combat préliminaire, marmonne-t-il. Ils veulent d'abord qu'il se batte contre quelqu'un d'autre.

— Qui ? » Je tends le cou, mais abandonne bientôt et finis moi aussi par me lever sur mon tabouret. Des frissons me parcourent alors que le nouveau combattant entre dans la cage. C'est le gorille.

« J'imagine qu'il va affronter deux personnes ce soir.

— C'est autorisé ?

— La première règle du Fight Club métamorphe, grimace Declan en secouant la tête.

— Qu'est-ce que c'est ? » Je me penche et demande à Laurie à voix basse : « C'est quoi, la règle ?

— Il n'y en a p-p-pas. »

Grizz

Je fais face au gorille responsable du combat qui a causé mon dernier blackout.

« Tu vas te battre ce soir, au lieu de demander à un tas de mauviettes de faire ton sale boulot ? »

Il retrousse sa lèvre supérieure, révélant des dents jaunes et plates. « Tu vas saigner, Grizzly.

— D'accord. Pas d'entourloupe, macaque. »

Le gorille rugit, mais les spectateurs éclatent de rire. Bien qu'ils ne m'apprécient pas, ils aiment mon attitude.

Parmi les railleries, une voix solitaire m'encourage. « Allez, Grizz ! Tu peux le faire ! »

Jordy. Je reconnaîtrais sa voix entre mille. Nous pourrions tout aussi bien être seuls dans la salle.

J'enlève ma veste en cuir, la roule en boule pour dissimuler la flasque et donne précautionneusement le tout à Parker. « Garde ça pour moi. »

Il opine du chef. Il sait que je transporte une flasque, mais n'a pas la moindre idée de ce qu'elle contient. Personne ne le sait.

Je regarde le gorille et secoue mes épaules. Je n'ai pas besoin de stimulant pour affronter ce primate. Je peux le battre.

« Prêts ? » demande un loup à l'extérieur de la cage. Je hoche la tête, et il souffle dans un sifflet.

Un pied arrive de nulle part. J'ai à peine le temps de l'esquiver. Le gorille atterrit et se retourne d'un bloc. Je bloque un autre coup de pied de mes avant-bras, le choc me faisant chanceler en arrière. La foule hurle. Elle adore me voir pris au dépourvu.

Je baisse les bras et rencontre les yeux fous du gorille. Cet enfoiré est pieds nus sous son pantalon cargo large. J'aurais dû m'en apercevoir immédiatement.

Je hausse les épaules pour les détendre. De la MMA ? Putain, pourquoi pas ? Je ne suis pas contre un peu d'arts martiaux.

Je serre le poing et le presse contre ma paume, puis fais une révérence sans baisser la tête ni les yeux. Le gorille retrousse de nouveau sa lèvre supérieure, mi-sourire, mi-grondement. Il bondit vers moi, les pieds en avant. Je fais un pas de côté, saisis sa cheville et le balance contre la paroi de la cage.

Les cris de joie du public s'interrompent brusquement, comme si quelqu'un avait pressé un interrupteur.

Le singe se relève, se secoue et m'attaque encore une fois. À quatre pattes, comme un animal. Il me touche à la taille et nous roulons tous deux au sol. Je le frappe plusieurs fois dans la tête jusqu'à ce qu'il s'écarte en une roulade. Sans m'aider de mes bras, je m'assieds, puis me lève. Cette fois, je pare le coup quand il tente de m'attaquer. J'empoigne son bras, le fais rouler sur mon dos et le projette contre le mur. Il rebondit, puis s'élance sur moi à l'instant où j'envoie mon pied. Qui rencontre son visage.

Les spectateurs sifflent et braillent, déchaînés. Ils ont l'air d'animaux plutôt que d'humains. Ça me convient. Je suis le plus gros prédateur ici. Mon ours s'approchant de la surface, je tombe à quatre pattes et lutte contre l'instinct de muter. Quand je rugis, quelques métamorphes se bouchent les oreilles. D'autres baissent les yeux. *Exactement, connards. Grizz est dans la place.*

Le singe s'assied, étourdi. Derrière lui, à l'extérieur de la cage, Parker crie quelque chose. Quoi ?

« Derrière toi... »

Un rictus flotte sur les lèvres du gorille. Je me retourne et vois un grand méchant ours entrer dans la cage. Il ôte sa veste en cuir et me sourit, révélant les plus grosses canines qu'il m'ait été donné de voir.

Autour de la cage, les loups commencent à pousser des hurlements.

CHAPITRE TREIZE

Jordy

« Qu'est-ce que c'est ? Qu'est-ce qui se passe ? » Je tire sur la jambe de pantalon de Declan. Le début du combat était si rapide, si glorieux et brutal, que je ne pouvais le contempler sans avoir les larmes aux yeux. Je suis descendue du tabouret pour céder la place à Laurie. Mais à présent, tandis que la foule crie qu'elle veut du sang, je remarque l'expression lugubre des deux Stooges et comprends que quelque chose ne va pas.

« Grizz. » Je me retourne vers la cage. Mon ours parcourt le ring, son regard allant d'un adversaire à l'autre.

Deux contre un ?

« Merde, marmonne Declan.

— Grizz. » Je suis horrifiée. Je l'ai déjà vu affronter plus d'un adversaire, mais ce combat est pire, à tous les niveaux. Les enjeux sont décuplés. Autour de la cage, les métamorphes s'esclaffent et crient.

Je dois m'approcher.

Je mets mes mains en cornet autour de ma bouche et le crie à Declan, qui écarquille les yeux. « Petite, non... »

Mais je cours déjà vers la cage, zigzagant entre les groupes qui attendent au bar. Les métamorphes ne s'écartent pas pour moi. Pour une fois, je suis contente d'être menue. Je pousse les spectateurs, me faufile entre les corps et m'éloigne avant que quiconque puisse me toucher.

J'arrive près d'un gradin. Avec un peu de chance, personne ne me remarquera.

Grizz fait un signe de main au second combattant, puis demande un temps mort.

Calmement, mon gros ours s'approche du bord de la cage et passe ses doigts à travers le grillage métallique.

« Parker, grogne-t-il. Ma flasque. »

Parker fouille la veste en cuir et la sort d'une poche. Il l'approche de la cage, poussant le goulot à travers la grille. Grizz colle son visage contre le grillage et boit une gorgée. Sa gorge remue une longue seconde, puis il s'écarte et fait signe à Parker de ranger la flasque. Une goutte rouge brille sur ses lèvres, mais il l'essuie du revers de la main avant de se retourner vers ses adversaires.

« On y va, dit-il sans s'adresser à quelqu'un en particulier.

— Deuxième round ! crie le gros loup avant de souffler dans le sifflet. Battez-vous ! »

~

Grizz

Je tourne en rond dans la cage, gardant mes deux adversaires dans mon champ de vision périphérique. Je dois me débrouiller pour ne pas leur présenter mon dos.

Deux contre un ? Ce n'est pas idéal, mais j'ai connu pire.

Le sang vampire crépite dans mes veines. Frangelico n'y est pas allé de main morte sur cette dose. Ce sang vient de son cœur — là où il est le plus puissant. Les effets secondaires seront salés, mais il m'apportera suffisamment d'énergie pour tenir quelques heures.

Il est temps de commencer ce combat.

Me mettant le premier en mouvement, je tente de plaquer le gorille au sol, mais il saute sur la paroi de la cage, pratiquement en lévitation. Je l'en décroche brutalement et lui fais tâter mon poing.

Derrière moi, l'ours dérangé fait les cent pas. C'est une bonne chose : il n'est pas sauvage au point d'accepter de se battre si le combat est si inégal. Il attendra son tour, ce qui me laisse le temps de donner une leçon à ce singe.

Le gorille joue des pieds et des poings, mais je bloque ses attaques sans mal. D'un coup de pied, je touche sa cuisse. Près de son entrejambe. Ouais, c'est un coup bas, mais je ne me bats pas à la loyale.

« Tu te caches toujours derrière des métamorphes plus puissants, à ce que je vois », dis-je pour le provoquer. Enragé, le gorille hurle et se rue vers moi. Je l'esquive et le laisse s'écraser par terre, puis lui envoie mon pied dans la tête.

« KO ! » crie Parker. Oubliant son animosité envers moi, le public scande mon nom pendant que je me redresse, satisfait.

Un de moins. Plus qu'un.

« N'hésite pas à déclarer forfait, dis-je à l'ours.

— Tu ne me fais pas peur, putain », gronde Caleb en retour. Il lèche le sang du gorille sur son bras, puis ses lèvres, comme si le goût lui plaisait. Merde, si j'en crois son odeur, il a vraiment perdu la boule.

On attend que les loups entrent dans la cage et en sortent le gorille en le tirant par les pieds. Il laisse une longue traînée de sang sur le sol.

~

Jordy

Les deux combattants restants tournent en rond sans se quitter des yeux. Grizz se tient bien droit tandis que son adversaire reste voûté, se déplaçant presque à quatre pattes. Le métamorphe massif semble plus animal qu'humain. Grizz court sur place, remue les épaules et étire son cou. Enfin, il cesse de prétendre qu'il s'échauffe. Il frappe son torse de ses poings et écarte les bras. « On y va ? Ou on va danser toute la nuit ? »

Son adversaire recule et s'appuie contre le grillage. Il continue à pousser en arrière jusqu'à ce que les poteaux métalliques grincent et commencent à se tordre. Les spectateurs se taisent.

« Si tu casses la cage, tu la paies », le prévient Grizz. Quelques chahuteurs commencent à crier. Le combattant lève la tête et rugit. Des frissons parcourent mon échine alors que tous les métamorphes dans la salle se figent.

Un rire s'élève. Grizz ouvre les bras et montre les dents en un sourire féroce. « Allez, viens. »

Le métamorphe s'approche de Grizz à pas lourds, quasiment à quatre pattes. À la dernière seconde, Grizz s'écarte, pivote et bondit sur son dos. Ses bras tatoués enserrent le cou de l'ours.

« Ouais, ouais, ouais ! » crie quelqu'un. Declan. Il s'est approché de ma cachette, sans doute à ma recherche. Pour l'instant, il s'est figé, fasciné par le combat.

L'adversaire titube sous le poids de Grizz. Sa tête se

renverse en arrière et, l'espace d'un instant, le combat semble terminé.

Puis la peau du combattant ondule.

« C'est ça. Affronte ça, traître », pouffe quelqu'un. Un des membres de la meute de loups, qui observe le combat avec un regard malveillant.

En un murmure, je demande : « Qu'est-ce qui se passe ?

— Non ! s'exclame Declan, horrifié.

— Si, rétorque le loup. Il mute.

— C'est contre les règles ! » Parker tambourine contre la cage.

« On n'est pas à San Diego. Ici, il n'y a pas de règles. »

Grizz m'a expliqué que les métamorphes doivent garder forme humaine lors du combat, sous peine d'être disqualifiés. Apparemment, ce n'est pas le cas ici.

« Première règle du Fight Club métamorphe ? crie un loup.

— Il n'y a pas de règles ! rugit sa meute en réponse.

— Oh, non. » Dans la cage, Grizz lutte pour ne pas lâcher le cou de l'ours.

« Tu peux le faire ! » Je crie, d'une voix fluette dans le silence pesant. Je place mes mains autour de ma bouche. « Grizz, tu vas y arriver ! »

Je commence à m'approcher de la cage, mais l'instant suivant, on tire mon bras en arrière, manquant de me déboîter l'épaule. Lorsque je me retourne, le regard d'un vampire plonge dans le mien.

« Je t'ai eue », siffle-t-il entre ses canines. *Benedict*.

« Non ! » Le bruit de la foule noie mon cri.

« Augustine a hâte de te retrouver », ricane-t-il.

Je me souviens trop tard de ne pas le regarder dans les yeux, et tout devient noir.

~

Grizz

Putain, enfoiré d'ours noir taré. Je desserre mon étreinte quand de la fourrure apparaît sous mes bras. L'ours est désormais dressé sur ses pattes arrière, se balançant pendant que ses os craquent et s'allongent. Je plonge mes dents dans sa peau épaisse et serre plus fort. Il triple peut-être de taille, mais je ne lui faciliterai pas les choses. Après une seconde, je recrache de la fourrure noire. Par le ciel, depuis quand cet idiot ne s'est-il pas lavé ?

Sa mutation terminée, l'énorme ours noir atterrit à quatre pattes en faisant trembler le sol. Je dois avoir l'air d'une fourmi, perché sur son dos. Dès que j'en ai l'occasion, je m'écarte en lui envoyant un coup de pied et me réfugie dans un coin de la cage. Je dois sortir d'ici. Retrouver Jordy. C'est alors que le stimulant fait effet. Je deviens flou. Quand le public pousse un cri stupéfait, je sais que je me suis déplacé plus vite que quiconque ne l'imaginait possible. Les loups beuglent, mais le vacarme faiblit alors que je traverse la cage à toute allure.

« Traître ! Toutou des vampires ! » Les loups commencent à huer, imités par les autres spectateurs.

Je me précipite sur mon adversaire. J'évite ses énormes crocs d'un pas dansant et parviens à donner deux coups de poing dans son dos. Dès que ce combat sera terminé, je lancerai un défi aux loups. Ça leur apprendra à me traiter de toutou des vampires.

Dans un coin de mon esprit, quelque chose me turlupine. Je prends un instant pour balayer la foule des yeux. Putain, où est Jordy ? Près des gradins. Du moins, elle y était.

Je perçois une tache rousse et mon sang se glace. Elle

est là, avachie sur l'épaule de quelqu'un. J'aperçois le visage pâle du vampire avant qu'il ne fonce en direction de la porte, si vite qu'il devient flou.

Merde, Jordy, non !

Mon ours est tout proche, prêt à se libérer. Je lutte contre lui. Si je mute maintenant, je ne penserai plus à les suivre.

En courant, je rejoins la porte de la cage, mais elle est verrouillée. Je tire sur les poteaux. Des crocs s'enfoncent dans ma nuque et me font hurler, pourtant je ne me retourne pas. Je me dégage, laissant le sang nous éclabousser, et me dirige en trombe de l'autre côté de la cage. J'escalade le grillage et saute de l'autre côté.

Je dois retrouver Jordy ! Je dois y aller !

Les métamorphes s'écartent précipitamment sur mon chemin. Ceux qui ne le font pas sont poussés sans ménagement.

« Grizz ! » appelle quelqu'un, au désespoir. Declan.

« Suis-moi. » Laurie, Parker et lui m'emboîtent le pas. Je suis presque dehors. Presque libre.

Un loup s'interpose avant que je puisse atteindre la porte.

« Si tu t'en vas, tu déclares forfait », m'avertit Trey. Je ne ralentis pas, et il s'écarte. En un rugissement qui fait trembler l'entrepôt, j'enfonce la porte et l'envoie valdinguer. Le cadre métallique grince sous mes poings et la foule reste coite, fixant un trou de la forme de Grizz.

Je m'en fous. Je dois retrouver Jordy.

Les graviers volent sous mes pieds pendant que je cours dans la direction où le vampire l'a emmenée.

Ce connard n'a pas pu aller bien loin, malgré sa vitesse. Je peux le suivre. J'accélère, et rattrape Benny à l'instant où il entre dans l'arroyo.

Le vampire maigrelet se retourne et écarquille les yeux.

Quand je deviens flou, il perd son attitude indifférente et trébuche.

Je vois tout au ralenti : son visage blême, le corps inconscient de Jordy, les lèvres de Benny qui remuent. « Impossible… », balbutie-t-il. Je l'ai presque rejoint lorsqu'il laisse tomber Jordy au sol.

Je rugis ; il devient trouble et disparaît. Merde, je dois le rattraper.

Des pas effrénés me poussent à me retourner. Parker et Declan foncent dans ma direction. Ils ralentissent, hors d'haleine, se tenant la poitrine.

« Flasque », dis-je avant qu'ils puissent parler.

Parker fouille dans sa veste et me la donne. Je la vide d'un trait. J'en paierai le prix plus tard, mais pour le moment, j'ai besoin de toute l'aide à ma disposition pour mettre la main sur Benny. Il a enlevé ma renarde. Il travaille pour Augustine. Je me fiche de savoir qui enlève les métamorphes. Ils ont essayé de kidnapper Jordy ; ils mourront tous. Ça se termine maintenant.

Jordy est effondrée à mes pieds. Je la retourne sur le dos et cherche son pouls. Il est puissant et régulier, mais ses paupières papillonnent sans qu'elle se réveille. Elle est complètement partie, et très loin. Foutus vampires. Je la prends dans mes bras, puis la confie à Declan et Parker. « Emmenez-la loin d'ici.

— Où ? demande Declan, pendant que Parker et Laurie reprennent la direction du club.

— En sécurité. » Je leur donne mon adresse.

« Attends ! crie Parker. Où est-ce que tu vas ? »

Avant de me lancer à la poursuite de Benny, je gronde en regardant la lune : « Chasser un vampire. »

～

Je rattrape Benny à Marana, dans un quartier à l'abandon, près du salon de tatouage où j'ai emmené Jordy. Ce connard retourne sans doute au théâtre. Je m'arrête le temps de déraciner un *palo verde*, puis de découper une partie du tronc pour créer un pieu respectable.

J'ai bu assez de stimulant pour me déplacer aussi vite qu'un groupe de vampires, mais pas suffisamment pour tous les affronter. De l'obscurité assombrit les bords de ma vision, menaçant de m'engloutir. Je ne peux pas encore y succomber. Je dois d'abord rattraper Benny et m'assurer que Jordy ne risque rien. Ensuite, je pourrai aller la retrouver.

Le vampire s'arrête dans une ruelle. Nous sommes non loin du théâtre, mais je ne sais pas exactement à quelle distance. Il s'adosse au mur. Un escalier descend à ses pieds, probablement jusqu'à la porte d'un sous-sol. Logique : c'est ici que les vampires se rassemblent. Benny vient de me mener droit jusqu'à leur repaire.

Il s'est figé et attend. Je m'approche dans l'ombre pendant qu'il allume une cigarette. Au lieu de la fumer, il se contente de la tenir entre ses doigts tremblants. Les vampires adorent le feu. C'est en rapport avec le fait de jouer avec quelque chose qui pourrait causer leur perte.

Benny n'aura pas une mort si rapide. Je compte lui enfoncer partiellement le pieu dans le cœur, l'attacher et le ramener à Frangelico pour l'interroger. Le roi saura lui soutirer des réponses. Nous obtiendrons le fin mot de cette affaire. Jordy sera en sécurité, et je pourrai reprendre ma véritable mission.

Cependant, l'idée de reprendre ma quête vengeresse ne m'enthousiasme pas autant qu'elle le devrait. J'aimerais pouvoir garder Jordy auprès de moi pendant que je poursuis ma traque. Au départ, elle n'était qu'une distraction, mais sa présence à mes côtés surpasse désormais tout le reste. J'ai besoin d'elle dans ma vie. Elle est si minuscule pour faire autant pencher la balance.

Les mains de Benny créent des ombres dansantes. Il tient fermement la cigarette. D'un moment à l'autre, il décidera qu'il est assez calme pour se remettre en route. Il est temps pour moi d'agir.

De nouveau, je me déplace si vite que Benny n'a pas le temps de réagir. Je le plaque brutalement contre l'immeuble. La sensation est si satisfaisante que je recommence.

« Je t'ai eu », dis-je.

La cigarette tombe par terre. « C'est…

— Impossible ? Hé non. » Je place l'extrémité pointue de mon pieu improvisé contre son cœur. « Bonne nuit, Benny. »

Les vampires inconscients sont plus lourds qu'on pourrait le penser. Même un type maigrichon comme lui pèse autant qu'une dalle de béton. Le temps que je revienne devant le Fight Club, l'aube est sur le point de se lever. Si Augustine pensait plonger ses crocs dans la peau de Jordy cette nuit, il doit être déçu. Je dois simplement entreposer ce corps quelque part avant que le jour illumine les montagnes.

À l'arrière du bâtiment, un groupe de loups est réuni autour de la benne à ordures. Quelques-uns grondent en me voyant arriver, puis ont un mouvement de recul lorsqu'ils remarquent Benny, que je traîne et fais apparaître au coin de l'entrepôt.

Trey sort du club, son regard étincelant. « Qu'est-ce que…

— J'ai besoin que tu me rendes un service. Je dois le laisser quelque part avant de pouvoir l'interroger. » Je donne un coup de pied à Benny. Vu le peu qu'il s'est défendu, il pourrait tout aussi bien être un sac de sang.

Les loups s'écartent et me dévisagent nerveusement. Je leur souris. *Vous n'aviez encore jamais vu un métamorphe dégommer un vampire ?*

Trey réagit à peine. Nous avons nos différends, mais ce mec est fiable.

« Tiens », dit-il en ouvrant le couvercle de la benne à ordures. Si elle est correctement fermée, aucune lumière ne fera cramer le suceur de sang avant que je l'interroge.

« Parfait. »

Après avoir aboyé à la meute de quitter les lieux, Trey m'aide à charger le vampire dans son cercueil odorant. J'époussette mes mains.

« Merci. Je t'en dois une.

— Vu qu'on avait parié contre toi pour le combat, on a gagné un paquet de pognon, répond-il en haussant les épaules. Tu vas le ramener à Frangelico ?

— Ouaip. Je l'ai surpris près d'un endroit où ont lieu des ventes de métamorphes. Je vais démanteler l'organisation.

— C'est bien, dit Trey avec ferveur. Alors, on est quittes. »

Je me retourne, fais deux pas et m'écroule. Mes mains s'écrasent sur les graviers. Trey m'aide à me relever.

« Eh là, doucement. Merde, qu'est-ce qui t'arrive, mec ? T'es bourré ?

— Non. » Ma voix est pâteuse, ma langue prend toute la place dans ma bouche.

Trey plisse les yeux. « T'as pris quelque chose.

— J'dois y aller, dis-je en marmonnant.

— Navré, mon pote. Tu n'iras nulle part dans cet état. » Il passe mon bras sur son épaule et ouvre la porte du Fight Club d'un coup de pied. Il n'y a personne pour assister à cette scène honteuse. Mon ours grimace à l'idée de faire preuve de tant de faiblesse. Tout à coup, je me retrouve dans une pièce carrée, sombre et fraîche. Le bureau du club. Trey me surplombe et me tend un verre d'eau. « Tiens. Repose-toi.

— J'dois y aller. Dois retrouver Jordy… » Du moins, c'est ce que j'essaie de dire. Je ne parviens pas suffisamment à articuler pour former de véritables mots. Quand je saisis son épaule, il pose sa main tatouée sur la mienne, couverte de cicatrices.

« Personne ne viendra ici, m'assure-t-il en se méprenant sur mes protestations. Personne ne le saura. Je ne frappe pas un ours à terre.

— Jordy… » Je fais une nouvelle tentative, mais Trey ne comprend toujours pas. Je lâche son épaule et tombe en arrière, puis l'obscurité m'engloutit.

Jordy ! Je dois retourner auprès de Jordy. Ma femelle doit être terrifiée. J'inspire et tente de m'orienter. Alors que je me lève, je me souviens que Trey m'a fait entrer dans le Fight Club.

Il a tenu parole et verrouillé le club. Je sors lentement, puis m'arrête sur le pas de la porte quand la lumière inonde mon visage.

Qu'est-ce que…

C'est le jour. Et, à en juger par la position du soleil, bien après midi. *Merde.* Donc, j'ai perdu connaissance pendant plus de douze heures. Et j'ai toujours l'impression qu'un poids lourd m'a roulé dessus.

Je dois aller retrouver Jordy et m'assurer qu'elle va bien. Je prie pour que les trois Stooges l'aient ramenée chez moi sans encombre.

Putain, je prie pour qu'elle ait réussi à sortir du sommeil dans lequel Benny l'a plongée.

Je force mes membres gourds à obéir et avance lourdement jusqu'à ma moto. Il me faut quelques essais, mais une fois monté en selle, mon corps se souvient des mouvements, et je dépasse toutes les restrictions de vitesse pour foncer jusqu'à chez moi.

CHAPITRE QUATORZE

Grizz

Mon ours se calme à la seconde où je passe la porte.

Jordy est assise à la table, vêtue d'une jupe et d'une chemise à boutons qui moule la courbe de sa poitrine. Elle se lève, son expression composée.

« Petite.

— Grizz. » Debout à côté de la chaise, elle me dévisage. « Tu vas bien ?

— Maintenant, oui. » J'ouvre les bras. Diverses émotions passent sur son visage, de l'inquiétude, du soulagement, du plaisir, puis elle cesse de réfléchir et me rejoint en courant. Dès qu'elle me touche et que son parfum m'entoure, je me sens revenu à ma place.

Je la soulève et la serre contre moi.

Je ne me suis pas précipité à la maison parce que Jordy risquait d'être inquiète, mais parce que j'avais besoin de la voir. J'avais besoin de savoir qu'elle n'avait rien.

J'ai besoin d'elle.

Au lieu d'ébranler mon univers, cette prise de

conscience lui fait décrire un tour complet et le replace fermement sur son axe, à sa place.

«J'étais tellement inquiète, murmure-t-elle.

— Tout va bien, bébé. Je suis là. Je suis là, maintenant.»

On s'étreint un long moment. Bien que mon érection soit dure comme la pierre et douloureuse, je suis incapable de m'écarter pour l'embrasser. Je veux qu'elle sache à quel point j'ai besoin d'elle. Jusqu'à ce que ce soit le cas, je ne peux pas la lâcher.

Elle finit par lever la tête. Son doux sourire est plus puissant qu'un coup de poing. «J'ai cuisiné pour toi.»

Je la laisse se détacher de moi, serrant les dents pour repousser une nouvelle vague de désir. Elle me prend la main et me guide vers une chaise. La cuisine sent le propre et le citron, le comptoir scintillant presque. Elle m'a attendu. Elle a cuisiné. Elle a nettoyé.

«Jordy.» Je l'attire contre moi et possède sa bouche. Je me repais de toute cette douceur, qui fond sur ma langue comme du sucre. Toutefois, quand je saisis ses hanches pour la coller contre mon érection, elle proteste, hilare : « Pas maintenant.

— Si, maintenant, dis-je en grognant.

— Non.» Elle recule. Cette fichue renarde a la bougeotte. Je la suis pendant qu'elle contourne la table. Si cette dernière n'était pas recouverte des plats qu'elle a préparés, je la renverserais, plaquerais Jordy au sol et la baiserais. Elle est mienne. Inutile d'attendre plus longtemps.

«Tu as besoin de manger.

— Je vais manger. Toi.»

Elle sourit en piquant un fard, mais secoue l'index. «Non. Tu as besoin de vraie nourriture. Tu es parti long-temps. Je sais ce que ça te fait.»

Lorsque je commence à grogner, elle met ses mains sur ses hanches. « Une assiette. Au moins.

— J'ai envie de toi tout de suite.

— Tu m'auras, dit-elle, apaisante. Mais j'ai d'abord besoin de savoir que tu vas bien. » Elle tire ma chaise. « Assieds-toi.

— Tu me donnes des ordres, maintenant ? » Je dissimule mon sourire.

« Oui. » Elle rougit et baisse la tête. Merde, maintenant, je ne peux plus rien lui refuser.

« D'accord, petite. Une assiette.

— Et ensuite, on discute, annonce-t-elle en commençant à découvrir les plats.

— Ça a l'air sérieux. » Je n'insiste pas. Depuis qu'elle a enlevé le couvercle de la mijoteuse, je meurs de faim.

« Ça a l'air bon, bébé.

— C'est du *cochinita pibil*. Du porc mijoté. Ma propre recette. »

Je touche ses fesses pendant qu'elle me sert. Elle éclate de rire et s'écarte en dansant quand ma main s'égare entre ses jambes. Elle n'a jamais dit que je ne devais pas la peloter. J'attends qu'elle soit hors de ma portée, assise en face de moi à la table, pour prendre ma fourchette. Après la première bouchée, je commence à dévorer l'assiette.

« Merde, petite, c'est bon. »

Elle ne dit rien, mais son visage s'illumine.

« Tu vas manger, toi aussi ?

— J'ai déjà mangé. » Elle pose ses coudes sur la table, son menton sur ses mains repliées. Presque comme si elle priait, mais elle ne me quitte pas des yeux. Ne parle pas. Ses mains dissimulent son expression.

Dès que mon assiette est vide, je tends le bras vers elle. Je pourrais encore manger, mais avant tout, j'ai besoin de la goûter. « Viens ici. »

Elle obéit et ne proteste pas lorsque je la fais asseoir sur mes genoux.

« Grizz… » Je l'embrasse, me gorge de sa douceur. Je serre ses cheveux dans mon poing et oriente son visage comme j'en ai envie. Elle me laisse faire un long moment, puis recule brusquement.

« Grizz, il faut qu'on parle.

— Plus tard », dis-je en un murmure avant de mordiller ses lèvres.

Après encore quelques baisers, elle secoue la tête, frottant sa joue contre ma barbe de quelques jours. « Maintenant. »

Je m'assieds au fond de la chaise en soupirant. Elle paraît si sérieuse que la nourriture se transforme en béton dans mon estomac. Comme pour me calmer, elle caresse mes cheveux. Mignonne petite renarde. « Tu es parti longtemps. »

Son ton inquiet me fait presque fermer les yeux. « C'est pour ça que tu m'as préparé à manger, petite ? Pour m'amadouer avant de me cuisiner ? »

Elle se contente de me regarder.

Je soupire. « Écoute, je…

— Tu n'es pas rentré parce que tu ne pouvais pas. Tu as encore perdu connaissance, comme après le dernier combat. N'est-ce pas ? »

Merde. Je ne veux pas lui mentir. Je hoche la tête.

Impassible, elle marmonne, comme pour elle-même : « Ça a un rapport avec le fait que tu te déplaces si vite que tu deviens flou. »

Des alarmes se déclenchent sous mon crâne. « Petite, je ne peux rien te dire. C'est dangereux.

— C'est la flasque, non ? Elle contient quelque chose qui t'aide à te battre. »

J'envisage de lui dire la vérité, et considère le coût. « Ouais.

— Qu'est-ce que c'est ?

— Je ne peux pas te le dire. » Frangelico veut que personne ne soit au courant. Si je lui révèle ce dernier secret, sa vie sera en danger.

Le silence s'étire entre nous, comme un gouffre.

Elle baisse la tête et marmonne quelque chose.

« Comment ? » Je lui fais lever le menton.

Sans se démonter, elle rencontre mon regard. « J'ai dit : *c'est en train de te tuer.* »

J'ouvre la bouche, mais ma protestation meurt sous son regard intense. Je ne peux mentir à la femme que j'aime.

Et j'aime Jordy. Je ne sais pas depuis quand, mais je sais que je n'arrêterai jamais.

C'est pourquoi je la suis lorsqu'elle prend ma main et m'entraîne dans la salle de bains. Mon ours est docile en sa présence. Elle m'enlève mon T-shirt et je ravale un sifflement. Par le ciel, ça fait mal.

Elle décroche le miroir pour me montrer la vilaine blessure sur mon épaule, où l'ours m'a mordu. « Tu ne régénères pas. Ça te ralentit. Et ces pertes de connaissance ? C'est de pire en pire. Je les ai chronométrées. La dernière a duré des heures. Presque quinze.

— Écoute, je suis désolé de t'avoir laissée…

— Je ne veux pas de tes excuses, me coupe-t-elle en frappant le comptoir. Tu ne me dois rien. Je ne sais pas ce que tu fais, mais ça te fait du mal. Tu dois arrêter.

— Je ne peux pas.

— Pourquoi ? » demande-t-elle en un souffle.

Je passe mes doigts dans sa chevelure. Comment en sommes-nous arrivés là ? Pourquoi cette adorable jeune femme me regarde-t-elle comme si j'avais décroché la lune ?

«Je ne peux pas, Jordy. Je ne le fais pas par envie. Je le fais pour me venger.

— Pour venger ta mère ? »

J'acquiesce, incapable de parler.

«La vengeance ne mène à rien. Tu te fais du mal. Tu pourrais mourir.

— Tant que je tue le meurtrier de ma mère, ça m'est égal, dis-je sincèrement après avoir humecté mes lèvres.

— Grizz. Moi, ça ne m'est pas égal.» Elle a l'air immensément triste.

Je sursaute comme si on m'avait électrocuté. Mais elle n'a pas terminé.

«Je ne veux pas que tu meures», murmure-t-elle. Pourtant, je tressaille de nouveau comme si elle avait hurlé. Depuis combien de temps personne ne s'est-il soucié que je sois vivant ?

« Petite. » C'est la seule chose que je parviens à dire. Je caresse ses mèches rousses entre mon index et mon pouce, ses cheveux fins s'accrochant à mes cals.

Elle m'étreint et pose son front contre le mien. «J'aimerais pouvoir te donner ce que tu veux. J'aimerais pouvoir te donner ta vengeance, dit-elle en faisant glisser son visage jusqu'à ce que nous soyons joue contre joue. Quand est-ce que ça arrivera ?

— Je ne sais pas.

— Bientôt ?

— Je l'ignore. Ça n'avait jamais eu d'importance. Même si ça doit prendre le reste de ma vie, je me vengerai.

— Qu'est-ce qui se passera ensuite ? demande-t-elle doucement. Une fois que tu auras obtenu ta vengeance ? »

J'essaie de réfléchir à une réponse, mais ne trouve rien. «J'imagine que je n'ai jamais réfléchi au-delà. Je suppose que je suis parti du principe que je… » Je m'arrête avant de dire *mourrai*, conscient que ce mot la fera souffrir.

Elle lève la tête et m'étudie. « Il n'y a pas autre chose que tu veux ? Quelque chose qui te donnerait une raison de vivre ?

— Il n'y en avait pas. » Ma poitrine est si comprimée que j'ai du mal à parler. « Jusqu'à il y a quelques jours, il n'y en avait pas. Et puis je t'ai rencontrée. » Je pose ma main sur sa joue, caresse sa peau décorée de taches de rousseur.

Elle scrute mon visage, puis hoche la tête, comme pour elle-même. Elle s'écarte ensuite, me prend la main et me fait sortir de la salle de bains. « J'ai quelque chose à te montrer. »

Jordy

Les fraîches profondeurs de la chambre nous engloutissent, et je me force à respirer calmement. J'ai attendu Grizz toute la nuit et toute la matinée, faisant comme si j'étais à ma place chez lui.

J'ai pris ma décision : je n'appartiens plus à Augustine. J'appartiens à Grizz. Je ne peux qu'espérer qu'il veuille de moi.

Il est temps de lui montrer mes véritables sentiments. C'est le moment ou jamais.

Je le guide jusqu'au lit. À tout autre moment, je m'amuserais de voir nos rôles ainsi inversés. Je mène, et il suit. Je ne serai peut-être jamais plus aussi audacieuse. Je tremble en regardant Grizz, puis lisse ma chemise. Il pourrait décider qu'il ne veut pas de moi. Il pourrait embrasser mon front, appeler Declan et Parker et me renvoyer une fois pour toutes. Je ne sais pas ce qu'il veut. Quoi qu'il en soit, il connaîtra mon choix.

« Je veux te montrer quelque chose », dis-je de nouveau.

Il fait un geste pour me toucher, mais je recule d'un pas.

« Petite, tu m'effraies.

— N'aie pas peur. » Je le dis à lui autant qu'à moi. Maladroitement, je déboutonne ma chemise. « Je ne sais pas si c'est trop tôt, mais j'ai envie que tu voies.

— Jordy, que… » J'écarte les pans de la chemise et ses yeux descendent sur ma peau nue. Je grimace en retirant le bandage qui couvre mon tatouage.

Grizz écarquille les yeux. Je baisse les mains et me redresse, le laisse découvrir ce que j'ai dessiné pour le tatoueur, ce que j'ai choisi d'encrer sur mon corps. Sur mon cœur, pour recouvrir la vilaine cicatrice.

« Petite. » Grizz déglutit sans quitter mon tatouage des yeux. La peau qui l'entoure est rougie. Il n'est pas encore cicatrisé, mais le motif se reconnaît clairement. Une empreinte de patte d'ours.

« C'est… ? »

J'acquiesce lentement.

« Petite. » Sa voix est si profonde et chaleureuse que je m'y plonge joyeusement. M'y noie. Il touche le tatouage avec délicatesse. Je frémis comme si j'avais reçu une décharge électrique. « Tu l'as fait pour moi ?

— Oui. Je veux porter ta marque. »

Il laisse échapper un soupir tremblant.

« Je veux t'appartenir. Enfin, si tu l'acceptes. » Je baisse la tête, en partie par soumission, en partie parce que je n'arrive pas à le regarder dans les yeux.

Lentement, comme si un mouvement brusque pouvait m'effrayer, il tend la main. Je retiens mon souffle alors qu'il l'étale sur le tatouage. Ses gestes sont doux, mais son contact me brûle. De la chaleur se répand à travers mon corps.

« Regarde-moi », ordonne-t-il. Je lève les yeux et me force à respirer calmement pendant que son regard brillant m'engloutit. « Tu portes ma marque.

— Oui.

— Tu m'appartiens. »

Je hoche la tête. Tout ce que j'ai envie de dire forme une boule dans ma gorge, m'étrangle.

« Oui. » Il me tire les cheveux pour me faire lever la tête. Ses lèvres se posent sur ma veine et aspirent ma peau, puis me libèrent avec un *plop*. « Oui. »

Je deviens instantanément molle, mon instinct naturel pour la soumission s'éveillant sous ses caresses autoritaires. Je sens les battements de mon cœur partout. Dans ma gorge. Derrière mes genoux. Entre mes jambes.

« Grizz. »

Il plaque sa paume sur mes fesses et les serre sans douceur. En un éclair, il me soulève. Mes jambes encerclent sa taille tandis qu'il mordille ma poitrine à travers la chemise. Je me cambre contre lui, m'offre et le laisse me dévorer.

« Petite renarde, murmure-t-il en baissant mon soutien-gorge pour atteindre mon mamelon. Ma petite. » Il mord mon téton et m'allonge sur le lit, sur le dos. Je veux enfouir mes mains dans ses cheveux, mais il saisit mes poignets et les rassemble au-dessus de ma tête, dans l'une de ses mains. Je souris en me tortillant. J'adore sa domination.

Son sourire est sauvage. « Tu aimes ça, petite renarde ? Tu as besoin que je t'empêche de bouger pendant que je te fais crier ? » Il se repenche sur mon mamelon, le mordille, le titille de sa langue, le suce si fort que mon entrejambe se contracte.

Il dégrafe mon soutien-gorge, le tire vers le bas et ouvre

ma chemise. Puis il se réintéresse à mes seins. Il dépose des baisers en cercle autour de mon tatouage, sa barbe effleure ma peau sensible et me fait frissonner.

« Ça fait mal, chérie ?

— J'aime quand ça fait mal », dis-je d'une voix lourde de désir. La sensation délicieuse fait fourmiller ma peau partout. Mes sens sont en surcharge : le poids de Grizz contre moi, son odeur enivrante dans mes narines, ses lents coups de bassin entre mes cuisses. Pendant ce temps, sa langue tourne autour du téton qu'il avait négligé, le lèche et le stimule.

Lorsqu'il le suce, je pousse un cri étranglé et me cambre contre sa bouche.

Grizz se déhanche contre moi, fort, presque comme s'il ne pouvait s'en empêcher.

« Merde, petite. Tu ne sais pas ce que tu me fais », grogne-t-il en posant sa paume sur mon pubis. Je gémis et frotte mon bas-ventre contre sa main pour faire pression sur mon clitoris. Il glisse ses doigts dans ma culotte et pénètre ma chatte trempée.

« C'est pour moi que tu es si mouillée ?

— Oui. » J'entoure son dos de mes jambes pour l'encourager à faire ce dont je meurs d'envie.

Il enfonce un doigt en moi, puis un autre, pendant que je m'agite et crie. Ma soumission s'effiloche à mesure que je deviens plus désespérée. Je tourne la tête et mordille son bras, essaie de le pousser à me donner ce dont j'ai besoin.

Il rit à voix basse. « Tu me mords, petite renarde ? Je m'attendrais plutôt à ce genre de choses de la part d'un félin métamorphe. Ou est-ce que tu cherches à recevoir une fessée ? »

Je lui souris. J'ai l'impression que c'est un sourire coquin, ce dont je ne savais même pas être capable. Il me le rend, me fait pivoter sur le ventre et frappe mes fesses. Il enlève ma jupe et ma culotte, puis distribue cinq tapes supplémentaires avant de toucher de nouveau mon sexe humide.

Je frissonne de plaisir et soulève les hanches.

« Tu aimes que je te caresse par-derrière, petite ? »

Je n'avais encore jamais vraiment réfléchi à ce qui me plaît. J'aime me soumettre, donc j'appréciais tout ce qui plaisait à mon maître. Ce qui reste vrai. J'offrirais à Grizz tout ce qu'il veut en un claquement de doigts. Le satisfaire me procurerait une joie sincère. Mais qu'est-ce qui me plaît ? Est-ce que j'aime être stimulée par-derrière ?

« Oui. » C'est la pure vérité. Parce que ça a l'air délicieux. Mais aussi… « J'aime tout avec toi, Grizz. Je te veux de toutes les manières. » Voilà que j'énonce des exigences. Ça me ressemble si peu, encore une fois.

Et pourtant, je sais que c'est ce que Grizz a envie d'entendre.

Il se déshabille rapidement, puis me chevauche, plaque ses paumes sur mes fesses et les serre entre ses doigts. Pas besoin de préservatif. Les métamorphes n'ont pas de maladies sexuellement transmissibles. Et puisque mon ours me revendique, il ne devrait pas craindre de m'engrosser d'un ourson.

Ou d'un renardeau.

« Écarte tes jambes, Jordy. » Le désir étrangle sa voix. Quand j'entends son profond grondement, ma chatte est prise d'un spasme.

J'écarte les cuisses pour laisser de la place à son érection massive, qu'il approche de l'entrée de mon sexe.

« À qui est-ce que tu appartiens ? » demande-t-il, juste avant de s'enfoncer en moi.

Mes muscles se contractent autour de son membre épais, et j'ai le souffle coupé. Pas parce que c'est douloureux. Plutôt parce que la sensation d'être si totalement emplie m'ébranle.

Mais elle me semble aussi si naturelle…

«À toi, Grizz. Je t'appartiens.» Mes yeux s'emplissent de larmes devant l'honneur que m'accorde ce mâle en me revendiquant. Ce mâle courageux, fort et loyal.

Il va et vient en moi, m'emplit et me vide. Chaque passage me fait grimper aux rideaux. J'enfouis mon visage dans l'oreiller et gémis doucement. Grizz saisit ma chevelure, lève ma tête et se penche pour unir nos bouches. Sa langue danse avec la mienne en un trépidant baiser latéral, puis il plonge en moi. Ses hanches frappent mes fesses. Il me pénètre plus profondément à chaque coup de reins.

Mes gémissements prennent un timbre plus aigu, passionné, et mon désir commence à se muer en un besoin tourmenté. «S'il te plaît, Grizz. Revendique-moi. Oh, je t'en prie.

— Par le ciel, oui, je vais te revendiquer», gronde-t-il en me pilonnant plus fort, plus fort que je ne l'aurais pensé possible.

Je sanglote d'extase alors qu'il me fend en deux et me fait voler en éclats. Il lâche mes cheveux et serre ma nuque dans sa grande main pour me maintenir pendant qu'il me lime brutalement.

Ses mouvements deviennent saccadés, son souffle court. «Merde, petite. Putain! Tu ferais mieux de jouir maintenant, petite renarde.» Il me donne quatre coups de bassin encore plus puissants, puis reste plongé en moi. Je jure que je sens le flot brûlant de sa semence m'emplir tandis que je tremble, me contracte et hurle, emportée par mon propre orgasme.

Des étincelles explosent sous mes paupières. Le plaisir m'engloutit. Je sombre dans la félicité de la jouissance.

Je m'aperçois à peine que Grizz se retire et me porte jusqu'à la douche.

Grizz

Prendre soin de Jordy me comble autant que la posséder. J'adore qu'elle me fasse complètement confiance. Elle n'oppose aucune résistance, n'érige aucune barrière entre nous. Elle reste debout sous l'eau et me laisse la frictionner de la tête aux pieds.

Elle plane encore après son orgasme, presque aussi défoncée que les soumis lorsqu'ils quittent le Toxic. Ce qui est un soulagement, parce que je ne suis pas sûr d'avoir envie de lui faire plus mal qu'avec quelques claques pour colorer son cul.

J'éteins l'eau et sors de la cabine de douche. «Attends ici, petite. Je vais t'apporter une serviette. »

Elle acquiesce, ses yeux toujours vitreux. La vapeur et la chaleur ont rosi ses joues. Je prends une serviette et me maudis intérieurement de ne pas en avoir une neuve ou une plus douce à lui donner. Ma petite renarde mérite quelque chose de plus luxueux contre sa peau délicate. Je la sèche, puis la ramène dans la chambre et l'installe sous les couvertures.

Ouais, j'ai envie de la câliner.

Moi.

C'est foutrement bizarre, mais vrai. Ce qui est magnifique.

«Je veux que tu me dessines quelque chose, dis-je. N'importe quoi. Je veux ta marque sur mon corps.

— Je croyais que les ours ne marquaient pas leurs compagnons. »

— Celui-là, si. » J'esquisse un sourire.

Elle me sourit également, un petit frémissement de sa bouche. «Je te dessinerai quelque chose.

— Ou plein de choses. Je pourrais recouvrir toutes mes cicatrices.

— Mais j'adore tes cicatrices.» Plissant son nez avec espièglerie, elle embrasse mon torse, s'installe entre mes jambes et explore mes abdos de ses lèvres, jusqu'à ce que mon corps soit crispé, toute mon attention focalisée sur sa bouche. Ce n'est qu'à cet instant qu'elle effleure mon sexe. Son derrière se balance alors qu'elle se met à l'ouvrage.

«Petite», dis-je entre mes dents. Non, ce n'est pas une petite. C'est une belle renarde adulte.

Une femme fatale.

CHAPITRE QUINZE

Grizz

Un cri me réveille. Jordy s'agite entre mes bras. Elle affronte des démons dans son sommeil.

Je la secoue doucement. « Chut, chérie, réveille-toi. »

Elle crie et ouvre brusquement ses yeux, les écarquille. « Grizz ?

— Tout va bien. » Je la berce, me sentant impuissant. J'aimerais pouvoir me battre contre ceux qui la tourmentent dans ses cauchemars. *Plus jamais. Plus aucun vampire ne te touchera.*

Elle pleure contre moi pendant que je cherche désespérément l'interrupteur de la lumière. Ma main tombe sur le carnet à dessin.

« Tiens. » Je l'installe sur mes genoux et pose le carnet sur les siens, ainsi que les crayons. « Dessine.

— Quoi ? renifle-t-elle.

— Tes cauchemars continuent. Tu n'es pas obligée de me dire ce qu'ils sont.

— Je ne peux pas. » Elle essuie les larmes sur son

visage. «Je le ferais si je pouvais, mais je ne m'en souviens pas entièrement. Seulement des bribes, par-ci par-là.

— Ce n'est rien. Dessine ton cauchemar. Pour vider ton sac. »

Une pause, puis elle laisse échapper un soupir tremblant. Son crayon gratte sur le papier. Je détourne le regard pour lui accorder de l'intimité. Tant qu'elle ne décide pas de me le montrer, je n'ai pas à voir ce qu'elle dessine.

Je la garde sur mes genoux jusqu'à ce qu'elle murmure qu'elle a terminé. Elle pose le carnet sur le côté. Je l'enveloppe de mes bras et écoute sa respiration devenir régulière en attendant d'être certain qu'elle s'est rendormie.

Mon ours me réveille peu avant le crépuscule. Bien qu'aucune lumière ne nous parvienne dans la chambre, j'ai conscience de l'heure. Une vie passée à traquer des vampires m'a appris à devenir vigilant à la tombée de la nuit. Il est temps de me lever et de me mettre en chasse.

Pour la première fois, je n'ai pas envie de bouger. Une belle renarde se trouve entre mes bras.

Son sommeil est agité, elle remue et fronce les sourcils, des rides d'inquiétude passent comme des nuages sur son visage. Cependant, elle a dormi profondément après que je l'ai baisée.

Quand elle gémit, je la secoue. «Jordy ? Réveille-toi, chérie. Tu fais un mauvais rêve. »

Elle se réveille avec un cri étranglé. « Grizz ?

—Je suis là, dis-je en la serrant plus fort. Tu es en sécurité avec moi. »

Tout son corps se détend instantanément. Je la penche en arrière et repousse les cheveux de son front. « Un autre cauchemar, petite ? »

Soupirant, elle hoche la tête et se blottit dans mes bras.

« Tu veux le dessiner ?

— Non, ça va. Je me sens en sécurité avec toi.

— J'en suis content.

— Je n'aurais jamais imaginé une seule seconde ressentir ce genre de chose », continue-t-elle d'une petite voix.

Une ride barre mon front. Putain, que lui a fait Augustine pour qu'elle soit tourmentée chaque fois qu'elle dort ?

« Quelle heure est-il ?

— La nuit va bientôt tomber. Peut-être un peu plus tard. Je dois y aller.

— Tu es obligé ? » Elle se tortille contre moi, éveillant de délicieux souvenirs. Et un monstre… celui dans mon pantalon. Je gronde.

« Attention, petite. » Elle glousse et je l'embrasse, étouffant son rire.

« Bon, ça suffit, dis-je en me levant. Debout. On y va. » Je donne une petite tape sur ses fesses pendant qu'elle part vers la salle de bains en sautillant. J'ai envie de l'attirer à nouveau dans le lit.

Non ! Vilain ours. Je dois aller chercher Benny au Fight Club et l'emmener chez Frangelico pour l'interroger. Cette chasse sera bientôt terminée. Je le sens.

Je secoue le drap et quelque chose tombe au sol. Le carnet à dessin de Jordy. Quand je me penche pour le ramasser, l'image sur la page me saute aux yeux. Je recule comme s'il s'agissait d'un serpent à sonnette.

« Qu'est-ce qui se passe ? » demande Jordy depuis le pas de la porte. Elle ne porte que sa chemise, qui n'est pas boutonnée. Il y a encore un instant, j'aurais été tenté.

Je ramasse le carnet à dessin et l'approche de la lampe. Je ne me suis pas trompé. L'image ne laisse aucun doute : il s'agit bien du vampire borgne.

« Grizz ? Qu'est-ce qui se passe ? Qu'est-ce qui ne va pas ? »

Je ne me retourne pas. Concilier la femme que j'aime avec l'objet de ma haine est trop difficile. Je ne lui ai jamais dit à quoi il ressemble. Le savait-elle depuis le début ? Augustine le savait-il ?

Je ne peux empêcher mes pensées de prendre un tour sombre. Que le monstre qui hante les cauchemars de Jordy soit le meurtrier de ma mère est une trop grosse coïncidence.

Est-il possible que Jordy me manipule ? Non. Pas consciemment… les vampires tirent les ficelles. Est-elle là pour m'espionner ?

Ce serait logique. Elle est l'appât idéal. Augustine m'a vu la mater au Toxic et a comploté avec mon ennemi pour me piéger. À tout moment, elle pourrait passer un coup de fil et faire venir les vampires. Il lui suffit d'attendre d'être ici comme chez elle, et elle pourra les inviter à entrer.

Non. Stop. On parle de Jordy. Elle ne pourrait pas me trahir. Si ?

Lorsque je me tourne vers elle, mon expression la fait reculer.

« Grizz ? » Son regard, hésitant et incertain, va du carnet à dessin à mon visage.

Je lui mets le carnet sous le nez et demande, d'un ton intentionnellement froid : « C'est quoi ? Pourquoi tu as dessiné ça ? »

Elle secoue la tête en touchant légèrement les contours du croquis. « Tu m'as dit de dessiner mes cauchemars. »

Je lâche le cahier et saisis ses épaules. « C'est qui ? Augustine travaille avec lui ?

— Grizz, s'il te plaît…

— Réponds-moi ! » Je rugis, bien que mon ours objecte à mon agressivité envers elle.

«Je ne sais pas ! Je ne sais pas qui c'est. Il est dans mes rêves. Je ne me souviens pas. Augustine m'a menée à lui, et je crois qu'ils… je ne me souviens pas.

— Est-ce que tu me mens ? » Je lui fais lever la tête. Ses yeux s'emplissent de larmes. «Je ne t'ai jamais menti. »

Elle dit la vérité. Je la renifle, mais ne sens aucun mensonge. Elle pourrait être un pion dans cette affaire, mais ce n'est pas sa faute.

«Je suis désolé. » Je recule. Elle me regarde, implorante, mais je ne peux ni la toucher ni la rassurer. Je passe plutôt ma main dans mes cheveux. «J'ai eu tort. Je ne voulais pas te faire de mal. C'est simplement que j'ai vu… » Je fais un geste vers l'image. Merde, mon cœur bat la chamade.

Elle ramasse le carnet à dessin. « Qu'est-ce qui se passe ? Tu me fais peur.

— C'est le vampire qui a tué ma mère. » Je fixe le visage qui me hante. Je ne l'ai pas vu depuis plus de quinze ans.

Jordy perd toutes ses couleurs. Elle semble aussi torturée que moi. Elle se laisse choir sur le lit, le cahier sur ses genoux, cette foutue image bien en vue. «Je ne savais pas. »

Bien sûr qu'elle ne savait pas. Je dois penser clairement. Rationnellement. Si je ne suis pas le chasseur, je suis la proie.

Je frotte mon visage et m'éclaircis la gorge. « Quand est-ce que tu l'as rencontré ? Tu le sais ? » Voilà, c'est rationnel. Poser des questions, obtenir des informations. Putain, je suis un vrai Sherlock Holmes.

Jordy hésite. Un souvenir douloureux la fait grimacer. Lorsqu'elle reprend la parole, elle regarde fixement le portrait. «Il n'y a pas longtemps. Ces derniers mois. J'avais les yeux bandés au début, mais ensuite ils… ont commencé à faire des choses.

— Sexuelles ? » Ma voix est froide, clinique.

« Et d'autres choses, grimace-t-elle. Ils se sont nourris. Juste mes points de pulsation au début, mais ensuite… » Elle montre son cœur. « Je ne me souviens pas de ce moment. »

Ça paraît logique. Le sang du cœur est le plus puissant, mais aussi le plus dangereux à recueillir. Il est facile de tuer sa victime.

« Tu te souviens d'autre chose ? » La voyant hésiter, je gronde. « Jordy. Réponds-moi.

— J'ai eu l'impression de mourir », murmure-t-elle. Mon cœur se serre. Je suis un connard de la forcer à se souvenir. Mais j'ai besoin de savoir. Tout ce pour quoi j'ai travaillé est en jeu. « Ils ont bu et bu, et j'ai cru que j'allais mourir. J'ai perdu connaissance plusieurs fois. Quand je me réveillais, ils me donnaient du sang. Leur sang. »

Putain de merde, quoi ? Des vampires qui échangent du sang ? Avec une métamorphe ? On dirait mon accord avec Frangelico. Mais pourquoi feraient-ils la même chose avec Jordy ?

Quand je lui pose la question, elle secoue la tête. « Je ne sais pas. Mais ça m'a soignée. J'ai senti que je devenais plus forte. Mais ensuite, Augustine m'a dit que j'avais échoué. Que j'étais trop faible. Il m'a détestée, après ça.

— Alors, tu as essayé d'oublier cette nuit. » Jusqu'à ce que je l'oblige à se souvenir. Ouais, je suis un trouduc, mais il était temps qu'elle le sache. J'ai joué au couple avec cette mignonne petite renarde trop longtemps. Fini de s'amuser.

Je lui prends le carnet à dessin des mains et arrache le portrait de mon ennemi. Je feuillette le reste du cahier, mais ne trouve aucune autre image révélatrice. Je m'arrête un instant sur un croquis de mon visage, dessiné avec amour, mes cicatrices estompées. « Petite… » Ma voix attendrie s'éteint. Je dois rester zen. Pas de cœur. Pas d'émotions. Seulement la traque.

Je jette le carnet à côté d'elle sur le lit. « Je sors. Reste là. » J'imprègne mon ordre de suffisamment d'autorité pour la clouer sur place.

« Grizz…

— Je ne plaisante pas. » Si elle s'en va et qu'Augustine la retrouve, il pourra la forcer à le guider jusqu'à moi. Le chasseur devient la proie. Pas si je peux l'empêcher. Une fois que j'aurai interrogé Benny avec Frangelico, la vérité éclatera. Le roi me donnera assez de sang pour éliminer le vampire borgne et ses complices. Je dois simplement me concentrer. Et donc, faire sortir la renarde séductrice de ma tête.

Sur cette pensée, je quitte la chambre sans un regard en arrière.

« Grizz », m'appelle-t-elle en pleurant.

Je m'arrête sur le pas de la porte, sans me retourner. « Quoi ?

— Je suis désolée. »

J'ai un geste d'impatience. Un sanglot me parvient, mais je m'endurcis. Un chasseur au cœur de pierre, déterminé à capturer sa proie. Je l'ai oublié un moment, mais il est temps pour nous deux de l'apprendre : il n'y a de place dans mon cœur que pour la vengeance.

CHAPITRE SEIZE

Grizz

Mon portable sonne à l'instant où je monte sur ma moto. Je réponds par un grognement.

« Où est-ce que tu es ? demande sèchement Parker. J'ai reçu des appels des loups toute la journée. Ils veulent savoir quand tu reviens chercher ce que tu as laissé au Fight Club.

— Je suis en route. Retrouve-moi là-bas. J'ai besoin de ta voiture pour le transport. »

À mon arrivée, Trey m'attend près de la porte arrière.

« Tu es venu chercher la sangsue ?

— Ouais. » Je résiste à l'envie de soulever le couvercle de la benne pour voir dans quel état est Benny. Je ne veux pas qu'il crame trop vite. « J'attends juste un moyen de locomotion. »

Trey m'offre une bière pendant que je patiente. Lorsqu'il remarque mon expression surprise, il hausse les épaules. « Tu as abandonné un combat. Grâce à toi, la meute a gagné un paquet de pognon. Je pense que tout le monde t'a plus ou moins pardonné. Enfin, sauf Caleb. Il voulait te botter le cul.

— Cet ours est beaucoup trop taré. Le combat aurait été sanglant.

— Qui était cette rousse, au fait ? »

Je secoue la tête. Moins de monde connaît Jordy, mieux c'est. Je sais qu'une autre renarde métamorphe habite en ville… ou du moins, elle est à moitié renarde. Elle est la compagne d'un des loups, mais la situation est trop délicate pour les mettre en contact. Garder Jordy en sécurité est bien plus important que veiller à sa vie sociale.

« Je n'aurais pas pensé que tu tenais à qui que ce soit », ajoute Trey, songeur.

Et moi qui pensais dissimuler mes émotions. Par le ciel, je dois décider quoi faire de Jordy.

« Si j'avais besoin de faire quitter la ville à quelqu'un, les loups me le permettraient ?

— Tu me demandes de te rendre un service ? demande-t-il, son regard brillant.

— Ouais », dis-je en ravalant ma fierté.

Il me considère un moment, puis secoue la tête. « Si tu aides quelqu'un par gentillesse, pas besoin de contrepartie. »

Hier encore, j'aurais dit que j'aidais Jordy parce qu'elle est bénéfique à ma bite. Maintenant, je n'en suis plus si sûr.

Nous attendons en silence. La Camaro blanche apparaît alors que les dernières lueurs du jour disparaissent au sommet des montagnes.

Trey m'aide à charger le corps immobile de Benny dans le coffre pendant que Parker crie : « C'est une voiture neuve ! Enfin, presque. On vient de la faire nettoyer ! »

Je claque le coffre, pour le fermer et mettre un terme à ses plaintes. « À plus, dis-je à Trey.

— Ouais. » Le loup métamorphe se frotte la nuque,

tape sur le coffre, puis s'engouffre dans le Fight Club. Si tout se passe bien, je ne reviendrai peut-être plus ici.

Si tout se passe mal, je serai mort.

« Grizz ? T'es prêt, ou quoi ? m'appelle Declan.

— Ouais. » Je me retourne et pointe Laurie du doigt. « Prends ma moto. Vous autres, dans la voiture. » Je m'approche de la portière côté conducteur et foudroie Parker du regard jusqu'à ce qu'il libère la place.

Le club se profile dans le rétroviseur alors que je quitte le parking et mets les gaz, en ignorant les protestations des Stooges métamorphes.

Finie la nostalgie.

J'ai des vampires à arrêter et un meurtrier à tuer.

« Où est-ce qu'on va ? veut savoir Declan.

— Chez Frangelico. »

J'entends un élan de panique sur la banquette arrière. « On ne peut pas y aller ! Il va nous tuer !

— Arrête-toi ! » crie Declan en tournant le volant.

Je m'exécute. « Qu'est-ce qui vous prend, putain ? »

Laurie et Parker sont déjà sortis sur le trottoir.

« On avait parié sur toi pour le combat.

— Et alors ?

— Alors, il est possible qu'on ait emprunté un peu de thunes pour ça. »

Je soupire. « Et vous en avez emprunté à Frangelico. Inutile de vous dire que c'était foutrement débile.

— Tu étais censé gagner ! »

Mes mains se crispent sur le volant. Je dois emmener Benny chez le roi sans attendre. Chaque seconde, le vampire borgne pourrait s'échapper.

« Montez dans la voiture. Je plaiderai en votre faveur.

— Vraiment ? demande Parker, qui semble rasséréné. Tu ferais ça ?

— Je ne le laisserai pas vous tuer. Il ne vous fera même pas saigner. » Ils auront seulement une dette envers lui, ce qui est sans doute pire.

Je me gare devant le portail de la villa.

« Dites à Laurie de garer ma moto par ici », dis-je avant de sortir de voiture et de prendre Benny dans le coffre. Le suceur de sang émet un gargouillis quand je le place sur mon épaule. Il n'a pas intérêt à baver de l'hémoglobine sur mon épaule.

« Tu parleras de notre dette à Frangelico ?

— Ouais. » Je les salue de la main sans me retourner, puis fais signe à une caméra de surveillance et mets Benny en vue.

Dès que le portail s'ouvre en grinçant, je parcours rapidement l'allée. Benny semble plus léger. Perte de sang ? L'anatomie des vampires est tellement bizarre.

Cette fois, aucun garde ne m'accueille à l'entrée. Le roi me fait confiance. Ou alors, il est impatient d'avoir Benny entre ses griffes. Ou sous ses canines.

« Je t'envie pas, suceur », dis-je au vampire évanoui pendant que la porte s'ouvre.

Frangelico apparaît dans le vestibule, vêtu d'un jean et d'une chemise blanche. Je ne l'ai jamais vu dans une tenue si décontractée. « C'est pour moi ? » demande-t-il en roulant les manches de sa chemise. Je suis sur le point de lui faire remarquer que le blanc n'est pas un bon choix de couleur pour ce que nous nous apprêtons à faire, quand Benny s'agite avec un nouveau gargouillis. Le pieu tombe et mon paquet commence à se débattre.

« Merde, il se réveille. »

Frangelico me rejoint en un clin d'œil. Littéralement. Je ne l'ai pas vu bouger. Il n'est même pas devenu flou.

Merde, ce vampire est rapide! Je reste décontenancé alors qu'il se saisit de son enfant.

« Chut, je suis là. » Il le cajole comme s'il tenait son fils. Ce qu'il est, en un sens. Les paupières de Benny papillonnent. Lorsqu'il pose les yeux sur le visage du roi, ils s'écarquillent de terreur. Le vampire frêle laisse échapper un gémissement quand il se rend compte de celui qui le tient.

« Bonsoir, Benedict, dit Frangelico de sa voix caressante, foutrement flippante. As-tu été un vilain garçon ? »

Je me détourne avant de gerber, juste à temps pour éviter de voir Frangelico briser le bras de Benny. Le vampire hurle, mais le roi se contente de le soulever. « Ouvre la porte pour moi, tu veux ? » me demande-t-il. Je me précipite pour obéir. « Nous terminerons dans le donjon. »

Briser Benny prend moins d'une heure. En temps normal, je m'en mêlerais, mais la façon qu'a Frangelico de torturer l'un des siens est trop pour moi. J'ai cassé la gueule à plein de gens, tout comme je me suis fait casser la gueule, cependant le roi le tourmente émotionnellement et physiquement, au-delà de ce que je peux supporter. En plus, son donjon est empli d'instruments de torture médiévaux… vraiment, ils datent du Moyen-Âge. C'est foutrement flippant. Benny le pense aussi, parce qu'il crache tout ce qu'il sait sur le soulèvement contre Frangelico et nomme tous les vampires impliqués. Presque tous les enfants du roi prévoyaient de le renverser. Quand il l'apprend, il cesse de faire mine de se soucier de Benny et devient vraiment cruel.

J'ai presque pitié de sa victime vampire, jusqu'à ce que Benny hurle quelque chose à propos de *la renarde d'Augustine.*

« Qu'est-ce que tu as dit ? » Je me penche vers son visage. Inutile de regarder ce que Frangelico fait à son corps.

« Augustine a un animal de compagnie, une femelle. Il dit que tu l'as enlevée. Il veut la récupérer.

— Il a dit pourquoi ? »

Benny secoue frénétiquement la tête.

Je demande ensuite : « Et le vampire borgne, il a quel rapport avec tout ça ?

— Il veut aussi récupérer la renarde. Ils ont dit que l'expérience est terminée, mais ils la veulent quand même. Ils ont parlé de dissimuler les preuves.

— Une expérience ? Quelle expérience ? »

Frangelico fait quelque chose, et Benny hurle. « Je ne sais pas ! Ils ne me disent pas tout. »

Sur un signe de tête de ma part, le roi fait beugler Benny de plus belle, mais nous n'apprenons rien de plus sur le vampire borgne. Seulement où se trouve leur club secret : derrière la porte en sous-sol où j'ai attrapé Benny.

Frangelico finit par annoncer que nous en avons assez appris pour cette nuit.

« Tu bois un verre avec moi ? » me propose-t-il. Alors qu'il se dirige vers la sortie, il caresse la main flasque de Benny. « Je reviendrai te voir plus tard. » Nous quittons la pièce pendant que le vampire gémit.

« Je dois y aller », dis-je à Frangelico une fois que nous nous sommes nettoyés. Sa chemise est couverte de sang, mais il ne semble pas s'en soucier. Il se lave les mains et examine ses ongles, comme s'il avait passé l'heure précédente à se faire une putain de manucure.

« Dans un instant, dit-il.

— Maintenant. » Chaque seconde passée ici donne aux vampires l'occasion de vider leur club.

« Je te promets que ta patience sera récompensée. »

Alors, d'accord. Je suis le roi dans son salon.

« Vous allez faire quoi, avec vos enfants ? » Il m'ignore, s'approche du bar et sert deux verres de whisky. J'accepte le mien, mais ne bois pas.

Frangelico vide le sien en une gorgée, puis s'en sert un autre. Essaie-t-il de s'enivrer ? Est-ce seulement possible pour les vampires ? Merde, je n'ai pas le temps pour un jeu à boire.

Avant que je puisse prendre congé, il murmure, presque pour lui-même :

« As-tu la moindre idée de la difficulté pour créer un vampire ? De ce que ça implique ?

— Un échange de sang, dis-je en haussant les épaules.

— Oui. Il faut se nourrir constamment, avec de grandes précautions. Le nombre d'échanges varie. Trop affaiblit la victime. Pas assez, et le virus ne sera pas transmis. Oh, oui, continue-t-il lorsqu'il prend mon choc pour de l'intérêt. Le vampirisme est un virus. Une fois tous les échanges effectués, garantissant que la victime acceptera le virus, il est temps de passer à l'étape finale. Le créateur tue sa victime. Son cœur doit s'arrêter et elle doit mourir. Ce n'est qu'à ce moment que le virus peut prendre le dessus. Pour ça, le sang du cœur est nécessaire. Le sang le plus puissant, le plus riche et le plus dangereux. Le cœur de la victime est vidé de son sang avant d'être remplacé par celui de son créateur. »

Il contemple son verre, puis reprend en un murmure : « C'est insoutenable. Attendre auprès de ton enfant, sans savoir s'il s'éveillera de nouveau ou si tu as prématurément mis un terme à sa vie. Parmi tous les péchés dont je suis coupable, ce sont les décès de mes enfants qui m'ont damné. Mais la damnation est un prix dérisoire à payer pour échapper à la longue pénitence : la vie éternelle. » Il pose bruyamment son verre. À nouveau, il chuchote si bas que je me demande si je suis censé l'entendre : « Je vivrai éternellement, seul. »

Lucius Frangelico, le roi tout-puissant des vampires, se sent seul.

Ça suffit. Je ne suis pas son psy. Je vide mon verre et le pose sur le bar.

« Je vais traquer le vampire borgne, dis-je. J'ai besoin de sang. D'énormément de sang. »

Sans un mot, Lucius s'approche du bar et en sort une petite glacière.

« Tiens. » Je saisis la poignée de la glacière, mais il ne la lâche pas. « Je ne t'en ai jamais donné autant. Fais-en bon usage. Tout boire pourrait…

— Me tuer, ouais, ouais. Je sais. »

Lorsqu'il hausse un sourcil, je me rends compte que je viens de manquer de respect au roi vampire. Il sourit après une seconde, et je me détends.

« J'allais dire *pourrait faire revenir quelqu'un d'entre les morts.* C'est une autre propriété du sang vampire, le savais-tu ? Le sang vampire… une substance permettant la guérison, la plus puissante au monde, dit-il, reprenant son verre, avant de murmurer au liquide : si les humains le savaient, ils nous traqueraient et s'adonneraient à notre élevage. »

J'attends qu'il ait avalé sa gorgée. « Encore une chose…

— Oui ?

— Les métamorphes qui vous ont emprunté de l'argent. Pour miser sur moi pendant le combat.

— Oui ? Qu'y a-t-il ? »

Merde. Comment dire ça ? « Ce sont… ce sont mes amis. »

Le sourire du roi vampire s'élargit. Ce n'est pas beau à voir. « Et tu me le dis parce que…

— Parce que j'apprécie mes amis. » Les Stooges n'ont pas intérêt à apprendre ce que j'ai dit. Je choisis soigneusement mes mots. « Je serais vraiment contrarié s'il leur arrivait quelque chose.

— Ah. Je vois, dit-il en éclatant de rire. Tu fréquentes des vampires depuis trop longtemps. Tu as appris l'art de proférer des menaces subtiles. » Il se penche vers le mini-réfrigérateur et remplit son verre de glaçons pendant que je serre les dents. Je suis à deux doigts de lui dire qu'un pieu n'a rien de subtil quand il hausse les épaules et m'adresse l'un de ses sourires glaçants.

« Je n'ai aucun intérêt à tuer un débiteur. Les morts ne peuvent pas vous rembourser. S'ils ne peuvent pas s'acquitter de leur dette, ils me devront un service, tout simplement. »

Je réprime un frisson. Il vaudrait peut-être mieux que les Stooges soient morts. « Compris.

— Je te souhaite une bonne chasse. »

Je suis à mi-chemin de la porte quand je me souviens de ma première question. « Et pour vos enfants ? Qu'est-ce que vous comptez faire ? »

Le roi s'est déplacé devant la porte-fenêtre et regarde la terrasse. Sans se retourner, il secoue la main. « Achève ta quête. Obtiens ta vengeance.

— Ne vous inquiétez pas, j'y compte bien. Mais si je croise Augustine et le reste de vos enfants, j'ai la permission de m'en occuper ?

— S'ils m'ont tourné le dos, ils ne sont plus sous ma protection. Tu peux les tuer. Tue-les tous. »

Je le laisse tandis qu'il contemple le ciel nocturne. J'ai le pressentiment qu'il ne bougera pas avant un long moment.

CHAPITRE DIX-SEPT

Jordy

« Courage, ma belle, c'est pas si terrible », me réconforte Declan. Les trois Stooges essaient de me remonter le moral depuis qu'ils sont venus me chercher chez Grizz. « Comme ça, tu passes la journée avec nous. »

Je regarde fixement par la fenêtre de la voiture, mais ne vois que le visage furieux de Grizz.

« On y est », annonce Declan d'une voix chantante quand Parker entre dans un camping. Chaque emplacement contient un mobil-home, un carré de gravier en guise de terrain et, surplombant le tout, un palmier. « Bienvenue à la maison. »

Ils descendent de voiture et en sortent des sacs de nourriture achetée dans un snack. Je les suis plus lentement en frottant mon tatouage, qui gratte.

Je pensais qu'on partageait quelque chose, Grizz et moi. Je pensais qu'il nous laisserait peut-être une chance. Nous pourrions être ensemble, s'il m'avait choisie.

Mais il ne l'a pas fait, ce dont je ne devrais pas être

surprise. Ma famille m'a abandonnée. Je donne le meilleur de moi-même, sans le moindre résultat.

Parker est au téléphone lorsque j'entre dans le mobil-home. Quand le métamorphe grisonnant me voit, il sort de la pièce.

« Viens là, petite. » Laurie m'invite à m'asseoir près de lui sur un canapé élimé.

J'essaie de suivre Parker, mais Declan apparaît devant moi. « Tu veux une bière ? Ou un peu de ça ? propose-t-il en débouchant une flasque. C'est fait maison. » Il boit une gorgée, puis tousse jusqu'à ce que ses yeux rougissent et s'emplissent de larmes. « Délicieux », siffle-t-il. Laurie se lève d'un bond pour lui taper dans le dos.

Je prends la flasque qu'il me propose. Elle ressemble beaucoup à celle de Grizz. Quand j'en renifle le contenu, les vapeurs brûlent mon nez. Parker revient dans la pièce alors que je rends la flasque à Declan.

Je lui demande sans attendre : « C'était Grizz ?

— Oui, répond-il en évitant mon regard. Il vient de quitter Frangelico et il s'est mis en chasse. »

En chasse. Évidemment. « Il a demandé après moi ?

— Il a dit qu'on devait te faire quitter la ville, et vite. »

Je prends une inspiration. Je m'y attendais, mais pas si vite. Après tout, pourquoi pas ? Grizz ne veut pas de moi. Il ne désire que se venger.

« On n'est pas obligés de partir cette nuit, continue Parker d'une voix douce. Mais on devra s'en aller bientôt.

— Pas de problème. On peut partir.

— Non, non, ma jolie, proteste Declan en enlaçant mes épaules. Détends-toi. Reste un peu. »

Au cours des heures suivantes, je reste assise sur le canapé et regarde des rediffusions grâce à l'antenne accrochée à la fenêtre. La chaîne télévisée saute régulièrement. Declan et Laurie se relaient pour donner des coups de pied à la console jusqu'à ce qu'elle se rallume en clignotant.

Parker me donne un petit coup de coude. « Tu n'as pas mangé ton hamburger.

— Je peux le manger ? demande Declan.

— A-arrête, intervient Laurie en lui donnant une tape. Elle est t-t-triste. »

Ils me regardent tous les trois. Je me force à esquisser un petit sourire.

« Ça va. Tiens, tu peux avoir mon repas. »

Alors que je passe le sandwich emballé à Declan, des phares illuminent la fenêtre, puis disparaissent.

« On attend quelqu'un ? » demande-t-il. Laurie hausse les épaules. Parker s'approche de la porte pendant que je cours à la fenêtre. Est-ce Grizz ?

Mon espoir s'évanouit quand je vois la berline noire luxueuse aux vitres teintées. Mon sang se glace.

Les vampires sont là.

Grizz

Où sont les vampires, putain ? Le sous-sol est vide. Tout comme le théâtre, bien que quelqu'un soit venu depuis que je l'ai fouillé. Un spot est allumé, braqué sur une chaise en bois au centre de la scène.

Un ours en peluche en lambeaux, un bouton tenant lieu d'œil manquant, est posé sur la chaise. Son buste est taché de sang séché. Lorsque je le ramasse, l'une de ses pattes tombe. Merveilleux. Une jolie petite menace laissée spécialement pour moi par le vampire borgne.

Je hume la peluche et mes veines s'emplissent de glace. L'ourson sent le vampire… et Jordy.

Je laisse l'ours, quitte le théâtre et monte sur ma moto. Je suis désormais entièrement focalisé sur la traque, et rien ne m'arrêtera. C'est une bonne chose que Frangelico m'ait donné une glacière pour entreposer son sang. Quand je trouverai le nid, je serai prêt.

~

Jordy

« Bordel, qui… » Parker commence à ouvrir la porte, mais je le tire au sol.

Aux autres, je siffle : « Baissez-vous ! »

— Jordy ? Que…

— Chut ! » Je plaque ma main sur la bouche de Parker. « Tu ne peux pas les laisser t'entendre.

— Qui ?

— Les vampires », dis-je, articulant silencieusement. Ses yeux s'arrondissent.

« Petite renarde, petite renarde, laisse-moi entrer. » C'est Augustine. Il est venu me chercher.

Un coup contre le mobil-home nous fait sursauter. Un long bruit de déchirure se fait entendre contre la paroi, d'une extrémité à l'autre. Une pause, puis le bruit recommence.

« Qu'est-ce que c'est ? demande Declan à voix basse. Qu'est-ce qu'il fait ? »

Je retiens ma respiration tandis que le bruit de déchirure et de torsion se poursuit. On dirait qu'il arrache le revêtement du mobil-home. J'ai l'impression d'être une sardine dans une boîte de conserve.

« Je réduirai cette roulotte en miettes, morceau par morceau, explique calmement Augustine. Ma rénovation ne plaira pas beaucoup à tes amis. Dommage. Un si bel ouvrage de ma part, mais il ne sera pas apprécié à sa juste valeur. Qu'importe. Si j'ai faim, je pourrai toujours trouver un casse-croûte humain. »

Je ferme les yeux. Il est là, en roue libre, dans le camping. Il n'hésitera pas à tuer un humain. Pour lui, ils se situent en dessous des insectes.

« Tu veux quoi ? » crie Declan. L'instant suivant, Laurie presse un coussin contre son visage.

« Seulement ce qui m'appartient. L'ours l'a volée, mais elle est à moi. »

Non. Plus maintenant. J'appartiens à Grizz. Ou du moins, c'était le cas jusqu'à ce qu'il s'en aille. Je touche la peau sensible sur mon cœur. Les cicatrices que les vampires m'ont données, et l'empreinte de patte que j'ai choisie.

Je peux être une victime. Ou je peux choisir.

« C'est à toi de décider, esclave, s'impatiente Augustine. Donne-moi ce que je veux, sinon… » La porte tremble. Une fois, deux fois, puis s'immobilise.

« On se croirait dans *Les Trois Petits Cochons,* marmonne Declan.

— Chut ! » le rabrouent Parker et Laurie.

J'attends, une main sur ma poitrine. Un, deux, trois battements. Mon cœur bat pour Grizz, pourtant il est parti. Je lui ai tout donné, mais je peux encore faire don d'une chose.

Je me lève, sans prêter attention au « Non ! » désespéré de Parker, et ouvre la porte.

« Je suis là. »

Je sors du mobil-home.

Grizz

Arrêté à un feu rouge, je m'aperçois que ma poche vibre. Je sors mon portable et réponds par un grognement agacé.

« Ils l'ont enlevée ! »

Des frissons parcourent mes bras. « Qui ? Jordy ?

— Les vampires ! Ils sont venus, et… » J'entends un bruit étouffé, comme si Parker avait lâché le téléphone.

« Declan ? Parker ? » Je contracte mes mâchoires et mon portable grince. Merde, j'ai failli le casser. Je me force à desserrer les doigts.

« Grizz ?

— Parle-moi. » Le feu passe au vert. Un enfoiré dans une Honda Civic me klaxonne. Par-dessus mon épaule, je le foudroie du regard jusqu'à ce que la Civic contourne la moto et parte en faisant crisser ses pneus. « Qu'est-ce qui s'est passé ?

— Les vampires sont venus. On était dans le mobil-home, mais ils ont commencé à le démonter et… » Il reprend bruyamment son souffle.

En un grondement, je demande : « Et quoi ? » Si je ne suis pas prudent, je vais muter au milieu de la chaussée.

« Et Jordy est allée à leur rencontre. Elle s'est sacrifiée. Elle nous a sauvés. »

Jordy. Non.

« Elle est avec les vampires ?

— Ils l'ont jetée dans le coffre et ils sont partis. On a essayé de les suivre, mais ils nous ont semés.

— Où ? » J'opère déjà un demi-tour avec ma moto. « Dis-moi où, bordel…

— Oro Valley.

— Merde ! » Je raccroche. Je sais où ils l'emmènent.

Je fonce sur ma moto. Tout ce temps passé à chasser les vampires, alors qu'ils la traquaient, elle. Je l'ai laissée en danger. J'avais promis de la protéger et j'ai échoué. Je l'ai abandonnée. J'aurais dû lui faire quitter la ville quand j'en avais l'occasion.

J'aurais tout aussi bien pu la livrer à Augustine emballée dans un paquet cadeau. Et au vampire borgne.

Le feu tricolore passe à l'orange devant moi. J'accélère alors qu'il devient rouge. *Tiens bon, petite.*

Je dois la retrouver avant qu'il ne soit trop tard.

Je zigzague entre les voitures, mais me retrouve coincé derrière un poids lourd, et je dois mettre un pied à terre pour ne pas perdre l'équilibre. Je serre la poignée droite, qui se plie.

Le vampire borgne sait-il que Jordy est importante pour moi ? Il la tuera, c'est certain. Merde, l'ours en peluche. Couvert de sang et du parfum de Jordy. C'est peut-être aussi son sang. Quel genre de taré se nourrit du sang d'un métamorphe, à moins… à moins de…

Bordel. Je sais ce que les vampires tentent de faire.

Les métamorphes. C'est pour ça qu'ils les utilisent. Ils… putain, ils se fournissent auprès d'un marché noir. Et ces types n'enlèvent pas de métamorphes dominants. Seulement les faibles.

Tout ça pour créer une armée vampire. *As-tu la moindre idée de la difficulté pour créer un vampire ?* C'est très difficile, trop. Un processus trop long… sauf si la victime est plus forte.

Ils veulent créer plus de vampires. Plus rapides. Plus forts. Meilleurs. Avec une armée, ils pourraient renverser Frangelico.

Tout prend sens. Et Jordy… Jordy est la clé.

Je dois la sauver.

CHAPITRE DIX-HUIT

Jordy

Je suis nue, allongée sur le tapis de la grande chambre. Augustine fait les cent pas autour de moi. Je n'ai pas prononcé un mot depuis qu'il m'a saisie devant le mobil-home et balancée sans ménagement dans le coffre de sa voiture. Je pensais qu'il me ramènerait au club, ou à nouveau dans la pièce verte, mais pas ici.

« Bon retour à la maison », a-t-il dit pendant qu'il me traînait dans l'allée de la villa. Je me suis mordu la langue pour m'empêcher d'objecter. Cet endroit n'a jamais vraiment été chez moi.

« Jordy », dit-il à présent d'un ton cajoleur en passant un doigt sur ma nuque. Son ongle me blesse, mais je ne tressaille pas. « Tu as été une vilaine esclave. »

Je ne suis pas ton esclave. Je ne t'appartiens plus.

« Ton ourson et toi m'avez entraîné dans un sacré jeu de piste. Je dois avouer que je suis presque impressionné. »

Je ne dis rien, mes poings serrés contre mes jambes. Je

ne me soumettrai pas. Je ne frissonnerai pas, ne ploierai pas. Je ne donnerai pas cette satisfaction au vampire.

Parce qu'il n'a jamais vraiment été mon maître. C'était un imposteur. Il m'a utilisée et a pris ce qui n'était pas à lui. Je ne lui ai jamais vraiment appartenu.

Encore quelques minutes. Tenir bon jusqu'à ce que…

« Tu croyais que tu pourrais te cacher éternellement ? Tu pensais qu'il te protégerait ?

— Il m'a protégée… » Ma tête part sur le côté quand Augustine m'assène une claque. Je m'y attendais, mais n'ai pas vu le coup arriver. Ma joue s'engourdit.

« Il t'a abandonnée, ricane le vampire. Et maintenant, tu es à nouveau ici. Seule. Impuissante. Pitoyable. Rien de plus pathétique qu'une esclave n'appartenant à personne. »

Je n'appartiens pas à personne. Mon amour ne veut peut-être pas de moi, mais je l'ai choisi. Je porte sa marque sur mon cœur.

Oh, Grizz, j'aimerais tant pouvoir te voir. Une dernière fois.

Mon ancien maître me tourne autour. « À genoux.

— Non. Je ne m'agenouillerai pas pour toi.

— Tu m'appartiens.

— Non. Plus maintenant. » Et je souris. Il n'a plus aucune emprise sur moi. Je ne me soumets devant personne. La soumission est un choix ; j'ai choisi Grizz.

« À qui a-t-elle parlé ? »

Je me retrouve face à mon cauchemar. Le vampire borgne.

Pour la première fois de ma vie, je regarde les vampires dans les yeux. De toute façon, je vais mourir. Autant ne pas me laisser faire.

« Elle refuse de me le dire, lâche Augustine entre ses dents.

— Alors, on l'obligera à parler », dit le vampire borgne. Pendant un instant, tout devient flou.

Je me réveille lorsque Augustine me donne une claque.

«Ça ne sert à rien. Elle ne sait rien, et on n'a plus le temps.»

La voix du vampire borgne emplit mon esprit, un cauchemar devenu réalité. «Dans ce cas, assurons-nous qu'elle ne parle plus jamais.»

Puis, de la douleur. Tant de douleur.

Grizz

J'arrive au moment où une voiture noire avec des vitres teintées s'éloigne. Ses pneus crissent quand elle prend un virage. Un rire odieux me parvient. Avant que je puisse la poursuivre, une tache rouge attire mon regard. Des empreintes de pas entre l'allée et la maison, dont se dégage une forte odeur de sang.

Ce n'est pas bon signe.

Je suis descendu de moto et entré dans la maison en quelques secondes. Je sens la flasque peser dans ma poche, mais je serre le poing au lieu de l'en sortir. J'aurai besoin de la moindre goutte de sang pour affronter les vampires, et quelque chose me dit qu'ils ont déjà mis les voiles.

La villa d'Augustine est silencieuse, mais saturée de l'odeur de vampire. Mon ours est comme un fou. Cet endroit est aussi calme qu'une putain de tombe. Je sens que cette chasse va mal se terminer.

Je suis les empreintes de pas ensanglantées, de la porte d'entrée au couloir. Elles se terminent devant une chambre entrouverte. Je pousse la porte. Elle frotte contre le tapis mouillé, repousse une marée rouge. Du sang, encore plus de sang. Et, bien en vue, une masse de cheveux roux.

Oh, non.

Je cesse de pousser la porte et entre dans la pièce obscure.

Jordy est étendue sur le tapis, ses membres de travers. Une poupée cassée et couverte de sang, laissée là pour que je la trouve. Les vampires se sont amusés avant de l'abandonner.

C'est ma faute.

Je tombe à genoux et lui prends la main. Elle gémit. Son poignet est brisé. Ses yeux, agrandis par la douleur et la peur, cherchent mon visage. « Grizz.

— Tout va bien, petite. Je suis là. »

Je ne prends pas la peine d'examiner ses blessures. Elle est couverte de sang. La pire se situe sur son cœur, dont du sang s'échappe à chaque battement. Les vampires l'ont éventrée. J'ai envie de rugir et de tout casser, mais je reste accroupi près d'elle.

« Tu es là, dit-elle d'une voix rauque en touchant ma joue.

— Bien sûr que je suis là. » Pensait-elle que je ne viendrais pas ? Que je la laisserais mourir ? Je secoue la tête. « J'ai déconné.

— Tu dois t'en aller. » Elle tente de lever la tête, mais je la repousse contre le sol.

« Je ne te laisserai pas, Jordy.

— Tu dois partir. Le vampire borgne était ici. Tu peux le trouver. Tu peux le traquer. Vas-y. Va te venger, murmure-t-elle en serrant mes doigts avant de les lâcher. *Vas-y*.

— Jordy.

— Va le tuer, Grizz. Comme ça, tu pourras être libre. » Sa tête roule sur son épaule. Merde, elle a perdu trop de sang. Sa renarde essaie de lutter, mais la régénération n'est pas assez rapide.

« Ne me laisse pas, petite. »

Sa respiration est sifflante. «Je voulais offrir ma vie à quelqu'un. Je suis contente de te la donner. »

Putain, non. Ça ne peut pas se terminer ainsi. Impossible.

Je sors la flasque de ma poche et bataille pour la déboucher. Je dois faire vite. Il reste peu de temps.

J'approche le goulot de sa bouche. « Tiens. Bois. » *Le sang vampire… une substance permettant la guérison, la plus puissante au monde.*

Ses lèvres remuent, comme pour protester. De force, je colle le goulot contre elles et fais basculer la flasque. Du sang rouge sombre se déverse dans sa bouche.

Elle crachote, secoue la tête.

J'ordonne : « Tu vas boire. Bois tout. »

Dès qu'elle a vidé la flasque, je fonce chercher la glacière. Le sang du roi vampire est le plus puissant qui soit. Si quoi que ce soit peut la soigner, ce sera ça.

« Bois », dis-je en usant de toute l'autorité dont je dispose. Je l'oblige à boire poche après poche, puis verse le reste sur son corps brisé. Tout le sang qui devait me permettre d'obtenir ma vengeance. La moindre goutte.

Enfin, c'est fait. Elle est étendue dans une mare rouge, ses yeux fermés. J'écoute sa respiration un long moment. Lente, mais régulière. Ce n'est pas grand-chose, mais c'est mieux que rien.

Je cours rassembler toutes les couvertures que je peux trouver et l'en enveloppe. Par le ciel, sa poitrine se soulève-t-elle encore ? Les blessures ont toujours mauvaise mine, mais elle ne perd plus de sang. Avec un peu de chance, la régénération a commencé.

« Bats-toi, petite. Tu peux y arriver, petite renarde. » Je m'allonge près d'elle et repousse les cheveux devant son visage. Sa peau est glacée. Putain. « Tu ne peux pas me laisser, Jordy. Tu ne peux pas, un point c'est tout. Pas maintenant que j'ai enfin retrouvé la raison. » Merde, mes yeux brûlent. Je les cligne plusieurs fois. Ça doit être le stress. Je n'ai pas pleuré depuis la mort de ma mère.

Pourtant, du liquide inonde mon visage quand j'enlace Jordy et enfouis mon visage dans ses cheveux trempés de sang. « Vis, petite. Vis pour moi. Parce qu'à partir de maintenant, je vis pour toi. »

Ses lèvres s'entrouvrent avec un petit bruit, sa poitrine se soulève et retombe. Je l'étreins et murmure : « C'est ça. C'est bien. » La guérison a commencé. « Quand tu te réveilleras, je serai là. Parce que je t'ai choisie. »

Un gémissement me réveille. Lorsque j'ouvre les yeux, le soleil m'aveugle. Il est haut dans le ciel. Merde, je me suis endormi. Jordy est immobile à côté de moi. Pendant une terrible seconde, je crois que… mais non, sa poitrine se soulève toujours. Son visage et son corps sont couverts de sang séché, mais en dessous, ses blessures se sont refermées.

Je vais chercher une serviette moelleuse dans la salle de bains et passe plusieurs minutes à essuyer le sang sur son visage et sa poitrine. À la moitié de ma tâche, elle ouvre lentement les yeux.

« Coucou, dis-je en caressant ses cheveux.

— Grizz ? Que… » Elle regarde partout, paniquée. « Qu'est-ce qui s'est passé ? Augustine…

— Il est parti. Tous les vampires sont partis. » Pour le moment. Mais je devrai bientôt la déplacer, au cas où ils reviendraient.

« Mais, je croyais…

— Je ne pouvais pas t'abandonner, petite. J'ai commis une erreur, mais je ne te laisserai plus jamais. »

Ses sourcils se froncent, mais je fais disparaître ses rides d'inquiétude. Elle se détend sous mes caresses. La confiance qu'elle me porte est effrayante.

« Comment tu te sens ? »

Elle essaie de hausser les épaules et pousse un petit grognement.

« Doucement. Tu es tirée d'affaire.

— Je ne sais pas ce qui s'est passé. Les vampires…

— T'ont tabassée et laissée pour morte. »

Sa main retombe, ses yeux arrondis par la souffrance. «Je me souviens.

— Petite, je suis vraiment désolé.

— Ce n'est rien.» Elle se redresse difficilement, puis s'assied en regardant autour d'elle avec émerveillement. «Je me sens… bien.» Vérifiant que c'est bien vrai, elle lève une main devant ses yeux et la regarde fixement. «Mieux que bien, en fait.

— C'est le sang.»

Elle ferme la bouche. Déglutit. «Le sang ?

— Tout le sang que j'avais. Une glacière entière. Frangelico me l'avait fourni pour que je puisse affronter les vampires.

— Tu me l'as donné ?

— Je te l'ai donné. Je ne savais pas s'il te soignerait ou te tuerait, mais de toute manière, tu étais en train de mourir. Je ne pouvais qu'espérer, dis-je en touchant tendrement sa joue. Et ça a marché. Ça t'a soignée. Il a fallu tout le sang que j'avais, mais ça en valait la peine. Ça t'a sauvée.

— Tu as utilisé le sang, marmonne-t-elle. Mais, et les vampires ? Le vampire borgne ? Je l'ai vu, il était ici. Tu peux encore le…

— Non, petite. Plus maintenant. On ne peut pas rester ici. Je ne peux pas retourner voir le roi. Et je ne peux plus traquer le vampire borgne. Je ne peux pas prendre le risque

que quelqu'un te trouve. Les vampires essayaient de te transformer.

— Ils essayaient de… » Elle fronce les sourcils.

« J'ai compris ce qu'ils faisaient. Tous ces échanges de sang. Ils veulent créer une armée pour renverser Frange-lico. Ils ont essayé de te transformer. » Pendant un terrible instant, je me suis demandé si le sang risquait de faire d'elle un vampire. Mais non. Jordy est vivante et sa renarde est forte. Le sang a fait son œuvre et l'a soignée.

« Grizz, dit-elle en touchant ma joue. Et ta vengeance ?

— Je n'en ai pas besoin. Je n'ai besoin que de toi. »

Elle ferme les yeux et appuie son front contre le mien. « Je suis désolée.

— Pourquoi ?

— D'avoir tout gâché. Que tu aies dû utiliser tout ce sang pour moi. Maintenant, tu ne pourras plus te venger.

— Jordy. » Je m'écarte et prends son menton dans ma main. « Tu n'as rien gâché. Tu m'as sauvé. J'allais boire ce sang, me battre contre les vampires et mourir. Je pensais que je n'avais aucune raison de vivre, à part ma vengeance. Je me trompais. » J'approche mon visage et murmure contre ses lèvres : « Je t'ai, toi. » Merde, je dois l'embrasser.

Ses bras se glissent autour de mon cou, je la soulève et l'emporte en hâte hors de la pièce. Loin du sang et du carnage. Loin de la scène de sa mort et de sa renaissance.

Je gagne la porte d'entrée avant de la serrer contre moi et de posséder sa bouche. Je l'embrasse sous le toit du vampire, mes mains courent sur son corps, le serrent, le revendiquent. Elle est douce, chaude, et tout ce dont j'ai besoin. J'étais tellement idiot, putain. J'aurais pu la perdre pour toujours.

Un chien aboie à l'extérieur. C'est un avertissement. Quand je mets fin au baiser, Jordy touche sa joue, rougie par ma barbe naissante. Elle rit en constatant que sa peau est irritée, et je dois l'embrasser à nouveau.

Cette fois, elle s'écarte la première, sans cesser de sourire. « On doit s'en aller. »

C'est vrai. « On doit quitter la ville avant le coucher du soleil. Sortir de la vallée. »

Alors qu'elle baisse la tête, je prends de nouveau son menton dans ma main. « Tu n'as pas compris. Je viens avec toi, cette fois. Je te le promets, Jordy. Je ne t'abandonnerai plus jamais.

— D'accord. » Elle me regarde avec tant de confiance. Je ne la mérite pas. Je passerai le restant de mes jours à chérir cette femme, à prendre soin d'elle, à la protéger et à remplacer chacun de ses mauvais souvenirs avec les vampires par des centaines de bons moments. Elle saura à quel point elle est exceptionnelle. Elle saura qu'elle est aimée. Je dédierai ma vie à ce but. À elle.

« On devra rester un petit moment en cavale. S'assurer que les vampires pensent que tu es morte et que je suis trop terrassé pour chasser. On disparaîtra un moment, mais ensuite, je t'emmènerai chez moi, dans le nord.

— Vraiment ? demande-t-elle, ses yeux brillants.

— Ce n'est pas grand-chose, seulement un chalet dans les bois, dans la sierra Nevada. Personne autour. Il n'y aura que toi, moi, et une tripotée d'arbres.

— Ça a l'air merveilleux. »

Je secoue la tête. Cette renarde est trop mignonne. « Ça te fait envie ? De vivre dans la forêt avec un ours grognon ?

— Oui », répète-t-elle. Elle éclate de rire lorsque je lui tire les cheveux. « Oui. J'irai n'importe où, Grizz, tant que je suis avec toi. »

ÉPILOGUE

Grizz

Je suis assis dans un vieux siège de dentiste, un petit sourire flottant sur mes lèvres. Jordy a sorti son carnet à dessin et étudie ses croquis avec le tatoueur.

« Je me disais que la montagne pourrait aller ici, dit-elle en montrant un emplacement sur mon corps, et en bas, le saguaro géant avec les empreintes de pattes.

— C'est quel animal ? demande l'artiste. Un loup ?

— Un renard », précise Jordy. Elle me regarde à la dérobée et je lui fais un clin d'œil. Sa main est toujours posée sur mon torse nu. Je la capture et la place fermement sur mon cœur. Elle me regarde en plissant le nez.

« Laissez-moi voir ce que je peux faire. » L'artiste prend le croquis et l'examine en lissant son bouc. Il n'est pas aussi bon que le tatoueur de Tucson, mais il fera l'affaire. On est en cavale depuis déjà plus d'un mois sans avoir rencontré de problème. Demain, je l'emmènerai à mon chalet dans la forêt, mais d'abord, je veux imprimer mes souvenirs dans ma peau.

Quand l'artiste se détourne, j'en profite pour prendre ma compagne sur mes genoux.

« Grizz », proteste-t-elle jusqu'à ce que je l'embrasse à en perdre le souffle. Je touche ses fesses à travers son jean et elle se frotte contre moi. Le fait qu'on se trouve dans un lieu public est oublié.

« Je t'aime, petite. » Je me suis promis de le lui dire souvent.

« Je sais », murmure-t-elle en retour. Elle descend de mes genoux avant que le tatoueur revienne.

« Prêt ? demande-t-il.

— Ouais. » Je garde la main de Jordy dans la mienne pendant qu'il commence à préparer la zone. « Tu vas recouvrir toutes mes cicatrices ?

— Les cicatrices font partie de qui nous sommes », répond-elle en secouant la tête. Elle me fait lever la main et la pose au-dessus de son sein gauche, là où se trouvent les cicatrices qui font partie d'elle.

Je la caresse par-dessus sa chemise. « Et que sont les tatouages, alors ?

— Les marques que nous choisissons pour dire où est notre cœur. À qui nous appartenons. »

Satisfait, je me rassieds au fond du siège. Je sens son odeur à chaque inspiration. Le temps que l'aiguille commence à vibrer, je suis en transe, entouré de toutes parts par Jordy.

Dans quelques heures, je sortirai du salon en portant sa marque sur ma peau, mais je n'ai pas besoin de tatouage pour savoir à qui j'appartiens. Je suis à elle depuis l'instant où je l'ai rencontrée. L'encre dans ma peau n'est rien à côté des marques qu'elle a laissées sur mon cœur.

Fin

Merci d'avoir lu *Le Secret de l'Alpha* ! Si vous avez apprécié ce livre, nous vous serions reconnaissantes de nous laisser vos commentaires ; ils sont très importants pour les auteurs indépendants. Découvrez bientôt le prochain livre de la série *Alpha Bad Boys* : *La Proie de l'Alpha* !

LA PROIE DE L'ALPHA ~ PROCHAINEMENT

LA SOUMETTRE À LA VOLONTÉ DE L'OURS

L'humaine pense que je la traque. C'est peut-être le cas.

Mais je ne suis pas le seul.

Quelque chose de malveillant rôde dans ces bois et s'en prend à des femmes seules.

Je ne compte pas laisser la scientifique sexy tomber dans son piège.

Même si pour ce faire, je dois la garder captive dans mon chalet.

La garder là où je peux la voir à tout moment.

La soumettre à la volonté de mon ours.

Seulement jusqu'à ce que l'orage passe. Jusqu'à ce que ses recherches soient terminées.

Ensuite, je la laisserai partir.

Je le jure.

LA PROIE DE L'ALPHA ~ CHAPITRE UN

Caleb

La neige crisse sous mes bottes. Je secoue la tête pour chasser l'odeur métallique du sang de mon nez.

Merde, je deviens fou.

Non. Quelque chose de malveillant rôde dans ces bois. C'est ce qui m'a fait sortir de mon chalet cet après-midi. Ce qui m'a envoyé parcourir la forêt.

Comme un fourmillement dans ma nuque.

L'odeur imaginée du mal dans mes narines. Je sais qu'elle n'est pas réelle parce que j'ai beau chercher, je ne trouve rien.

Pas de corps mutilés au bord de la rivière. Pas de hurlements de ma compagne et de mon enfant.

Il pourrait simplement s'agir d'un produit de mes souvenirs... de mes cauchemars. À cause du traumatisme de leur mort toujours inexpliquée, trois ans plus tôt. Ou parce que j'ai passé trop de temps sous ma forme d'ours depuis. Je suis plus une bête qu'un homme ces temps-ci, et je sais que ça commence à se voir.

J'ai entendu les loups de Tucson marmonner sur mon passage quand je suis venu participer à un combat en ville le mois dernier.

Cet ours aurait dû être éliminé quand il a perdu sa compagne. Un de ces jours, il va blesser quelqu'un.

C'est vrai.

Sortir de mon hibernation pour me rendre en Arizona et affronter ce grizzly était idiot. Je n'aurais jamais dû me laisser convaincre par cet abruti de loup, Trey. J'aurais dû rester terré dans mon chalet tout l'hiver. Mais il savait exactement quoi dire. Il a insinué que le grizzly que j'allais affronter était mêlé à quelque chose de sombre et, putain, j'ai forcément dû aller voir cet enfoiré par moi-même.

Juste au cas où il serait l'ours qui a assassiné ma famille.

Ce n'était pas lui. C'était un métamorphe grizzly ordinaire. Une brute, comme la plupart des ours, mais pas anormal. Ni malveillant.

Au moins, je suis rentré du combat avec de l'argent. J'étais fauché jusqu'alors. J'ai donné la plus grande partie de ce que j'ai gagné en travaillant dans la construction cet été à l'un de mes collègues, dont le petit garçon avait besoin de se faire opérer, et dépensé presque tout le reste. C'est le souci avec le fait de ne pas travailler l'hiver.

Je me suis donc réveillé et rendu dans le désert. J'ai gagné assez d'argent pour acheter des myrtilles et du saumon pendant huit mois.

Mais maintenant, je n'arrive plus à me rendormir. Je suis en plein air, laissant ma bite se balancer au vent pendant que je parcours nerveusement la forêt.

Une autre femme a disparu.

C'est en partie la raison pour laquelle je ne peux pas me reposer.

Un tueur en série, ou un kidnappeur, est en liberté dans les parages.

J'atteins la route principale plus tôt que je m'y attendais. J'ai traversé presque cinq kilomètres de mon territoire sans m'en rendre compte. Une Subaru bleue apparaît dans un virage. Je ne la reconnais pas, ce qui est bizarre. Je connais la plupart des véhicules qui passent sur cette route, au moins pendant l'hiver. Quand le SUV passe à côté de moi, je regarde à l'intérieur de l'habitacle et lâche un juron à voix basse en voyant qui est au volant.

Une femme seule. Une rousse pulpeuse, dont le visage semble dire *ne cherchez pas la merde avec moi*. Seule, avec des valises.

Merde.

Le fourmillement dans ma nuque s'intensifie.

Je sais où elle va. Elle est en route pour la station de recherche de l'université du Nouveau-Mexique. C'est un petit chalet situé à environ seize kilomètres, sur la route qui traverse la forêt d'État.

Si trois femmes seules n'avaient pas disparu dans cette forêt ces huit derniers mois, je m'en foutrais.

Trois.

Et je considère cette putain de forêt comme la mienne. Je suis le prédateur le plus dangereux. Aucune autre créature, animale ou humaine, ne devrait s'en prendre à quelqu'un.

Encore moins à des femelles.

Je ne suis ni séduisant ni galant, et je n'ai jamais été réputé pour être un gentleman, mais protéger les femelles est inscrit dans mes gènes.

Je longe la crête de la colline en observant son véhicule. Celui-ci se gare devant la seule épicerie de notre petite ville.

Bordel de merde.

On dirait bien que je vais passer la semaine à jouer les

gardes du corps pour cette chercheuse déterminée, trop bête pour savoir qu'il ne faut pas venir seule ici en mars.

Surtout avec un tueur en série dans les parages.

Miranda

Non loin du parc national Pecos, je m'arrête devant une supérette en bord de route afin d'acheter des provisions pour la semaine.

Je n'avais pas prévu de revenir ici avant la fin du printemps, mais mes recherches sur les cernes d'arbres ne pouvaient pas attendre. J'ai un article à publier d'ici juin. Pour respecter cette date butoir, j'ai besoin des données maintenant.

La voix du Dr Alogore résonne encore dans ma tête. *« Encore un délai, et vous perdrez vos financements. N'attendez pas, allez chercher les données. »*

J'ai protesté que nous étions en mars, toujours en hiver dans le chaînon Sangre de Cristo, le point le plus méridional des Rocheuses, mais…

« Je ne vois aucun de vos collègues demander ce genre de traitement de faveur pour leurs projets. »

Mes joues chauffent alors qu'il me sourit avec mépris. Autour de la table, les chercheurs, tous des hommes, l'imitent. Je n'ai pas besoin de les regarder pour savoir qu'ils se moquent tous de moi. Ils imitent tout ce que le Dr Alogore dit ou fait. Ils s'habillent même comme lui, jusqu'à la cravate en tissu écossais — un crime contre la mode — et le pantalon Dockers brun.

« Très bien », dis-je en un murmure. *Je baisse les yeux sur mon dossier jaune. C'est une touche de couleur vive dans une pièce terne, et je l'ai choisi pour illuminer mes journées lassantes. Mais aujourd'hui, son jaune ne m'évoque que la couleur des lâches.*

172

« *C'est bien, mon cœur* », dit le Dr Alogore en fixant mon buste. J'ai envie de toucher mon col, mais m'arrête à temps. Je sens le regard de mes collègues posé sur mon modeste pull. Ma grand-mère s'habille moins strictement que moi, pourtant je me fais reluquer comme si je portais de la lingerie. À la façon dont ces types me regardent, j'ai l'impression qu'ils m'imaginent nue. Ils le font peut-être. Ouais, j'ai une forte poitrine. Et le reste de mon anatomie est plutôt pulpeux. Il ne faut pas me traiter différemment pour autant.

« *Si c'est tout, allons déjeuner. Je vous invite* », dit mon professeur. Tout le monde lâche un soupir reconnaissant, sauf moi. Le Dr Alogore préfère déjeuner dans des établissements où des femmes dansent sur les tables.

Je prends mon dossier et me précipite dans le couloir.

« *Hé, Miranda !* » L'un de mes collègues se sépare du groupe d'hommes vêtus de Dockers et vient me souffler dans la nuque. Lorsque je me retourne, je me prends de plein fouet son haleine aux relents d'oignon. Il sourit comme un requin, ses yeux sur mes seins. « *Je vais t'accompagner pour rassembler ces données.* »

Beurk.

« *Non, merci* », dis-je en marmonnant avant de fermer mon cardigan. Je ne porte même pas de décolleté. Ces mecs sont des pervers, tout simplement.

« *Allez, je te serai utile. Ces montagnes sont effrayantes en cette période de l'année*, insiste-t-il d'un ton faussement inquiet. *On s'y rendra ensemble et je t'aiderai à tout rassembler en un temps record. Tu pourras m'inviter à dîner pour me remercier.* » Son sourire s'élargit. « *Je t'aiderai avec les données et on partagera le mérite, moitié-moitié.* »

Et voilà. Une tentative éhontée de s'approprier mon travail. Je carre mes épaules et serre mon dossier contre ma poitrine.

« *Pouah, non merci. Tu crois que tu peux débarquer à la dernière minute et que je te laisserai mettre ton nom avant le mien sur la publication ?*

— *Ça paraît logique, par ordre alphabétique...*, dit-il en haussant les épaules.

— *Non, ça ira.* » *Je baisse la tête et m'éloigne aussi rapidement que mes jambes me le permettent. Personne ne me dérobera mes recherches. Pas cette fois.*

Cette publication pourrait m'éviter de passer une autre année merdique en tant que postdoctorante dans le labo du Dr Alogore et me permettre de décrocher un poste de professeur quelque part. N'importe où. Bien sûr, une place de professeur ne me garantira pas d'être respectée dans mon domaine professionnel. J'ai vu suffisamment de femmes scientifiques dont la carrière a été dénigrée au quotidien pour savoir que je devrai me battre à chaque instant pour obtenir les mêmes droits que les hommes. Sans doute jusqu'au jour où je partirai à la retraite.

N'abandonne jamais, ne cède jamais. C'est ma devise.

Je prends mes sacs en toile et descends de voiture. À l'intérieur de la boutique, je dois cligner des yeux pour m'habituer à la pénombre dans la pièce, légèrement déprimante. Je suis déjà venue, donc je sais à quoi m'attendre, mais cette ambiance me file toujours la chair de poule. Un sol en béton non balayé, de vieilles boîtes de conserve avec des étiquettes de prix. Comme dans n'importe quelle supérette située à l'entrée d'une forêt nationale, les tarifs sont extrêmement élevés, autant que dans une station-service. Des paquets de pain de mie pour presque cinq dollars, des pots de beurre de cacahuètes à huit dollars.

Ayant déjà acheté des aliments non périssables à Albuquerque, je prends une bouteille de lait, des œufs, du bacon et du beurre dans un réfrigérateur. Le tout devrait être suffisant pour tenir pendant les cinq jours que je compte passer ici.

Je les apporte à la caisse, où un homme âgé parle avec un gars du coin. Il m'ignore pendant deux bonnes minutes avant de faire lentement glisser les œufs vers la caisse enregistreuse, sans cesser de bavarder.

Je m'éclaircis la gorge.

Son compagnon, tout aussi âgé, lui dit au revoir et sort de la boutique. Le propriétaire se tourne et me regarde d'un air spéculateur. Oui, ses yeux descendent vers ma poitrine. « Qu'est-ce qui vous amène ici, jeune fille ? Ce n'est pas la saison pour pêcher ou randonner.

— Je vais passer quelques jours dans le laboratoire de recherche », dis-je poliment. Nous avons eu exactement la même conversation la dernière fois que je suis venue ici. Certes, c'était il y a six mois, mais tout de même. Je doute qu'il voie énormément de femmes venir camper ou randonner seules dans la région.

« Oh, c'est vrai, c'est vrai. De l'université du Nouveau-Mexique, c'est ça ?

— Oui. »

Il cesse de taper sur la caisse enregistreuse pour me regarder, ses yeux plissés. « Toute seule là-bas… soyez prudente. Vous êtes au courant que des femmes ont disparu ? »

Je repousse l'effroi qui me traverse. La seule chose à craindre est la peur elle-même. N'est-ce pas ?

« J'en ai entendu parler, oui. Mais j'ai mon chien avec moi. Et il est très protecteur. »

Cette déclaration pourrait être vraie, ou non. J'ai un croisé berger allemand berger australien poilu, qui adore rapporter les balles. Mais son aboiement est féroce.

« Eh bien, vous devrez peut-être protéger aussi votre chien. Vous savez qu'on a un problème d'ours dans cette forêt, au moins ? »

Ah oui, le problème d'ours. Il m'en a déjà parlé la dernière fois. En tant qu'écolo, je n'apprécie pas que des humains se permettent de dire que les animaux sont le problème. Les véritables problèmes ne seraient-ils pas plutôt notre surpopulation, associée à la raréfaction des corridors biologiques ?

Lors de mon précédent passage l'été dernier, il s'est penché sur le comptoir et m'a dit : « Soyez prudente là-haut. Un ours enragé se balade dans la nature. Il a mutilé une femme et son enfant il y a quelques années.

— S'il avait la rage il y a quelques années, il serait mort maintenant, vous ne pensez pas ? » Je déteste me servir de science et de logique comme d'armes, mais... bref.

« Ben, il n'est peut-être pas enragé, mais il est sauvage, c'est certain », avait affirmé le vieil homme.

Je n'ai pas réussi à empêcher mon mépris de transparaître sur mon visage. « Les ours ne peuvent être que sauvages. Ce ne sont pas des animaux de compagnie. »

L'homme a brutalement posé ma monnaie sur le comptoir en me décochant un regard noir. « Fou, alors ! Il y a un ours fou dans la région. C'est vraiment troublant. Un animal énorme, avec des yeux jaunes et brillants, qui ne vit que pour détruire. Quand cette femme et sa fille ont été tuées, l'ours a entaillé tous les troncs à six kilomètres à la ronde.

— Oui, oui, j'ai entendu parler de votre ours, lui dis-je à présent. Mais vous n'avez pas eu de problèmes récemment, si ?

— Non, pas depuis quelques années. Mais cet animal ne tournait pas rond, je vous le dis. Faites attention à votre chien, ou cet ours pourrait le tuer pour s'amuser. »

D'accord. Et l'abominable homme des neiges risque de m'inviter à prendre le thé. J'ai envie de protester que les attaques d'ours sont incroyablement rares et qu'un prédateur ne veut pas forcément s'en prendre à des humains. La plupart des animaux souhaitent simplement vivre en paix dans leur habitat naturel. Et je ne parle même pas de la diabolisation des requins et des ours dans les dessins animés pour enfants.

Le type montre le total sur la caisse. « Vingt-huit dollars vingt-deux. »

Ouais, comme je le disais… hors de prix.

Je lui donne l'argent et tente de réprimer mon agitation. « D'accord, je le garderai tout le temps près de moi. Merci pour l'avertissement. »

Bien que j'aie posé mes sacs réutilisables sur le comptoir avec les articles, le type range le tout dans des sacs plastiques.

Je transfère leur contenu dans mes sacs en toile et lui rends les autres. « Je n'en ai pas besoin, merci. »

Alors que je me dirige vers la porte, je l'entends crier derrière moi : « Soyez prudente, vous m'entendez ?

— Oui, je le serai. Merci ! »

Dans la Subaru, Ours aboie joyeusement en me voyant revenir.

J'ouvre la portière et pose les sacs de courses sur le siège passager pendant qu'il essaie de lécher mon visage depuis la banquette arrière. « Tu es prêt à aller au chalet, mon grand ? »

Il halète, puis tente à nouveau de me lécher.

Je m'écarte et lui frotte la tête. « Va te coucher. »

Il saute promptement dans le coffre, où j'ai installé son lit, et s'y roule en boule.

« C'est bien », dis-je en lui souriant dans le rétroviseur.

Des flocons de neige tombent sur mon pare-brise. J'adresse une prière aux dieux de la météo. L'application météorologique que j'ai consultée annonce une tempête, mais le temps devrait s'améliorer demain. Même s'il fera froid, je devrais pouvoir terminer mes recherches et rentrer chez moi d'ici la fin de semaine.

LIVRE GRATUIT DE RENEE ROSE

Abonnez-vous à la newsletter de Renee

Abonnez-vous à la newsletter de Renee pour recevoir livre gratuit, des scènes bonus gratuites et pour être averti ·e de ses nouvelles parutions !

OUVRAGES DE RENEE ROSE
PARUS EN FRANÇAIS

www.reneeroseromance.com/francaise/

Les Nuits de Vegas

Roi de carreau

Atout cœur

Valet de pique

As de cœur

Joker Mortel

Dame de trèfle

Cartes sur Table

Bonne pioche

La Bratva de Chicago

Prélude

Le Directeur

Le Stratège

Possédée

L'Homme de Main

Le Soldat

Le Hacker

Le Bookmaker

Alpha Bad Boys

La Tentation de l'Alpha
Le Danger de l'Alpha
Le Trophée de l'Alpha
Le Défi de l'Alpha
L'Obsession de l'Alpha
L'Amour dans l'ascenseur (Histoire bonus de La Tentation de l'Alpha)
Le Désir de l'Alpha
La Guerre de l'Alpha
La Mission de l'Alpha
Le Fleau de l'Alpha
Le Secret de l'Alpha
La Proie de l'Alpha

Le Ranch des Loups

Brut
Fauve
Féral
Sauvage
Féroce
Impitoyable

Deux Marques

Indomptée (libre)
Tentée
Désirée
Séduite

Maîtres Zandiens

Son Esclave Humaine
Sa Prisonnière Humaine

Le Dressage de Son Humaine
Sa Rebelle Humaine
Sa Vassale Humaine
Son Compagnon et Maître
Animal de Compagnie Zandien
Sa Possession Humaine

TOUJOURS PAR LEE SAVINO

Romance contemporaine

Bad Boy Royal

Je ne suis pas du tout en train de tomber amoureuse de mon arrogant et agaçant dieu du sexe de patron. Non. Absolument pas.

Royally Fake Fiancé

Le duc de Nouvelle-Arcadie a un problème d'image que seule une fiancée peut régler. Et je suis la petite veinarde qu'il a choisie pour jouer les Cendrillons.

La belle & les bûcherons

Après cette saison au camp des bûcherons, j'arrête complètement de baiser. Parce que : j'ai mes raisons.

Papa à moi

Mon héros marin sexy veut que je l'appelle « papa »…

* * *

Romance paranormale

La Saga des Berserkers

Vendue aux Berserkers

Rien ne pourra empêcher ces féroces guerriers de revendiquer leur compagne.

Alpha Bad Boys

Le Tentation de l'Alpha avec Renee Rose

Mon loup veut la marquer et en faire sa compagne, mais elle est humaine et délicate : elle ne survivrait pas à une morsure de métamorphe.

À PROPOS DE RENEE ROSE

RENEE ROSE, AUTEURE DE BEST-SELLERS D'APRÈS USA TODAY, adore les héros alpha dominants qui ne mâchent pas leurs mots ! Elle a vendu plus d'un million d'exemplaires de romans d'amour torrides, plus ou moins coquins (surtout plus). Ses livres ont figuré dans les catégories « Happily Ever After » et « Popsugar » de USA Today. Nommée *Meilleur nouvel auteur érotique* par Eroticon USA en 2013, elle a aussi remporté le prix d'*Auteur favori de science-fiction et d'anthologie* de Spunky and Sassy, e celui de *Meilleur roman historique* de The Romance Reviews. Elle a fait partie de la liste des meilleures ventes de USA Today sept fois avec ses livres Wolf Ranch et plusieurs anthologies.

Abonnez-vous à la newsletter de Renee pour recevoir des scènes bonus gratuites et pour être averti·e de ses nouvelles parutions!

https://www.subscribepage.com/reneerosefr

À PROPOS DE LEE SAVINO

Lee Savino, auteure figurant sur la liste des bestsellers de USA Today, écrit des romans d'amour « brixy », c'est-à-dire « brillants et sexy ». Vous pouvez la trouver en train de rôder sur sa page d'auteure là : https://www.facebook.com/Lee-Savino-Auteur-110048237376905/